法医之书

法医秦明
-著-

尸斑 VS 损伤（皮下出血）对比示意图

机械性窒息死亡尸体的窒息征象示意图

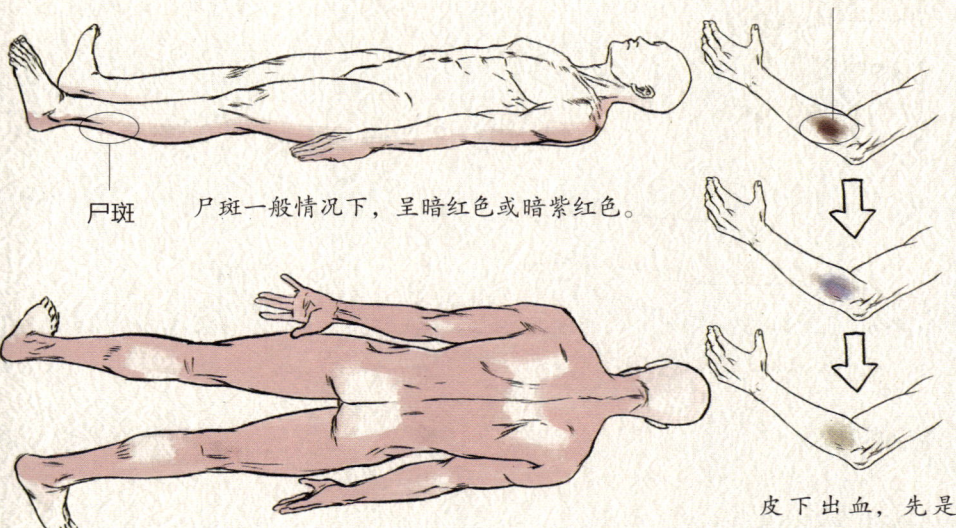

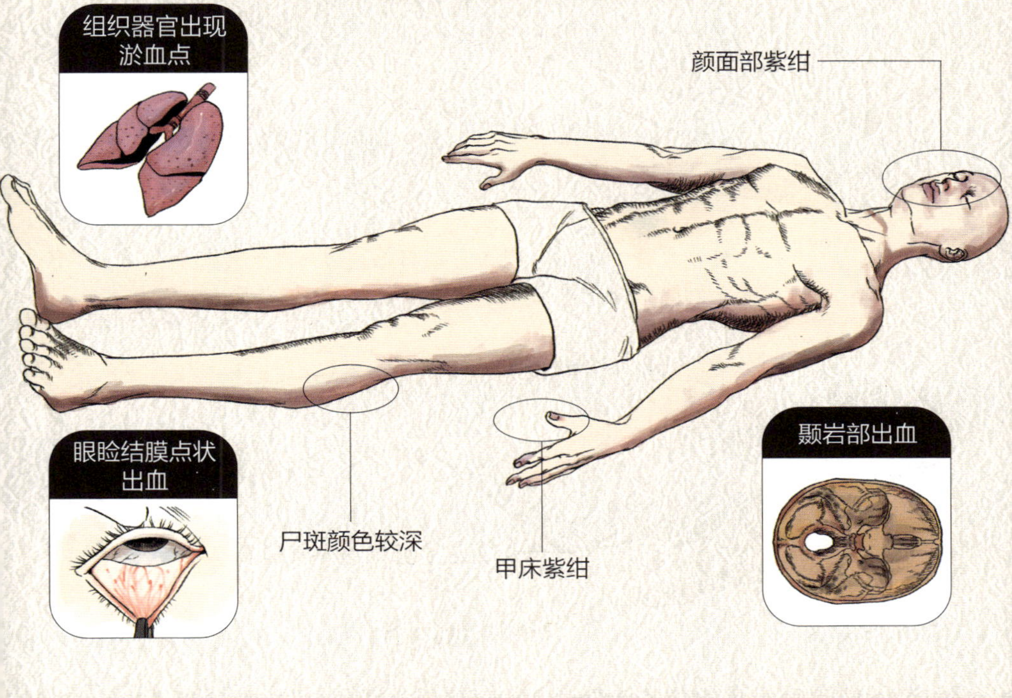

尸绿

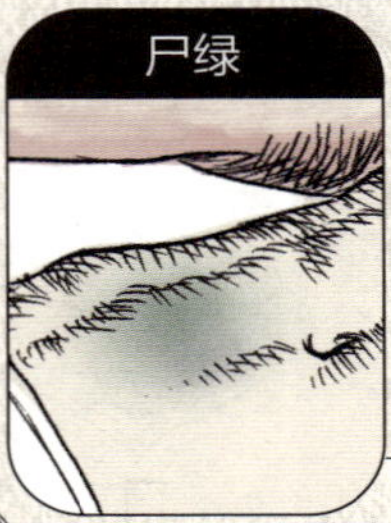

指尸体皮肤上出现的污绿色斑痕。由于肠管中的腐败气体硫化氢和血液中血红蛋白结合成硫化血红蛋白，或与从血红蛋白中游离出来的铁结合成硫化铁，透过皮肤呈现绿色。

尸绿

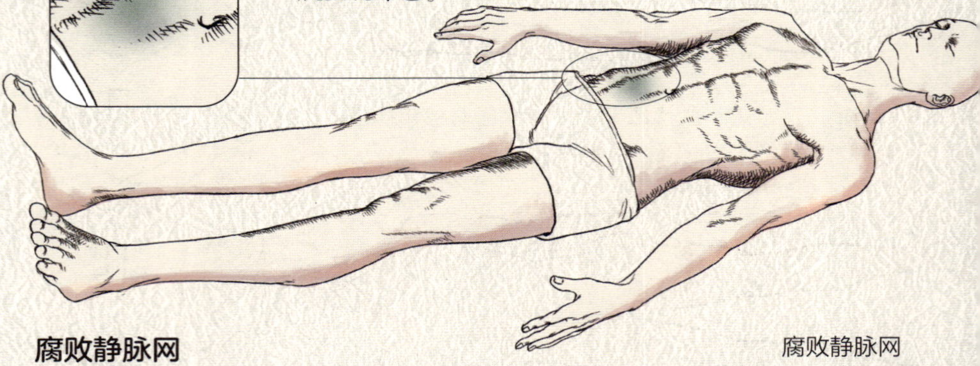

腐败静脉网

指尸体在腐败过程中表面所呈现的污绿色网状血管。由于体腔、内脏血管中的血液，受腐败气体的压迫流向体表，致使皮下静脉扩张，充满污绿色腐败血液而形成。

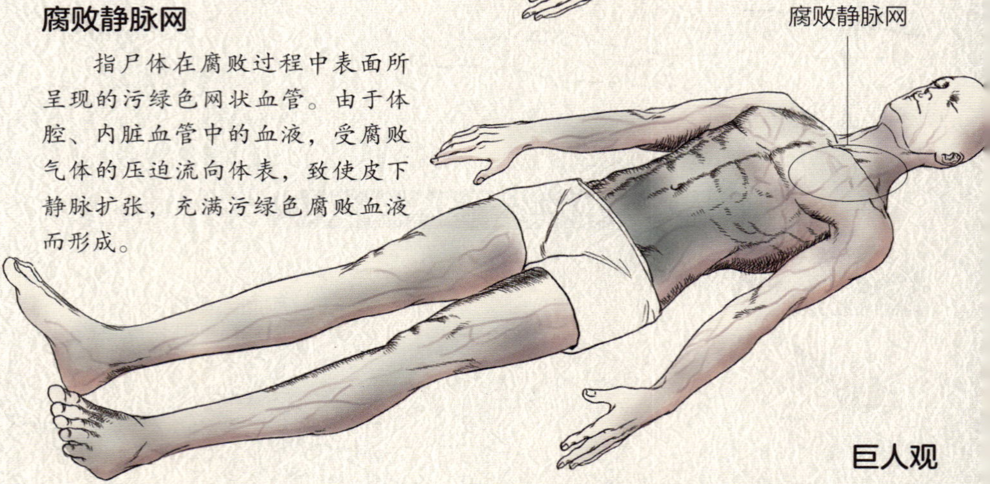

腐败静脉网

巨人观

机体死亡5天后，因为尸体内聚集的腐败气体越来越多，尸体的整个胸腹腔被气体充满而高度隆起，尸体体积变大，呈巨人状。

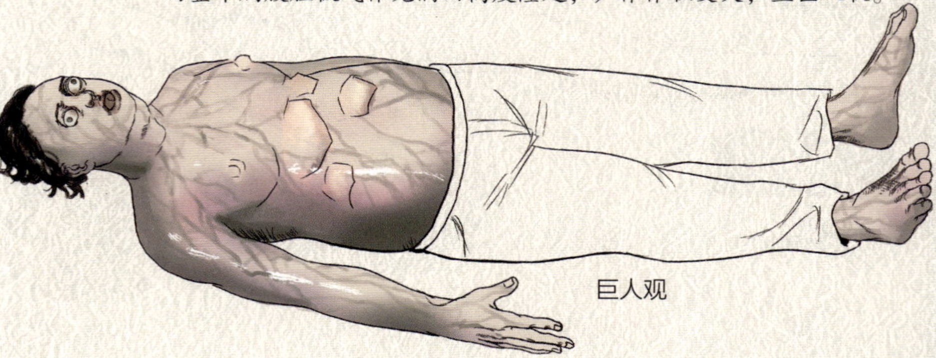

巨人观

| 序 |

你为什么需要了解法医学

我的法医学科普之路,是从微博开始的。

最开始做科普的时候,我记得评论区里出现最多的一句话就是"没用的知识又增加了"。确实,在大多数人的理解中,法医这个成天和死亡打交道的职业,和普通人的世界似乎隔着千山万水,法医学的知识点,又怎么会用得到呢?

但十多年过去了,我们面临的网络环境发生了很多变化,我们的生活也面临着各种各样的挑战。我觉得,是时候正式回答这个问题了:法医学知识,对普通人来说不仅有用,甚至还不止一种用途。

为什么这么说呢?

首先,法医学知识是一种救命知识。

很多法医学知识,是和死亡相关的。不知死,焉知生?

尤其当我们目睹很多死亡数字背后的不幸,难免会感慨人生无常。当你发现死亡如此常见,就能理解生命的宝贵,从而培养应对危害生命的事件的能力。

这也是我国近年来提倡"死亡教育"的意义所在。

尊重自己的生命、尊重他人的生命，学会如何爱护生命，防范一切可能威胁生命的危险，在这些问题上，法医学知识都能派上用场。

其次，法医学知识也是一种应急知识。

考驾照的同学可能还记得，很多笔试的题目，考的都是发生紧急情况时的应对方法。当然，谁都不希望发生这些可怕的情况，但如果真的遇到了，有这些应急知识，至少能让你有所准备，不至于手忙脚乱，甚至把事情搞得更糟。

人生中总会遇见各种各样的事情，如果你身边真的出现了伤亡事件，在震惊和悲痛之余，这些应急知识也能帮助你更好地面对和处理伤亡事件，更大程度地去减轻你的心理创伤。

我在省公安厅当了17年法医，深深感受到，在这么多警种中，最艰难、最辛苦、最容易受委屈的，就有法医的一份儿。法医学是一门自然科学，需要有扎实的医学基础。法医学又是一门社会科学，因为它的结论牵涉了案件双方当事人的利益。在这里不妨自嘲一句：不管你出具了一份多么客观公正的法医鉴定报告，依旧至少会有一方当事人不服。

而这种不服，大多数是来源于对法医学知识的不理解。

当你和法医打交道时，如果你对法医的工作流程、工作原则以及理论知识有更多的了解，你也能及时解开疑惑，更早地走出阴霾；反之，如果你因为不理解，而加深了怨愤，严重情况下，甚至可能会产生二次伤害。因为一件原本不严重的打架事件，最后升级为报复杀人事件的，我在现实中也遇到过。这些本来可以避免的悲剧，我希望它们再也不会发生。

再次，法医学知识还是一种防骗知识。

了解法医学知识，能增强你对谣言的免疫力，让你不容易上当受骗。我们如今生活在一个信息爆炸的时代，一旦发生什么事情，消息的传播速度非常快。所以，我们可以想象，如果有伤亡事件发生，出于好奇心也好，同情心也罢，大家对事件的热烈讨论，很快就能把事情拱上热搜。

这时候容易出现争议的，往往就是法医学问题了。

比如，一个坠楼的人究竟是自杀还是他杀？受害者构成什么样的伤情才能让施暴者承担刑事责任？如何从网传照片中分辨损伤和尸斑？警方凭什么可以排除他杀？

这些法医学问题，大部分围观群众并不懂，更别提怎么分析和判断了。这时，有些别有用心的人，就会开始编造谣言，引导舆论，一边带节奏，一边给自己引流。如果你盲目听信了这些谣言，就会很容易被带偏方向，甚至会在正义感的驱动下，做出伤害他人的事情，比如在网络上辱骂当事人——而等到真相大白，事件反转，才会对自己之前的言论追悔不已。

之前网上有句流传很广的话：雪崩时，没有一片雪花是无辜的。

如果你不想成为盲从者，了解一定的法医学知识，就像是给自己打了一针"谣言疫苗"，你有了独立思考的能力，就不容易被谣言哄骗。

最后，法医学知识亦是一种破案知识。

如果你喜欢看悬疑类型的内容，你会发现，在命案侦破的情节里，少不了法医的登场。了解法医学知识，对媒体、文学、影视工作从业者都有莫大的帮助。无论是涉及新闻报道，还是进行文学、影视作品的创作，如果写法医的内容，却不懂法医学，自然会出现很多专业方面的漏洞和错误，甚至会影响整个破案的逻辑，被读者和观众诟病。

所以，现在对自己比较有要求的悬疑创作者，都会去看一些专业书籍来补充自己的知识储备。我记得我的一个作家朋友清闲丫头，在撰写《御赐小仵作》的时候，买了很多关于法医学专业的教材来看，看得格外费力。现在拥有了这一本《法医之书》，我想各位悬疑创作者应该就可以省去很多阅读枯燥教材的时间，得到最想要的东西吧。

总结一下，法医学知识，既是救命知识，也是应急知识；是防骗知识，亦是破案知识。多学一点法医学知识，对普通人来说，或许对这个世界的认知就会多一点点。

这也是我写这本书的初衷所在。

那么，我会怎么带着大家去了解法医学呢？

法医学知识博大精深，想通过一本小小的科普书来说透讲全，是不现实的。

所以，这本书主要分为三个部分：

一、案子。

如果我上来就叙述法医学的学科理论，估计很快就会把大家给吓跑吧。所以，本书一开始，我会给大家讲一个改编自真实案例的故事。故事不长，却几乎涵盖了法医学理论和实践的关键信息。看完故事，再去学习后面的法医学理论，大家就会印象深刻。

二、理论。

本书涉及的法医学内容，包括了法医病理学、现场勘查学、法医人类学、法医物证学、行为心理分析学、法医毒理学、法医临床学等，但如果只是介绍理论内容，大家的认知可能会比较模糊。所以，在每个理论的讲解中，我会结合自己接触法医工作24年（7年学习和17年工作）的实践经验，给出一个个典型的小案例，帮助大家更好地理解。

三、答疑。

全书的最后，我会针对大家经常问法医的一些问题，进行答疑。

很多人看了法医秦明系列的小说，产生了加入法医队伍的念头，我会根据自己的经历，和大家聊聊如何成为一名法医，以及法医职业的前景到底如何。

所以，这本书算是一本轻科普。书本虽小，但是涵盖的内容很多，希望能够把你们最想要，也最用得到的知识都展现在这里。

当然，我创作这本书，也有自己的小"私心"。

我想问，有多少人了解法医背后的艰辛？

在基层工作的法医，不仅工作环境艰苦、任务重，还常常要面对不明真相的群众的诬告、辱骂，甚至殴打。比如某个300万人口的县里，只有3个法医，每年要做2500多份伤情鉴定，检验300多具尸体，可见这个工作量有多么庞大了。

能坚守在法医岗位的，都是真正热爱这个职业的人。我常常见证着他们的不易，也常常想为他们鸣不平。毕竟，如果一直不去发声，不让别人了解你，那么在被误会、被污蔑的时候，又怎么能获得理解和支持呢？

从2011年开始，我有了一种想要呐喊的冲动。所以那一年，有了微博账号@法医秦明的开通，也有了法医秦明系列小说的起笔。

如今，法医秦明系列小说的开山之作《尸语者》已经出版十周年了。十年里，我从没有想过，写作可以让自己多出名、多有钱。我的写作，只有一个初衷、一个目的，那就是让更多的人了解法医、理解法医、支持法医。

十年来，有更多的人了解、理解了法医，也有更多的孩子把当法医当成了自己的理想。我很欣慰。我相信，这本根据我多年前撰写的科普书《逝者证言》修订重版的《法医之书》，在经过大量的补写、整理和润色后，会给大家带来不一样的阅读感受和体验吧。

照例声明，书中的案例，是我根据一些真实案例编撰而成，书中所有人名、地名以及案件情节均属虚构，请勿对号入座。

法医学的知识理论，是许许多多法医老前辈积累下来留给我们的财富。本书的参考文献有法医学入门教材《法医病理学》《法医物证学》《法医毒理学》《法医人类学》等，还有闵建雄老师编撰的《命案现场重建概论》和《命案现场分析概论》。谨以《法医之书》这本书，感谢这些老前辈给我们留下的宝贵财富。

希望我的努力可以继续感染更多的人，让他们更加理解和支持法医工作，让更多有志青年加入法医队伍；也希望这本《法医之书》，可以对大家谣言免疫力的提高和正确生命观的塑造有所裨益。

最后，感谢大家一直以来对老秦的支持和鼓励。没有你们注视的目光，就没有老秦的作品，谢谢你们！

2022年初春于合肥

目录

| 第一章 |

跟着法医去探案...001

凉亭柱子上有好几道殷红的斑迹,地面上有一只崭新的女式高跟鞋,不远处的池塘里漂浮着一具尸体……
假如你此刻是一名法医,走进这个案发现场后,你会做什么?

| 第二章 |

现实中的法医...099

什么是法医?所有的法医都可以参与命案侦查吗?法医的工作到底是什么?这一章,将带你认识真正的法医!

  法医到底是不是警察...101
  法医去破案,到底归谁管...106
  法医到底要做哪些工作...110

| 第三章 |

法医病理学:研究死亡的科学...115

什么是法医病理学?专门研究死亡、尸体现象以及尸检技能的法医病理学,为什么是最重要的一门法医学课程?
这一章,一起来感受法医病理学的魅力吧。

我们常说的非自然死亡，到底是什么意思...117

死亡的过程：濒死期、临床死亡期和生物学死亡期...121

早期尸体现象：死后24小时的变化过程...124

晚期尸体现象：毁坏型...138

晚期尸体现象：保存型...144

网上流传的死亡全过程揭秘是真的吗...147

死亡方式：自杀、他杀还是意外...149

死因：直接死因、间接死因、联合死因和诱因...150

机械性窒息：最常见的杀人方式...154

法医是怎么在尸检中看出机械性窒息的...159

尸体上的损伤：法医靠它还原凶案...162

难以伪装的对冲伤...163

抵抗伤、约束伤、威逼伤...167

神秘的致伤工具...169

死亡时间推断：法医学界最大的难题...172

法医病理学还研究什么...178

| 第四章 |

现场勘查学：犯罪现场的分析报告...181

法医也要在现场寻找线索吗？现场分析工作，为什么是最具挑战性的一项工作呢？

有的犯罪现场，居然有14000米长...182

勘查现场，究竟有什么用...183

到达现场后，法医具体怎么做...186

血迹分析：不同的形态意味着什么...203

| 第五章 |

法医人类学：现实中的识骨寻踪...207

当命案现场只有一堆白骨，法医也能破案吗？
这一章的法医人类学，或许能给你答案。

  种属鉴定：判断是人骨还是动物骨...209
  寻找尸源：尸骨会"自报家门"...211
  颅骨面貌复原技术：让计算机来捏脸...216
  颅相重合技术：比对亡者的照片...218
  骨龄鉴定：X光片可以读出你的年龄...219
  咬痕鉴定：牙齿模型也能破案...222

| 第六章 |

法医物证学：让凶手落网的利器...223

当你身处一个命案现场时，你可知道哪些东西能够帮助锁定凶犯？

  法医物证学有多重要...225
  法医常规物证检验：传统时代的检验手段...228
  法医DNA检验：新时代的"检验之王"...232
  法医物证学能解决所有问题吗...235

| 第七章 |

行为心理分析学：犯罪分子的画像...239

犯罪过程中，凶手会有很多种行为，不同的行为反映出凶手不同的心理特征，而这些心理特征，也给侦查人员提供了侦查方向！

| 第八章 |

法医毒理学：研究人体中毒机理和表现...247

中毒，是常见的死因之一，有时候也是最容易被忽略的死因之一……

　　世间有千万种毒物，都会致死吗...248
　　中毒后会出现哪些尸体现象...250
　　法医是怎么出勘中毒案件现场的...252

| 第九章 |

法医临床学：检验活人的工作...255

法医不仅和尸体打交道，也会接触伤者，帮助检验伤情？
法医临床学，让你看看法医工作的另一面！

　　重伤、轻伤和轻微伤...256
　　伤情鉴定里的"陷阱"...258

| 第十章 |

法医组织病理学：解决死因不明的案件...263

在很多案件中，死者没有明显的外伤，也不像是中毒死亡的，倒像是疾病导致的，但这种情况下无法肉眼发现，该怎么办呢？

　　肉眼看不到的疾病，有可能才是真正死因...264
　　从器官到切片：组织病理学的检验流程...265
　　尸体手上的黑点，差点造成了冤案...268

| 第十一章 |

其他有趣的法医学学科...271

　　法医毒物分析：实验室里的法医...272
　　法医精神病学：影响凶手量刑的学科...273
　　法医齿科学：不起眼的咬痕...275
　　法医昆虫学：与尸体为伍的它们...276
　　法医植物学：植物也能做DNA...277

| 第十二章 |

如何撰写法医报告...279

办案过程中，法医把检验和分析后的所有结果都写进了法医报告里，这份报告到底长什么样子？

| 第十三章 |

如何成为一名法医...289

如果你想成为一名真正的法医，你可能会对以下内容感兴趣。

　　学习法医学专业的人多吗...290
　　法医学专业都有哪些课程...292
　　法医学生实习时做什么...294
　　法医学生毕业后怎么就业...294
　　写给未来的法医的话...295

| 第十四章 |

法医的未来...301

　　法医会被淘汰吗...302
　　虚拟解剖：数字时代的法医"屠龙术"...304
　　不忘初心，砥砺前行...306

附录：部分国家或地区脑死亡判断标准...309

索引...317

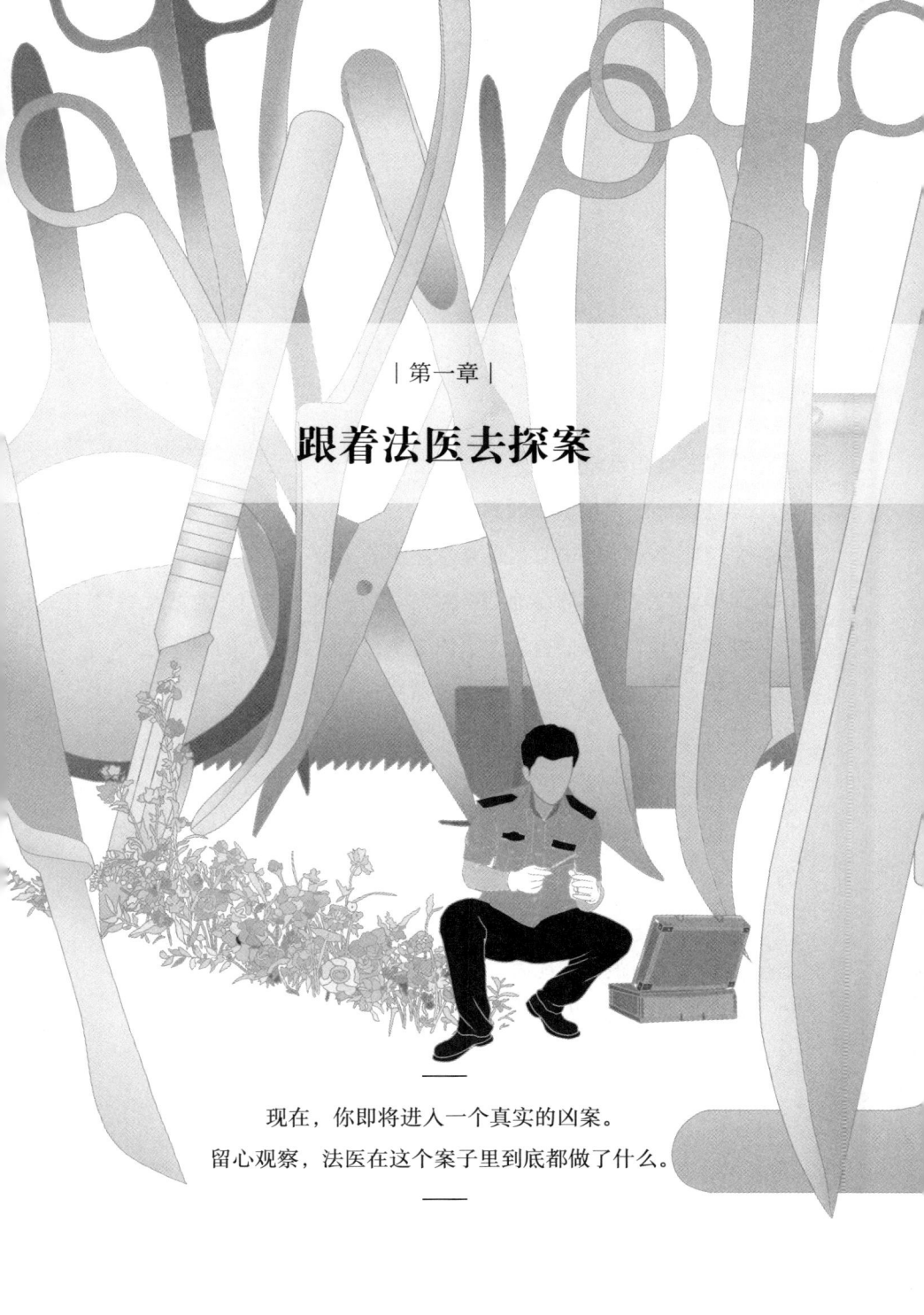

1

公园的夜，万籁俱寂。

月亮在云中穿梭，不时将公园凉亭边的樟树照得影影绰绰。凉亭是这座小公园的中心，也是这座小公园唯一的景点。别致的建筑风格和旁边的一湾小池塘搭配在一起，相映成趣。池塘有半个足球场大小，一旁插着的"水深 2 米，禁止游泳"的牌子已经破旧不堪。凉亭和池塘被四周一圈樟树和一圈矮灌木围得严严实实，只有一条小道从中探出，通往不远处的马路。这个季节，青蛙还是蝌蚪，蝉还没有破壳，这个时间，马路上也没有什么人。

在这个小小的公园里，唯一发出声音的，是一个穿着时尚的女人。

女人坐在凉亭的廊椅上，对着面前的池塘发呆。她百无聊赖地抖动着腿，高跟鞋和地面碰撞，发出有节奏的"嗒嗒"声。

时针指向零点，安静的凉亭公园有了些异动。她感觉身后树丛中突然沙沙作响，紧张地回头看了一眼。

小路依旧无人，树影却显得有些阴森恐怖。

"来了吗？别装神弄鬼，我胆小！"

四周依旧死寂，什么也没有。

女人显然有些害怕了,她颤悠悠地站起身来,把手提包环抱在胸前,靠在凉亭的柱子上,紧张地四下观望。

好像有什么东西经过,灌木丛里又是一阵摇晃,伴随着"沙沙沙"的声音。这阵奇怪的声音显然让女人更加害怕了,她挪着步子,靠近小路,想尽快离开这里。

突然,一条黑影闪过。

"你干什么?你想干什么?""别跑!看你往哪儿跑?""啊!啊!啊哟!干……干什么!救命啊!救命!"

"扑通"一声,一串慌张的脚步声渐行渐远。

四周又恢复了往常的平静。

4月8日,晴。清明节假期刚刚结束,早晨6点,天已大亮。

老王头还像往常一样,穿着橘红色的马甲,戴着反光鸭舌帽,去公路上清扫。老王头以前可能做过生意,所以他的手头并不拮据,不过他坚持在环卫局上班,已经有10年了。在他看来,扫马路一来可以锻炼身体、延年益寿,二来有时可以有一些意外的收获。马路上一些被人丢弃的新鲜玩意儿,总是给他孤寂的生活带来一些精彩。

凉亭公园就在老王头清扫的地界儿附近。这是一座位于城西的小公园,除了早晨7点到9点会有一些老太太来这里跳跳广场舞,偶尔也会有一两对情侣在天气晴好的夜晚来这里说说情话。

老王头偶尔也会走到凉亭里,呼吸一口新鲜空气,顺便歇上一歇。

这一天天气不错,老王头靠近凉亭的时候,远远就看见地上仿佛有个什么东西,在初升的旭日照耀下闪闪发光。

那是一只崭新的女式高跟鞋,鞋头镶嵌的水钻在阳光下折射出五彩斑斓的光芒。

"这么好的鞋子,都不要吗?"老王头蹲下身来,捡起鞋子细细打量,"可惜就一只,不然这么新的鞋子,送人都拿得出手。"

老王头把鞋子丢弃到自己手中的簸箕里,慢慢直起身来。一股清晨的微风捎带着腥气扑进了他的鼻孔。

什么气味?老王头东张西望。

终于,他看见了凉亭柱子上几道殷红的斑迹。老王头身体晃了晃,慢慢地走到凉亭旁边,皱着眉头凑近细看。

是血啊!好像真的是血啊!

老王头盯了好久,仿佛才回过神来,伸手去裤兜里掏手机。

"嘿!老王头早啊。"张大妈从背后突然拍了一下老王头的肩膀,吓得老王头浑身一颤。

"早,早。"老王头脸色苍白。

"这是怎么了?你在看什么呢?"张大妈把跳广场舞的播放器放在一边的地上,看向老王头手中的簸箕,"哟,这是谁的鞋子?这么新就扔啊,你看现在的小年轻,说什么好呢,一点儿都不知道爱惜东西,我家的那个兔崽子也是这样。我要说他吧,他还笑我什么消费理念落后。"

见老王头愣愣地站着,张大妈有些疑惑:"你今天这是怎么了?脸色不对啊,紧张什么?"

说话间,她陡然看见了柱子上那数道血迹。

"哟!这是血啊!"张大妈说,"老王头,你这高跟鞋是在这血迹旁边发现的吗？"

老王头好像还在发怔："啊？嗯，是啊，是在这里。"

"不会是有杀人案吧？"张大妈紧张地朝四周看了一圈，说，"那你还不快报警啊？"

老王头连忙扬了扬手中的手机，像是刚缓过神来："是啊，是啊，我这不就……不就准备要报警了嘛。"

"首先，欢迎你们来市公安局刑警支队刑事科学技术研究所参加实习工作。"

王小美坐在办公室中央宽大的办公桌后面，对着面前站着的两个学生模样的男孩子说道。

王小美今年32岁，一级警司，主检法医师。一个月前，她正式开始主持法医室的工作。王小美一身警服，英姿飒爽，一头乌黑的齐肩短发衬托出她白皙的脸庞，柳叶眉、杏仁眼、高鼻梁，红唇白齿，说起话来两颊的酒窝若隐若现，人如其名，她是个不折不扣的美女。

医生家庭里长大的王小美，却不爱红装爱武装。从小到大，同学们都不敢相信，这个长相甜美的可人儿却是个实打实的"女汉子"。为了当警察，王小美和父母不知道发生过多少次冲突，最终双方达成协议，王小美如父母所愿踏进医学院大门，却选择了法医学专业。读完5年本科和3年研究生后，26岁的王小美以优异的条件被市公安局刑警支队录用。工作6年，王小美利用自己的法医技术破案无数，立功受奖更是家常便饭，所以在她师父退休后，理所当然地担当起市公安局的法医室主任。而在此之前,支队长黄卫国一直认为法医是个以男性主导的职业。

"我们法医室一共有八名法医,除了两名长期坐法医门诊[①]的老前辈,剩下的法医分为两组。我和赵法医分别担任两个勘查组的组长。"王小美慢慢地说道,"我们组有一个同志休婚假去了,正好缺人,你们两个都是我的师弟,就跟着我这一组开始工作吧。"

两名实习生点了点头。

突然,桌上的内线电话丁零丁零地响了起来,王小美一把抓起听筒:"喂,你好,法医室。"

"你好,王主任吧?我是指挥中心。"

"有什么情况吗?"

"城西凉亭公园,有些情况。"

"死了几个人?初步看是命案吗?"

"现在还不能确定。根据辖区派出所汇报的情况,早晨6点半的时候,一个清洁工和一个去跳舞的大妈在凉亭公园地面上发现了一只女鞋,女鞋附近的亭柱上,有一些喷溅状血迹。"

"血迹?"

"是啊,我们怀疑可能有犯罪行为发生。侦查部门已经派人前往了。"

"好的,我知道了,我们马上出发。"

[①] 法医门诊:全称法医临床鉴定室,是公安机关为方便受理人体损伤程度鉴定而设立的一个面向公众的工作地点。

王小美和本组的年轻法医廉峰以及痕迹检验室的丁全民快速地整理着各自的现场勘查箱。5分钟后，他们带着实习生们，一起坐上了现场勘查车。

"你们运气挺好的。"王小美坐在副驾驶位置，回头对后面的实习生说，"实习第一天就有案子。"

"这叫运气好吗？"廉峰说。

对初出茅庐的实习生来说，有案件意味着能得到实战的锻炼，但对于身经百战的法医，则不是什么好事。毕竟，法医一出现场，很可能意味着有生命的消殒。

"师姐，这是什么案子啊？"实习生赵伟问，"命案吗？"

王小美说："还不知道呢。现场发现一只女鞋和喷溅状的血迹。"

"啊？没尸体啊？"另一名实习生杨光问。

"并不是一定要看见尸体才会让法医出勘现场的。"王小美嫣然一笑，说，"法医有很多职责，不仅要检验尸体、检验活人，还要寻找物证。你们在学校里学的那么多科目，在实践工作中都是会用得上的。"

"只要是现场有涉及伤害或杀人的犯罪行为的可能，咱们法医就得前往。"廉峰补充道，"有血，有鞋，却没人。还有，凉亭旁边，有个小池塘哦，你们想一想吧。"

赵伟和杨光"哦"了一声，若有所思地点点头。

车辆闪着警灯，向城西凉亭公园的方向，疾驰而去。

凉亭公园的路口站着两名全副武装的特警，显然这里已经被警方封锁了。

王小美和同事们出示了现场勘查证，拎着勘查箱跨越了警戒带，向中心现场——凉亭走去。

"就发现了点血迹，至于这么大阵仗吗？"王小美一边穿戴着现场勘查装备，一边笑着问站在凉亭外的黄卫国支队长。

为了防止现场勘查员对现场的破坏和污染，所有的警员在进入命案现场之前，都要穿戴现场勘查装备。除了戴上手套，现场勘查员还会在鞋子外面套上一副硬底的鞋套，这副鞋套可以防止勘查员的鞋印留在现场，混淆现场地面足迹情况；勘查员还会戴上帽子和口罩，防止自己的毛发、唾液留在现场。

黄支队指着凉亭前的池塘说："小美，你看看那个漂着的东西是什么。"

大家顺着黄支队手指的方向看去，平静的池塘上，确实漂浮着一个物体。因为在池塘的中央，所以看不真切。

"哟，不会是尸体吧？"王小美说。

黄支队指了指凉亭的柱子，说："你看，这出血量不少啊，我看那个漂浮物多半就是一具尸体！我已经派人去找船打捞漂浮物，你们先看看凉亭里面的痕迹物证情况，瞧瞧能不能发现什么头绪。"

王小美点点头，带着现场勘查员们进入了凉亭。

很多人认为现场勘查是痕迹检验部门的职责，其实不然，在命案的现场勘查中，痕迹检验部门必须要和法医部门通力合作，才能对现场有个全面的勘查和认识。尤其对尸体周围痕迹以及血迹的分析，是法医部门的强项。

进入凉亭后，勘查组的成员立即进入状态，各司其职。赵伟和杨光跟在王小美的身后，直接走到了凉亭柱子的旁边。

王小美屏息凝神，对柱子和地面上的血迹观察了很久，对实习生们说："你们看，柱子上的血迹血滴比较大，方向明显很一致，是从左下向右上的，所以这些血迹应该是喷溅状血迹，是有人受伤后，血液因为血压的作用从血管破裂口处喷涌而出才形成的，说明在这个位置，有人受伤，而且应该是大血管受伤。"

王小美站在血迹的旁边，模拟了一下伤者的位置。

"然后，伤者在凉亭的中间有一个徘徊的过程，最后移动到了池塘岸边。"王小美顺着地面上滴落状血迹的方向做了一个现场模拟，说，"伤者在这个池塘的岸边消失了。"

现场勘查工作中最重要的一项工作，就是对现场进行重建。而现场重建最有力的依据，就是现场血迹的分布和形态。王小美此时已经根据血迹的分布和形态，大体判断出了伤者的活动过程，以及伤者最后的消失地点。

王小美说："伤者在池塘边消失，并没有移动到灌木丛中，或者顺着小路离开。所以根据现场重建的结果，可以判断伤者最后很有可能是落水。"

"王姐，根据现场初步的勘查，凉亭里除了报案人老王头和张大妈的足迹，还有两种足迹。"和区局的两名痕检员一起勘查现场的痕检员丁全民说，"这两种足迹，一种是现场遗留下来的女式高跟鞋的，还有一种是运动鞋的鞋底花纹。"

"看来，这个穿着高跟鞋的女人，很有可能是被穿着运动鞋的人杀害了，然后抛尸到池塘里。"廉峰说。

王小美脸上的表情瞬间凝重起来。

案发现场示意图

而在此时，两名民警扛着一个橡皮艇走到池塘边。在黄支队的指挥下，民警把橡皮艇推进了池塘里，然后小心地跳了上去。

池塘不大，橡皮艇在两名民警的合力划动下，很快就来到了池塘中央漂浮物的旁边。一名民警戴起手套，拨动了一下漂浮物后，猛地站起身来。橡皮艇因为他的大动作，而猛烈地晃动起来。民警努力维持了一下平衡，然后向着岸边喊道："报告黄支队，是尸体！"

一名民警用船桨挂住尸体，另一名民警奋力划水。很快，橡皮艇就靠岸了。

在橡皮艇接近岸边的时候，几乎岸上所有的人都闻见了一股难忍的恶臭。很多民警皱起眉头，捏住了鼻子，但依旧挡不住臭气。

"师姐，怎么这么臭？"赵伟干呕了一下，问。

王小美微微一笑，说："怎么？还没见过腐败尸体吧？"

杨光比赵伟的反应要轻松许多，说："在学校里看见的，都是经过福尔马林浸泡的尸体标本。真正的新鲜尸体我们都没有见到过呢，腐败尸体就更没见过了。"

"天气越来越热了，腐败尸体也会越来越多。"王小美说，"你们要做好思想准备。一名合格的法医要能坦然面对各种尸体，这也是你们的第一课。"

在廉峰和另一个民警共同努力下，尸体被拉上了岸，放置在早已准备好的尸体袋旁。

赵伟跟着王小美刚一走近尸体，立即忍受不住胃里的翻江倒海，冲到警戒带外的灌木丛旁呕吐起来。

"这小子职业素养不错。"王小美笑着说，"还知道冲出警戒范围再吐。"

眼前的尸体像一个绿巨人。王小美知道，这是因为尸体已经呈现出巨人观了。

巨人观是一种尸体的现象，可以看到，尸体的头面部非常巨大，两只眼球已经突出了眼眶外，白森森的。嘴唇向外翻出，黑红色的舌头伸在口腔外。尸体的两颊异常肿胀，从正面似乎都看不到耳朵。头发已经脱落了一部分，剩下的稀稀拉拉地粘在头皮上。

尸体全身膨胀，因为有水渍附着，显得油光发亮。全尸的皮肤像是被染色了，呈现出墨绿色。在打捞尸体的过程中，很多表皮已经脱落，暴露出污红色的真皮层。尸体的四肢上，遍布蜘蛛网一样的暗红色静脉网。

从衣着上看，死者是一名女性。尸体上身没穿衣服，而下身穿着内裤。因为尸体膨胀，四肢比正常女人的要粗了几倍，胸腹部也高高隆起，仿佛皮肤马上要被撑破了一样。内裤紧紧地勒在尸体上，在尸体上形成了相应形状的凹陷。

尸体周身散发出一股恶臭，那是一种无法形容的气味，从四周民警的表情上就能看出，尸体一上岸，现场就立刻成了难以立足的地方。

王小美仿佛闻不到臭味，她表情淡定地走到尸体旁，拿起尸体的双手，说："死者的双手皮肤已经呈手套状剥离①，可见死亡应该在6天左右。嗯，死者没有穿鞋子。"

"两只鞋子都没有啊？"黄支队说，"看来另一只鞋子肯定是掉进水里了。不过，她这个衣着倒是有些奇怪啊？"

"说不准是性侵呢？"廉峰插嘴。

杨光悄悄走近正在进行现场尸体检验的王小美，蹲下来，小声说："师姐，这个死者是个胖子吗？"

王小美被他的发问逗得忍俊不禁："这是巨人观啦，因为尸体腐败而高度肿胀，所以显得很胖。说不准，她生前是个身材很好的美人儿呢。"

"哦，这就是巨人观。"杨光立即把书本上的知识和眼前的这具尸体结合了起来，"不过，师姐，为啥尸体会呈现出绿色啊？"

"看，理论功底不扎实了吧？回去翻书。"王小美嗔怒。

"巨人观，是晚期尸体现象的一种，有高度腐败的征象。绿

---

① 手套状剥离：指皮肤就像手套一样戴在手上，可以被褪下来。

色是因为尸绿全身化了呗。"不如杨光适应能力强的赵伟，理论功底倒是比杨光要扎实不少。

做了简单的尸表检验，王小美一言不发。

廉峰看了看王小美的脸色，不甚了了："尸体先拉走吧，咱们去殡仪馆解剖。"

公安机关和民政部门通常会有协议，在当地的殡仪馆中设立一个单独的小楼，作为公安机关的法医学尸体解剖室。把尸体解剖室安置在殡仪馆，就省去了诸如保存尸体、尸体交接运输等流程。

在得到黄支队的应允后，殡仪馆的工作人员戴上手套，七手八脚地把尸体装进尸体袋，然后放置到运尸车内拉走。

"王姐怎么了？不舒服吗？"看到王小美脸色不对，廉峰关心地问道。

王小美正在思考，被廉峰的问话打断了思路。她勉强地笑了笑，说："没有，没有，我要去找报案人问问情况。"

老王头和张大妈此时正在警戒带外面接受民警的询问。老王头不断地点头，和民警交谈着什么，而张大妈带着她身后的十几个大妈，正踮着脚，翘首往警戒带里张望，一边看还一边说："这都什么味儿啊？死人臭了吗？"

"大妈，这么远都能闻见味道啊？"王小美笑着钻出警戒带，走到张大妈面前说，"您能把报案过程和我讲一下吗？"

民警插话道："王姐，这里都记录下来了，您看看。"

王小美接过笔录纸，一页一页地看完，说："我想问问，你们每天都来这里吗？"

老王头和张大妈同时点了点头。

"那你们昨天早上没有看见鞋子和血迹吗？"

张大妈想了想，说："不不，我有五天没来了。清明节不是有三天假期嘛，我儿子从外地回来了，我早上要给他做早饭，所以就和我那些老姐妹说了，停止练习三天。我是咱们舞蹈队的领队嘛，如果我不在，她们也跳不起来。你看你看，这播放器都是我带着的，音乐都在我这儿，我不来她们拿什么跳？所以我就一个一个给她们打电话，说是清明几天不跳了。毕竟儿子是大事嘛，我儿子可有出息了，在北京工作呢，是工程监理。对了，姑娘，你有对象了吗？"

王小美愣了一下，连忙把话题拉了回来，说："大妈，那你们只是停止练习了三天，为什么是五天没来呢？"

张大妈说："啊，对，是这样，我们舞蹈队受到街道的邀请，去表演了，两天，两场。"

王小美点了点头，转头问老王头："王大爷，您呢？"

"啊？我？哦，我啊……"老王头有些紧张，说，"我不用扫这里的，公园有专门的人打扫。我一般不到这里来的，偶尔才来坐坐。"

"那专门打扫公园的人，您认识吗？"

"认识啊。不过你别问了，我知道你什么意思。他们哪像我这样每天都打扫，三天打鱼，两天晒网的，很少来，一个月来个把次就不错了。"

"是啊是啊。"张大妈说，"凉亭那一块，都是我们自己打扫。有的时候，哟，你不知道，骚臭骚臭的，真没办法。"

王小美抬了抬手，打断了张大妈的絮叨，说："那您先忙着，我们要去验尸了。"

现场勘查组的一行几人，头也不回地向警车走去。身后的张大妈小声地嘀咕："哟，原来这漂亮姑娘是验死人的啊？幸亏没把我儿子介绍给她。"

坐在勘查车上，赵伟说："师姐，您刚才问他们的意思，就是因为尸体现象和现场血迹形成时间不符吧？"

王小美赞许地笑了笑，说："是啊。死者死亡应该有五六天了，而血迹和鞋子今天才发现，有些异常。不过刚才张大妈已经解释了，她们都是好几天没来了，所以这个疑点看似解决了。"

大家都没说话。

王小美接着分析："不过，还有些问题不能解释。第一，血迹时间一长，会变黑。而现场的血迹，感觉还是很新鲜的，就像是昨天才沾上去的。这和死者的死亡时间相差太大了。第二，刚才我看了尸体，没有发现尸体上有明显的创口啊。没有开放性损伤，哪来的大量出血呢？很奇怪。"

廉峰说："有两种可能：一是岸上的血迹可能和死者没有直接的关系，二是说不定死者身上没伤，而是凶手身上有伤呢？"

王小美说："不会吧。我们刚才做了现场重建，血迹滴到池塘边就没了，所以应该是落水了。如果血迹是凶手的，那么凶手是怎么离开现场而不在离开路径上留下血迹呢？"

"难道是游泳离开的？"杨光挠挠头。

市公安局法医学尸体解剖室里，排风扇发出"轰轰"的声音。

尸体静静地躺在解剖台上。

"现在我们就开始按部就班地进行尸检吧。"王小美对两名实习生说,"尸体检验是我们法医的基础工作,也是最重要的工作。我和廉峰一起进行尸检,你们俩负责记录。"

王小美一边尸检,一边解说,方便两名不熟练的实习生进行尸检记录。

"死者上身赤裸,下身穿黑色短裤。"王小美说,"死者高度腐败,呈巨人观状。"

按照从头到脚的顺序,王小美对尸体进行了一次全面的尸体检验,并没有发现死者身上有任何开放性创口。

"这就奇怪了。"王小美说,"第一,死者的衣着虽然不多,但是在衣着上并没有看见任何擦拭状或者滴落状的血迹。第二,既然死者的身上没有开放性创口,那么现场的血迹从哪里来的呢?"

廉峰皱了皱眉头,说:"说不定还真就是凶手受伤了,然后在岸边包扎后再离开现场的。"

解剖室里顿时安静了下来,大家都在静静地思考着,想找出一个解释来完美回答这些疑点。

"先不用想那么多吧。"王小美打破了解剖室内的沉寂,说,"还是先按流程进行尸检,最后得出一个结论,看能不能解释疑点。如果解释不了,就复勘现场。大家不要着急,破案就是要抽丝剥茧,慢慢来。"

王小美见大家都在忍着巨臭,挥手示意负责照相的痕检员丁全民把解剖室的排风装置开到最大挡,然后转身准备清理解剖用具。

"在学校的时候,我们上的课时最多、考试最严格、教学最有意思的课程是哪门学科呢?"王小美在解剖台一端的水龙头上仔细地清洗着她的手套,然后把解剖工具一件件放到托盘里。

尸体的表皮仍在不断脱落,王小美每次接触尸体,都会有表皮粘在她的手套上。廉峰则在一旁帮助丁全民,把尸体已经脱落的手部皮肤重新组合起来,为的是在一张指纹卡上,把尸体的十指指纹捺印下来。

"法医病理学。"杨光一边回答,一边好奇地看着丁全民像戴手套一样把尸体脱落的手皮戴在手指上,在指纹卡上捺印。

"对。"王小美说,"法医工作的基础是法医病理学,但是法医工作的灵魂是现场分析。如果只会法医病理学,而不会现场分析,那么这个人就是解剖工,而不是法医。如果只会现场分析,对法医病理学却不精通,那么这个人一定是纸上谈兵,破不了案的。"

王小美的一段话,给法医病理学这门学科赋予了厚重的意义。

杨光和赵伟一脸崇拜地点了点头。

"那么,你们告诉我,法医病理学研究的是什么?"王小美一边用解剖刀划开尸体的胸腹部皮肤,一边问。

随着胸腹腔内脏器的暴露,一股恶臭冲过排风扇形成的空气屏障,再次刺激着在场所有人的嗅觉。赵伟又有些不适,摘掉口罩往后退了两步,做好随时冲出解剖室呕吐的准备。杨光则露出一丝嘲笑的表情。

王小美熟练地分离死者的胸部皮肤,手术刀在皮肤和肌肉之间的腱膜层中游走。廉峰和王小美一起配合着,很快把尸体的胸腹腔打开了。王小美把手术刀用得游刃有余,干净利落地切开了死者的肋软骨和胸锁关节，拿下了胸骨。墨绿色的胸腔脏器伴随着胸腔里的腐败液体，晃了两下。

"死亡，研究死亡的。"赵伟忍住了干呕，回答道。而杨光则看入迷了，早已忘记王小美前面提出的问题。

王小美笑着点了点头，说："对。法医病理学就是研究死亡的。机体总归会走向死亡，如果生物体的死亡不是遵循自然规律发生，而是受到外界的因素作用所致，那么，这就是我们法医研究的内容了。一切抽丝剥茧、明察秋毫都是从这里开始的。我记得法医秦明系列的小说里写过：'死亡，对法医来说，不是结束，而是开始……'"

"有的时候，死因就决定了死亡方式。"王小美一边熟练地进行解剖，一边继续说，"比如，如果我们能够确定这名从水中捞起的死者不是溺死，那么她就应该是被杀死后，抛尸到池塘里的，那就是他杀。"

在这个时候，对于死者的死因，两名法医已经有了直觉上的判断。直觉和科学并不冲突，因为法医是通过大量技术工作的经验积累，才培养出了直觉，这样的直觉，准确性往往很高。

王小美继续观察着尸体。死者存在明显的窒息征象，比如指甲青紫、心血不凝、颞骨岩部出血等，可以肯定死者是死于窒息。但是窒息有很多种可能，究竟是因为溺水，还是其他原因，目前来看，并不容易判断。因为死者的尸体已经高度腐败了，肌肉都已经开始溶解，颈部的皮肤因为腐败作用，表皮脱落，真皮膨胀，几乎看不出有没有伤痕。

王小美和廉峰对死者颈部的肌肉进行了仔细的分层解剖，一直把颈部的每条肌肉都逐一分离出来。可是，似乎没有什么明确的发现。

"窒息征象很明显，但是没有找到相应的损伤。"廉峰说。

王小美说："不是没有损伤，而是因为尸体现在的条件差，我们不能及时发现罢了。"

说完，王小美从喉部下刀，把死者的整个咽喉部取了下来，然后在一旁的操作台上开始对死者的喉部各个组织结构进行软组织分离。

廉峰则继续解剖。

死者的肺部已经腐败自溶，只留下墨绿色的浆膜层。廉峰用手术刀刮着肺部表面的腐败附着物说："肺部表面有出血点，心脏表面也有。"

这些都是窒息征象。但是不管死者是溺水死亡，还是颈部受力导致窒息，这些窒息征象都是存在的。窒息征象不能作为溺死和抛尸入水的区别依据。

廉峰小心翼翼地切开死者的胃，说："胃里空空的，没有溺液。死者尸体不符合生前溺水的迹象。"

"嗯。"王小美在一旁的操作台边说，"我这边也有发现。死者喉部周围肌肉组织的中央都有一个凹陷，虽然出血不是很明显，但是可以看得出来，死者颈部生前应该是被条形的物体勒过。还有，我看到死者的甲状软骨周围也有相应的条形凹陷，甲状软骨的上角骨折了。"

"虽然，我们看不到尸体周围有绳索，但是尸体告诉我们，她是被勒死的。"廉峰说。

赵伟打了个冷战,说:"哥,别说得那么恐怖。"

杨光则问道:"这就是死因分析吗?"

王小美说:"这是在机械性窒息这个死因的范畴内,对致伤方式进行分析。因为不管是溺死还是勒死,其死因都是机械性窒息。死因分析可没有那么简单。有的时候,存在多处损伤或死亡征象,要分析哪一处损伤、哪一种征象才是主要死因,这才是难题呢。"

"溺死也是机械性窒息吗?"杨光问。

王小美点点头,说:"异物堵塞呼吸道,也是机械性窒息的一种类型。"

"既然确定死者是被勒死后抛尸入水的,"廉峰说,"这就是一起命案了。"

"这起命案很蹊跷。"王小美说,"现场有新鲜血迹,死者却腐败了数天;现场有大量血迹,死者全身却没有开放性创口;现场只有一只鞋子,而且死者穿得如此之少。对于这起案件,我们不仅丝毫没有头绪,最要命的是,还有这么多疑点我们无法解释。"

王小美按照解剖顺序和取材的要求,把尸体的内脏检查了一遍,并没有发现明显的损伤。然后她打开了死者的盆腔,熟练地取下死者的子宫。

死者的子宫也高度腐败了,呈现出暗红色。因为腹腔内的大量腐败气体,子宫差点就被挤出了体外。王小美用手术刀沿着子宫的正面切开,发现了子宫里的一个金属环。

"知道这是什么吗?"廉峰问道。

杨光说:"戒指?"

廉峰哈哈一笑，说："戒指怎么会在这里？这是节育环！"

"节育环？"赵伟说，"哦，我知道了，现在可以确认，死者是有过生育历史，而且做了节育措施的。"

"是啊。"王小美说，"说明死者可能是已婚已育的。这个发现很重要。"

"然后，我们的工作就完成了吗？"杨光看着解剖台上胸腔、腹腔、颅腔和盆腔都已经被解剖开来的尸体，问道。

王小美笑了笑，说："法医的工作当然不仅仅是对死者的死因和死亡方式进行判断。我们还要进一步为侦查服务。"

"怎么服务？"赵伟问。

王小美说："如果你们是侦查员，我现在告诉你们，死者是被勒死后扔进池塘里的。那么，为了破案，你们现在最想知道的是什么？"

"想知道谁杀的。"杨光抢答说。

王小美"噗"的一声笑出来，说："法医是人不是神，这样就能直接告诉侦查员是谁杀人了吗？那还要侦查部门、痕迹检验部门和物证检验部门做什么啊？以后叫法医来现场算上一卦，就可以破案了。"

杨光不好意思地挠挠头，说："那侦查员想知道什么？"

赵伟说："应该是先得知道死者究竟是谁吧？"

王小美高兴地点点头，说："对了。这就是我们说的——死者的尸源，破案要从寻找尸源做起。如果连死者是谁都不知道，还在那儿破案破得一头劲，岂不是笑话吗？"

"可是，死者就穿了内裤，又没有身份证，怎么知道死者究竟是谁啊?"杨光问道,"啊,对了,是不是 DNA 检验?"

王小美一边用剪刀剪下死者的一小块肋软骨,一边说:"DNA 检验很重要,死者因为高度腐败,所以体腔内的血液都已经变成腐败液体了,我们只有取死者的软骨来进行 DNA 检验。不过,寻找尸源的工作,DNA 是最后一步,也就是说,我们找到了可能是死者的尸源,最后一步用 DNA 来比对确认。"

"是啊。"廉峰说,"很多人认为我们有 DNA 数据库,寻找尸源的工作就轻松多了。其实,DNA 数据库并没有完全收录十几亿人的 DNA 数据,除非死者以前被公安机关打击处理过,不然是不会在 DNA 数据库里留下数据的。"

"好了,现在我们的话题又回来了。"王小美说,"侦查部门最关心的是尸源的问题,这个案子里,既然有抛尸藏尸的动作,那么凶手和死者肯定有着某种关系。只要确定死者的身份,那根据她周围的关系,侦查部门很快就能找出嫌疑人了。所以尸源,怎么找呢?"

杨光和赵伟都沉默不语。王小美和廉峰一起把死者腹部的创口继续扩大,暴露出死者骨盆最下方的骨骼,然后拿起电动锯锯了起来。

"耻骨,这是耻骨。"赵伟说,"我知道了,师姐是想说,寻找尸源,还得依靠我们的法医人类学!"

听到这个回答,王小美的眉梢露出一丝喜色,手中的锯子却没有停下来。

2

在相关的痕迹物证都被丁全民带着,往市局刑科所实验室送检的时候,王小美和廉峰正蹲在解剖室外的空地上,支起一个电炉灶和一口高压锅。

"死者身高 165 厘米,体重没法确定了,但是我看尸体的腐败情况,皮下没有明显的脂肪层,所以死者应该不是个胖子。因此根据正常女性身高体重比来推断,体重在 100 斤到 120 斤吧。"王小美显然对女性的体重有着丰富的经验。

"居然不是胖子。"杨光笑着说。

王小美说:"性别、身高、体重都清楚了,内裤的品牌也清楚了,头发长短也知道了,现在就看死者的年龄了。从牙齿的磨损度来看,应该是 20 ~ 30 岁吧。"

牙齿判断死者的年龄,只能估计个大概。现在常用的推断死者年龄的方法,仍是对死者的耻骨联合面进行分析。

"您这把锅都架起来了,不是要在这里吃午饭吧?"杨光开玩笑地问道。

王小美哈哈大笑,一边在锅中加了不少热水,一边说:"难道你不知道,法医人类学要和高压锅结下不解之缘吗?"

人体的骨骼上,会黏附有骨膜和软组织。这些软组织和骨骼紧紧地结合在一起,用刀和止血钳是不可能完全分离的。而这些软组织的覆盖,会把骨骼上一些特征点隐藏起来,影响法医的观察。

"你们喝过大骨头汤吧？"王小美说，"其实是一个道理，附带有软组织的骨骼，经过高温水浴处理后，骨膜会和骨质分离，骨膜上黏附的软组织，比如肌肉，就会分离下去，只暴露出骨质面上的特征点。我们想要观察耻骨联合上的特征点，必须把耻骨联合上的骨膜、软骨和肌肉给分离掉。而分离的最好办法就是煮。"

不说则已，一说到大骨头汤，赵伟的脸上开始青一阵白一阵，不出意外，他的胃内又开始翻江倒海了。

煮骨头不是一件容易事，煮的时间不够，软组织一样无法分离；煮的时间太长，骨骼就会变软，丧失特征点的特征。如果不及时补充锅里的水分，还有可能把骨头烤焦，那无异于破坏了重要的物证。

所以几名法医在煮骨头的时候，一直守在高压锅的一侧，随时观察高压锅里的情况，直到锅内热水翻滚，一股肉香味飘了出来。

虽然闻起来明明是香味，但是仍让赵伟不自觉地吐了出来。

王小美用止血钳夹出正在锅内随着水翻滚的耻骨，说："行了。"

煮过的耻骨，很容易就被剔除了软组织，暴露出凹凸不平的耻骨联合面。

王小美让杨光从解剖室的书橱里拿出了一本《法医人类学》，然后对照着书本里的图谱，对耻骨进行分析："看见没有，耻骨结节刚刚消失，耻骨结节嵴只残存痕迹，腹侧面刚刚形成，背侧面还没有完全形成。这说明死者应该是多少岁？"

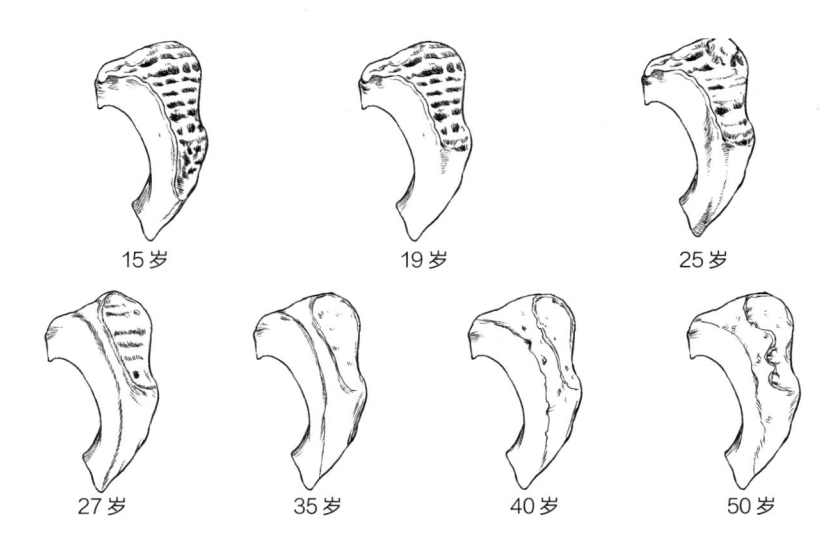

15岁	19岁	25岁
27岁	35岁	40岁 50岁

耻骨联合面图谱

杨光用手机中的计算器,把几个特征指标对应的数值加了一下,说:"27岁,正负不超过两岁。"

王小美点点头说:"所以我们可以判断死者是27岁左右。"

在廉峰对尸体进行缝合的时候,王小美脱下解剖服,在一张表格上迅速填写起来。虽然解剖工作进行了两个多小时,检验了那么多部位,但是对王小美来说,尸体所有的损伤和征象都历历在目。很快,尸检报告填好了,上面还附有给侦查部门的调查提纲。提纲里包括了尸体的所有生理特征,这是寻找尸源的一项重要依据。

"这样,我们的尸检工作就完成了。"王小美说,"至于怎么破案,现在还是没有头绪。在依靠侦查部门迅速发现尸源的同时,我们还要进行一些工作。"

"什么工作?"赵伟问。

王小美说:"现在才十点多,还不到午饭点,我们再去一趟现场,对现场进一步检查勘验。毕竟完成了尸检工作,我们的心里有了些底,这个时候再看现场,说不定会有意外的发现。"

"是啊,是啊,我们先去看现场,再去吃饭。中午就吃大骨汤炖面吧。"杨光笑着对赵伟说。

赵伟又干呕了一下。

"现在我们去现场复勘,希望能对那些疑点做出一些解释。"王小美说,"这个案子,蹊跷的地方太多了。"

不一会儿,警车带着法医组的同志们赶到了现场。

现场仍处于封锁状态。为了不让围观群众破坏现场,特警们又把警戒带往外围扩展了一些。从进入公园的小路开始,特警们就采取了警戒行动,凉亭四周和可以到达池塘边的几处小路,都已经层层把守。

王小美走进凉亭,用放大镜顺着凉亭立柱上的血迹看了起来。

"再一次看现场,我有了新的感觉。"王小美说,"这些血迹上,我们还可以看到一些没有完全凝固的部分。说明这些血迹应该是昨天晚上留下的!如果隔个一两天,血迹肯定都凝固了!"

"昨天晚上?"廉峰沉思道,"那么,这些血迹就和我们发现的巨人观尸体无关了?"

王小美点点头,说:"肯定!两者之间不会有关系。血迹应该是他人的血。"

"这个不要紧。"黄支队还在现场守着,此时凑过来说,"正在加急对现场的血迹进行 DNA 分析,然后和尸体的 DNA 比对一下就好了。"

"不用比对,血迹肯定不是死者的。"王小美说,"我突然有个想法,不知道黄支队批准不批准。"

"什么想法?"

王小美站起身来,说:"我想把这个池塘里的水,全部抽干!"

王小美一言,让黄支队往后打了个趔趄。

"抽干?"黄支队指着池塘说,"这个池塘有两千多平方米,水深2到3米,抽干这里的水,你知道是个什么概念吗?"

王小美说:"当然,如果你不愿意抽干,那就从特警支队多调动几个蛙人过来,我要知道这个池塘里面,究竟还有什么东西。"

王小美的这招以退为进显然很奏效。尸体都已经打捞上来了,想要再跨部门兴师动众地调动蛙人对整个池塘进行搜索,黄支队多半不会同意。但是,相对于把这么大的池塘里的水抽干,调动蛙人显然容易得多了。所以王小美来了这么一招,让黄支队反而觉得调动蛙人是可行的。

"调动蛙人,没问题,但是你得告诉我搜查水下的必要性,我也好和领导汇报啊。"黄支队掏出纸巾擦了擦额头上的汗。

王小美笑了笑,说:"单纯地就这具巨人观尸体来说,死者的衣着很奇特,只穿了内裤。那么,凶手在抛尸的时候,怎么处理她其他的衣物或者随身物品呢?如果现场发现的鞋子是她的,那么另外一只鞋子在哪里呢?尸体可没有穿鞋子哦。"

"嗯,如果还有其他东西的话,应该会浮上水面吧?"黄支队说。

王小美说:"不错,如果所有的随身物品不经处理就被扔进池塘里，肯定会有一两件浮上来。但是如果凶手对物品进行了打包呢？只要加一点重物，就能让整包东西沉下去。那么，这些东西现在肯定还沉在池塘底下。"

黄支队皱眉思考。

王小美更进一步，说："而且，我刚才看了，现场凉亭的柱子上，有新鲜的血迹，这和巨人观形成的时间不一致。我们也没有在巨人观尸体上发现大的开放性创口，即便是鼻部和口腔出血，也不会出这么多血啊。所以这些血迹和巨人观没有什么关系。既然没有关系，那么报案人发现的是其他人的血迹啊！咱们根本就没有完成对报案人报案内容的勘查和检验！"

"那你是什么意思？"黄支队说，"你说人出了这么多血，一定会死吗？"

王小美说："人体内有4000毫升血液，现场的这些充其量也就200毫升，肯定不会死人。但是你别忘了，从血迹的方向看，这个人是在凉亭内徘徊后，在池塘边消失的。你敢保证，流血的这个人不会掉进池塘里吗？"

"掉进去不会浮上来吗？"黄支队说。

王小美说："你看，这个巨人观是死后五六天才浮上来被人发现的。如果流血的这个人也掉进了池塘，现在就是最好的勘查和检验时机。等尸体腐败后再浮上来，怕是什么物证都提取不到了。到时候，两起命案，没一丝线索，您顶得住压力吗？"

黄支队又擦了擦汗，说："行，我马上向领导汇报，调集蛙人对池塘水下进行搜索，调集一个班，六个人，行了吧？"

特警支队的效率还是值得钦佩的。黄支队打完电话十分钟后，几名全副武装的蛙人就乘车抵达了现场。他们到了现场后，简单询问情况，就沉入池塘水下，开始了搜索工作。

就在蛙人"扑通"几声下水的同时，黄支队的电话响了起来。黄支队一边听着，一边面色凝重起来。

"怎么了？"王小美见黄支队挂断电话后又在擦汗，问道。

黄支队说："DNA实验室打来电话。柱子上的血迹是属于一个女人的，但这个女人并不是我们发现的死者。另外，报案人发现的那一只鞋子，是属于留下血迹的这个女人的。"

"啊？DNA检验还可以知道是男是女啊？"杨光问道。

王小美没有回答，说："你看，一个在现场留下血迹和一只鞋子的人，多半是不在这个世上了。我让蛙人来寻找尸体，没错吧。"

黄支队没有应声。在他看来，一起确定了的命案，到现在调查还没有丝毫进展。再来一起现发的命案，他的压力是该有多重？

而王小美并不惧怕有第二起命案的发生，在她看来，只要沉下心去，没有破不掉的案件。王小美转头对杨光说："你不知道性染色体在法医工作中的作用吗？看来你要好好地去温习一下法医物证学的知识了。"

蛙人下水已经好几分钟了，王小美等人就蹲在池塘边，静静地等待着。

王小美的表情很是凝重。

什么人会在现场留下血迹和一只鞋子，然后消失在池塘边呢？大家都没有开口，但心里也都知道，这些蛙人很有可能会在水底找到一些什么。

很快，平静的水面泛起了一阵水花，蛙人应该要浮出水面了。

可是大家看到的，并不是蛙人黑色的头套，而是一只在太阳光的照射下，折射出五彩斑斓的光芒的女式高跟鞋。

而和这只女式高跟鞋一起浮上来的，是一条穿着丝袜的腿。

"真有第二具尸体！"黄支队叫了起来，"怎么抛尸都喜欢选这里啊！"

两名蛙人在水下，托着尸体，向岸边游了过来。半具尸体露在水面上，被牵引向岸边，尸体两边泛起了水花，而尸体一直保持着僵直的状态，肢体丝毫没有弯曲。看起来有些诡异。

王小美说："看来，我们现在要分组了。咱们不能指望赵法医他们一组来支援，因为他们要守在单位备勤，防止有其他现场要出。这两个案子，必须是我们组自行解决了。既然出现了两起案件，那么我们按照规范，先对两起案件进行命名。按照发现尸体的顺序，那具高度腐败的巨人观尸体，命名为1号尸体，对应的案件为1号专案；现在发现的这具穿着高跟鞋的尸体命名为2号尸体，对应的案件为2号专案。我们四个人分为两组，我带着赵伟对2号尸体进行检验。廉峰你带着杨光，对1号专案进行跟进。"

廉峰应了一声。他看得出来，王小美显然更欣赏这个动不动就呕吐害怕、理论知识却很扎实的赵伟。

尸体到达岸边后，廉峰伸出手去，和水下的蛙人合力把尸体拉上了岸边。

死者也是一位年轻的女性。衣着很平常，穿着白色的小外套，内搭黑色的毛线连衣裙。脚上穿着丝袜，一只脚光着，而另一只脚上还套着高跟鞋。很显然，这只高跟鞋和报案人发现的，正是一双。

死者白色的小外套的前襟有不少滴落状的血迹，血浸透在衣物纤维里，经过池塘水的浸泡，颜色已经淡了许多。黑色的毛线连衣裙湿漉漉地裹在死者的身上，看不出前襟是否有血迹。

王小美走到尸体旁边蹲下来，动了动死者的头颅，可是尸体的颈部僵直着。

"尸僵很坚硬啊。"王小美说。

尸体随着王小美的动作移动了位置，其颈部的一处创口暴露出来，创口里已经没有血液往外流出，创口周围的软组织被水泡得惨白。

王小美从身边的勘查箱里拿出几个物证袋，说："先把死者的手脚和头用物证袋包裹起来，我们马上赶回殡仪馆进行尸体检验。"

廉峰问："那我们呢？"

话音未落，只见池塘的中央，一个蛙人浮出了水面，扬了扬手中的一个物件。

"又有发现！"王小美有些激动。

在现场发现的任何一个物证，都可能会给案件的侦破带来曙光。多一个物证，就等于多一条线索。

很快，蛙人回到了岸边，丢上来一个蛇皮袋。

王小美戴上手套，拎了一下，说："哟，挺沉的。"

"不会又是一具尸体吧？"黄支队颤抖着说。

"说不定是一块尸块呢。"王小美笑着说,显然,她是在吓唬黄支队。

蛇皮袋的袋口被一根细铁丝扎紧,显然袋子里有不想让别人发现的东西。王小美拍照记录了袋口的铁丝缠绕情况,然后小心翼翼地打开了蛇皮袋。

赵伟在一旁看着,心脏都要跳出来了,害怕袋子里真的会有人体的一部分。他心想,眼前的这个漂亮的法医师姐,怎么能有这么强大的心理素质?

袋子里既不是活物,也不是尸块,而是一袋衣物。

"全是女式衣物。"王小美把这些湿漉漉的衣物摊在一块大塑料布上,逐一拍照。

"三件上衣,两条裤子,一双袜子,一双鞋子,一件内衣,没有内裤。"王小美一边清点,一边说,"这和1号巨人观尸体的衣着是完全对应的。"

"你是说,这就是1号尸体的衣物?"黄支队问。

王小美点点头,说:"死者没有的,都在这里了,这里没有的,死者穿着呢。而且衣物风格,也符合她那个年龄档次。"

"好!"黄支队说,"有这么多衣服,都有品牌,加之你们法医推断出来的尸体生理特征,我觉得不久就会找到尸源。"

"我觉得只要侦查部门找得到尸源,案件就会迎刃而解。"王小美说,"你看,死者的这么多衣服,没有任何撕扯、破坏的痕迹。这说明死者被侵害的时候,很可能没有穿这些衣服。不然,勒这个动作,死者会有很多挣扎、反抗的动作,如果穿着衣服,这些动作就有可能导致衣服的撕裂。尤其是这双袜子,很有意思。如果凶手是在死者死后脱了她的衣服,想要性侵什么的,完全没有必要把袜子脱下来啊。"

"有道理。"黄支队说。

王小美说:"据我推断,死者应该是处于一个正常的睡眠状态时被杀害的。既然是这种没有防备的状态下被人杀害,那么凶手肯定是死者熟悉的人。如果再大胆一些推断,凶手是可以和死者一起睡觉的人,那很有可能就是她的丈夫!"

"丈夫?"黄支队说,"死者结婚了你们也看得出来?"

王小美神秘一笑,说:"不仅结婚了,而且还有孩子。"

蛇皮袋的最下面,是几块青砖。很显然,凶手是有目的地把死者的这些衣物给沉到池塘底,希望它们最好永远都不会浮出水面。

"抛尸,连衣服都要用砖块沉。"王小美说,"更加说明了凶手藏匿证据的目的,是怕警方发现死者的身份。种种迹象表明,只要你们找得到尸源,这个案子就一定可以破获。"

廉峰和杨光跟着一组侦查员去摸排 1 号尸体的尸源了,王小美则带着赵伟,坐上了赶赴殡仪馆的车辆。

"我长这么大就进过两次殡仪馆。"赵伟还有些后怕地说道,"一次是我外公去世,一次是我奶奶去世。结果,今天一天我就进了两次殡仪馆。"

"哈哈。"王小美说,"咱们法医啊,就是会经常进出殡仪馆,以后你习惯了就好了。"

"对了,师姐,您打一瓶水是什么目的?"赵伟提起手中的塑料袋说道。

塑料袋里放着一个矿泉水瓶，是黄支队喝完剩下的一个普通矿泉水瓶。刚才在尸体被包裹装车的时候，王小美拿下了黄支队手中的矿泉水瓶，装了满满一瓶池塘里的水。

"这叫作取水样。"王小美说，"凡是和水有关系的尸体，我们都要在尸体所在的水域里取一些水样备检，这是常规提取的物证，当然，有的时候这些水样也会给我们一些意外的惊喜，帮助我们解决一些问题。"

"哦，您说的是硅藻检验[①]吗？"赵伟说，"硅藻检验是确定死者是否为生前溺水的一个参考条件。但这个死者显然是被刀杀害的，还有必要做硅藻检验吗？"

王小美淡淡地笑了笑，说："法医不能先入为主，要用证据说话。该提取的常规物证，是必须提取的。不管以后能不能用得上。"

女性法医最大的劣势，就是体力有限。与其说是赵伟帮助王小美把2号尸体抬上解剖台，还不如说是赵伟一个人抬尸体，王小美负责呐喊加油。好在这具羸弱的女性尸体并不太重。

[①] 硅藻检验：任何水里都有硬壳保护的硅藻。法医在对尸体内部器官进行硝化后，即用浓硝酸将软组织破碎、破坏后，软组织硝化殆尽，有硬壳的硅藻则会保存下来。法医对硝化后残留的物质进行显微镜观察，如果死者的肺里有很多水中的硅藻，只能证实死者尸体曾在水中；而如果这些肺中的硅藻随着血液循环到达了肝脏和肾脏，便是生前溺死的一个参考证据。法医主要是用这种方式来参考判断死者是不是生前溺死。

这具刚从水中捞出来的尸体，却像一具已经在冰柜里冷冻过几天几夜的尸体一样，全身僵硬。即便是赵伟抓住尸体的上衣，整具尸体的关节也不带打弯的。尸体就这样直挺挺地被搬上了解剖台。

王小美双手撑在解剖台的边缘，叹了口气。

"如花的年纪，可惜了。"赵伟也感觉到了气氛的凝重，说，"这女孩估计也就二十五六岁吧？"

"作为一个法医，绝对不能这么轻率地下结论。"王小美说，"我们判断死者的年龄，必须是根据相应的客观指标，计算出来的。"

"总之是个年轻的女子啦。"赵伟不好意思地笑笑说，"真是奇怪，一天之内，居然在一个池塘里发现了两具不明身份的年轻女子尸体，前两天是清明节，是这个原因吗？"

王小美没有回应这个奇怪的提问，仔细观察着尸体，躺在解剖台上的尸体，衣着很整齐，但是上衣外套右臂腋下部位有明显的撕裂。随后，她让赵伟和自己配合，一起把死者的衣物逐一脱了下来，直到尸体露出了惨白的皮肤。

"衣服有撕裂哦，会不会是性侵案件啊？"赵伟一边在一旁的操作台上摆弄着死者的衣服，一边说。

王小美摇摇头，说："仅凭这一点是不能确定案件性质的。毕竟死者和凶手之间只要有拉扯，那么她这件紧身的外套就会在缝线处崩裂，这属于正常现象。"

赵伟若有所思地点点头，把死者全身的口袋都翻了个遍，可惜什么都没有。

王小美使劲掰了掰死者的上臂，说："死者的尸僵非常僵硬，你还记得教科书里关于早期尸体现象的描述吗？这么僵硬的尸体，应该是死后多少小时？"

赵伟翻了翻眼睛，努力搜索着自己的记忆，说："尸僵应该是在死后 1～3 小时形成，到 24 小时最硬，48 小时完全缓解。"

王小美赞许地点了点头，说："我们所说的早期尸体现象，是死者死后 24 小时之内出现的现象。既然死者的尸僵还这么坚硬，说明她死亡不足 24 小时，也就是说，她身上还有很多早期尸体现象可以帮助我们判断她死亡的时间。"

"我知道，我知道。"赵伟抢着说，"死者的角膜混浊程度、尸斑的情况和尸体的温度，都可以用来判断死亡时间。"

王小美摇摇头说："利用尸温来判断死亡时间，是最为准确的办法，但是被害者死亡后就浸泡在水中，我们通常用来推断死亡时间的办法，会受到一些影响。所以，这具尸体，我们应该结合她尸体上出现的所有早期尸体现象来进行推断，这样有助于保障我们的推断结论更接近真实的死亡时间。"

王小美整理了一下手上的手套，开始从尸体的头部、面部、躯干到四肢进行了全面的检查。这是法医进行尸表检验的一个基本顺序，也是法医在尸体解剖前，必须要做的一项重要工作。

王小美一边检验尸体的尸表和尸体现象，一边让身边负责记录、照相的丁全民记录。把尸体从头到脚检验完一遍后，王小美抬起头来对赵伟说："从尸体的表面看，你能看得出什么？"

赵伟看了看尸体，又转头看了看操作台上的衣物，说："这很明显啊，尸体上有 7 处刀伤，其中 5 处是砍创，都不是很深，只到皮下，而且这 5 处和衣服上的破裂口都有所对应。但是颈部和肩部有两处刀伤，是刺创。尤其是左颈部这一处，估计比较深，里面的胸锁乳突肌都从创口处翻出来了。"

"刀伤这么明显，我当然知道。"王小美补充问道，"我的意思是，从一些早期尸体现象中，你能得出什么结论？"

赵伟沉默了一下，说："我知道了！这具尸体的尸斑很浅淡——尸斑浅淡可以提示死者死于失血性休克！"

王小美微微地笑着，说："我挖了个陷阱，你当真跳进去了。"

"啥意思啊？"赵伟一脸茫然。

王小美说："尸体上出现尸斑，原理是血液中的红细胞因为重力的作用，往低处坠积。如果死者的血液丢失非常多，那么就没有那么多红细胞去坠积。所以说，尸斑浅淡在某种意义上，确实可以作为大失血死亡的一项诊断依据。可是，这具尸体，不能肯定地说死者死于大失血。"

"为什么？"赵伟问，"身上这么多刀伤，结合岸上的血迹，可以判断是颈部大血管破裂了，再加上死者的尸斑浅淡，为啥还不能判断是大失血死亡？"

王小美说："我刚才说了，尸斑的形成原理是红细胞坠积，红细胞少了可以影响尸斑的形成，但尸体不断运动也可以影响红细胞坠积，从而影响尸斑的形成。"

这句话说得有些惊悚，赵伟瞪大了眼睛，一脸惊恐。

王小美被赵伟的表情逗乐了，笑着说："我说的尸体运动不是尸体主动去运动，而是被动地去运动。在水中的尸体，受到水流和浮力的影响，尸体的位置是不断改变的，这样，尸斑就不会形成在固定的位置，而是全身分散。一旦全身分散，尸斑自然也就浅淡了。所以,水中的尸体,尸斑浅淡是一个特征。"

"哦,您是说死者不一定是大失血死亡的。溺死的尸体也会尸斑浅淡。"赵伟说,"不过,这有区别吗?死者颈部中刀了,即便她是挣扎中不慎落入水中溺死,那么也是一起凶杀案件啊!"

王小美说:"对,不管她的死因是什么,只要是外人作用形成,这就是一起凶杀案件。但是,法医下的结论一定要严谨,该是怎么死的,就是怎么死的,这样有助于案件性质的判断。究竟是谋杀,还是伤害导致死亡,或是误杀,法医都需要予以区别,法庭的定罪量刑也会因此而不同。对于这一起案件,这样的判断可能没有什么作用,但是很多案件,死因就决定了案件性质,法医的结论也决定了对犯罪分子适用的刑罚。法医不能先入为主,必须要严谨判断、严谨排除,才能得到最科学的论断,也才能真正地让死者说话!"

赵伟若有所悟地点了点头。

"除了尸斑,你还能看得出什么吗?"王小美指了指死者身上的创口,说。

"死者的口鼻腔为什么会出现很多泡沫啊?"赵伟说,"刚打捞上来的时候,好像都没有看见啊?"

王小美说:"很好!这个叫作蕈状泡沫。有一种伞状的菌类,就是蘑菇,叫作蕈。这种泡沫因为长得像这种菌类,所以得此名称。这种泡沫是死者体内的空气、黏液和水分在剧烈呼吸运动的作用下搅拌形成的,保存在死者的呼吸道内,一旦死者出水,因为体内压力产生变化,这种泡沫就会从口鼻腔溢出。当然,不仅仅是溺死会有这种泡沫,电击和勒死都有可能出现。"

"我们是不是该回到死亡时间推断的问题上了？"赵伟点点头，又接着问道。

王小美伸手示意让赵伟继续工作。

赵伟说："那尸体温度还要测吗？"

王小美说："当然！我刚才已经说了，尸体温度是推断死亡时间最为准确的办法。虽然尸体在水中，受到水温的影响，但是现在这个季节，不冷不热，水温影响的程度也不大。"

赵伟点点头，拿起尸温计，把探针插进了死者的肛门。

尸温计的电子屏幕上数字在飞快地跳着，然后逐渐停留在23摄氏度。

"23摄氏度！"赵伟说，"按照尸体温度的计算方式，尸体温度下降了14摄氏度，那么死者应该是死亡后18个小时！"

王小美笑眯眯地说："现在的空气温度是18摄氏度，而我在公园的时候，测试了一下水温，大约是12摄氏度。也就是说，水温比空气温度要低，那么死者在死亡后，尸体温度也应该下降得更快一些，也就是说，死者并没有死亡18个小时。"

"那死亡了多久？"赵伟问。

王小美说："这个就要根据经验来估计了。结合咱们之前检验的那么多尸体现象，我认为死者大约死亡了15个小时。"

赵伟侧头看了看解剖室墙壁上挂着的时钟，说："现在是4月8日下午3点，15个小时前，应该是4月8日半夜零点左右！"

赵伟还在解剖台前发愣，不知道在想些什么，王小美则催促他赶紧动刀。

"工作一天了，刚得出死亡时间还不够，我们还有很多事情没有做完。"王小美说,"尸体要赶紧解剖,而且还得像第一具尸体那样,分离死者的耻骨联合,来看看你之前推测的二十五六岁对不对。"

"又要煮骨头啊?"赵伟脸上溢出为难的表情。

王小美正色道:"作为一名法医,必须要完成各种难以接受的任务。煮骨头算什么?你巨人观都看过了,煮个骨头不难吧?"

赵伟只好点了点头,说:"那我们开始解剖?"

王小美说:"是的。你已经看完了一具尸体的解剖过程,而且我觉得你的理论知识还是很扎实的,所以我决定这具尸体解剖由你来主刀。不过速度要快一些,因为晚上8点,我们还有专案碰头会。"

赵伟早就跃跃欲试,高兴地拿起了手术刀。

第一次用手中的刀刃接触尸体的皮肤,还是有些心理障碍的。赵伟也没能控制自己的刀片准确地切开尸体皮肤,刀口有些歪歪扭扭,好在大体上仍处于尸体躯体的正中。

学着王小美的动作,赵伟分离了死者的肌肉层,暴露出尸体完整的胸腹腔。随后,他又切断死者的肋软骨,取下了死者的胸骨。

"你看你看,"王小美指着死者膨隆的肺部,说,"一般人的肺都是藏在胸腔里的,而这个死者的肺却是膨隆的,紧紧地抵着胸骨。你把胸骨一拿掉,肺脏就膨胀出来了。一般人的肺是没有这么肿的。"

"那,这说明了什么呢?"赵伟问。

"肺脏是空气交换的地方,肺泡是有空间限制的。"王小美说,"如果大量的水被吸入了肺里,那么水压会导致肺泡的破裂,肺的体积也会增大。你用手捏一捏,看看这个肺和之前那个巨人观尸体的肺脏有什么不同?"

赵伟捏了捏尸体的肺,说:"好像是在捏一团头发。"

"对,这就叫作捻发感。"王小美说,"这是水性肺气肿的一个客观表现,而水性肺气肿是溺死的其中一项特征。还有,你可以看得见肺脏上一条条的压痕吧?这就叫作肋骨压痕。肺脏的膨隆,导致两侧的肋骨在肺脏上形成了压迹。"

赵伟点了点头。

王小美接着说:"现在我们回过头来看一看尸体的双手,你看到了吗?她的双手是不是呈抓握状?指间是不是还有一些泥土?最重要的是,死者的指甲甲床是不是都有些青紫?这是窒息征象啊!"

"溺死也是机械性窒息,也应该有机械性窒息的征象!"赵伟一边说,一边逐个检查了死者的胸腹腔脏器,并且学着王小美用手术刀的样子,划开死者的心脏。

一股暗红色的血液从心脏处涌了出来。

"心血不凝,内脏淤血。"赵伟说,"这是窒息征象!"

王小美点头说:"一会儿我们开颅的时候,也肯定能看得到死者的双侧颞骨岩部会有出血。这也是窒息的征象。"

"那么现在可以确定死者是溺死的吗?"赵伟问。

"水中的尸体口鼻腔和颈部没有扼压的痕迹。"王小美说,"又有窒息征象,加之死者存在明显的水性肺气肿,基本可以肯定死者确实是溺死的了!但是,法医一定要记住一点,证据不嫌多,越多证据说明我们下的结论越科学,所以我们还必须进行全面的检验。丁全民,你帮忙做一下硅藻检验。那么,接下来的检验,最重要的部分是什么呢?"

赵伟看着死者的胸腹腔,想了想,摇了摇头。

王小美说:"最重要的是观察是否存在生活反应。生活反应是只有机体存活时才会出现的反应,比如吞咽。只要有吞咽,就说明死者落水前还活着。如果死者活着落入水中,那么她就一定会有吞咽行为。"

赵伟恍然大悟,二话没说,用止血钳结扎住胃的两端,用手术刀划开了胃。

果然,胃里有大量的混浊液体,液体上甚至还漂浮着一些草一样的东西。

"看到这些草了没有?"王小美说,"首先,死者不会去吃草,第二,这些草是没有经过咀嚼而直接吞咽下去的。那么这些草从哪里来呢?"

王小美说完,拿起身边的一个瓶子。赵伟认得出,这是王小美在现场池塘里取水样的瓶子。

"啊!这瓶子里还真的有草!"赵伟惊呼道,"我终于知道您在现场取水样的目的了!不仅仅是硅藻检验啊!池塘里这些小水草的样子和死者胃里的水草是一模一样的啊!"

王小美微笑着点点头,示意赵伟继续进行尸体检验。

经过尸体的颅部检验,赵伟发现死者的头部并没有遭受外力打击,但是双侧颞骨岩部果然发现了出血,和王小美的预测一模一样。这为法医判断死者死于溺死,找到了一项更有力的依据。

"现在,我们至少发现了2号死者的一种死因——溺死。"王小美说,"回想一下前面检验的1号尸体,是被人勒死以后抛尸入水的。这是一个非常好的比较。法医在出勘水中尸体的现场时,最重要的,就是要搞清楚死者是溺死,还是被人杀死后抛尸入水。那么,结合这两具尸体检验后的感受,你能说一说溺死和抛尸入水的区别吗?"

赵伟低头想了想,清了清嗓子,说:"结合之前书本上的知识和今天的尸检,我觉得溺死和抛尸入水,主要可以从以下几个方面辨别——第一,生前入水的尸体,因为尸体随水流翻滚,体位不断变化,没有一个固定的位置。所以,溺死的尸体尸斑不太明显。如果是尸斑稳定后,再被抛尸入水的尸体,尸斑则会比较明显。第二,溺水过程中,因为冷水刺激呼吸道,呼吸道黏膜分泌亢进,气管通常呈明显充血状,甚至会有水中的泥沙进入气管和支气管。同时,因为溺液、黏液和体内空气随剧烈的呼吸运动或呛咳搅拌,会在呼吸道形成泡沫,尸体打捞上来后,口鼻腔会出现蕈状泡沫。而死后入水,因为没有呼吸运动,则气管不会充血,也无此类泡沫。当然,高度腐败的尸体,这种泡沫就很少见了。第三,溺死和其他机械性窒息方式一样,都会出现机械性窒息的尸体征象,比如眼睑出血点、内脏淤血、口唇青紫、指甲紫绀、颞骨岩部出血等。如果抛尸入水前,死者也是死于机械性窒息,比如捂死或掐死,就需要结合其他指征来综合判断。第四,溺死的人,因为在水中下意识地挣扎,手指夹缝、指甲内可能会有泥沙、水草。这是一种生活反应,抛尸入水的情况则不会有。第五,水性肺气肿是溺死的重要证据之一。简单点说,溺死的人，肺里全是水，体积、重量都增加，表面有肋骨压痕，肺泡壁破裂在肺叶表面形成一种红斑，叫作溺死斑。这样的肺，摸起来有种捻发感。而抛尸入水的尸体则不会有这些征象。第六，溺死的尸体，静脉淤血怒张，右心淤血，左右心血成分差异会导致左右心腔的颜色不一致。而抛尸入水的尸体则不会有这样的特征。第七，溺死的尸体胃里也会有大量溺液。这也是一种生活反应。死后抛尸入水的尸体，则不会有，除非死之前被灌下大量的水。第八，硅藻检验也可以作为溺死的一项证实依据。"

一口气说了这么多，赵伟下意识地舔了舔嘴唇。

"非常漂亮！"王小美竖起了一根大拇指，"堪称完美！比老师上课说的还要简明扼要、重点突出！看来扎实的理论基础加上丰富的实践经验，一定会造就一名优秀的法医。"

赵伟不好意思地低头笑了笑。

王小美示意赵伟帮忙把尸体翻转过来，暴露出尸体的后背皮肤。

王小美说："现在，我再教你一个溺死的指征。"

说完，她用手术刀切开了死者肩背部的皮肤，暴露出死者的肩背部肌肉。然后，她又娴熟地把肩背部的肌肉逐层分离开来。

"注意到没有？死者的背部肌肉纤维之间可以看得到片状的出血。"王小美说，"这不是外力作用的损伤，因为皮肤上没伤。溺水的时候，人体剧烈挣扎，有很多溺水的人在一些如胸锁乳突肌、斜角肌、胸大肌、背阔肌这样不容易因为外伤形成片状出血的肌肉处形成出血。以背部肌肉出血为多见，因为肌肉拉伤后肌纤维之间会有出血。"

赵伟满足地点头,说:"又学到一招。"

就在这个时候,丁全民从隔壁的实验室里走过来,说:"王姐,硅藻检验做了,死者肺、肝、肾里的硅藻和瓶子水里的硅藻一模一样。"

其实这个时候硅藻检验已经不重要了。

"你知道,我们接下来要做什么吗?"王小美问赵伟。

"煮耻骨联合吗?"赵伟问。

王小美摇摇头,说:"这个死者身上有个最为重要的信息,就是她身上的创口。"

"哦,我知道了,研究损伤!"赵伟说。

王小美说:"你说说看,对于她身上的损伤,你有什么看法?"

赵伟有些愣,沉默了一会儿说:"这,师姐您是说要进行致伤工具推断吗?这个好像不难。您看啊,她的尸体上有几处砍创,但都不长不深,说明工具并不是那种大砍刀似的长刀具。刺创呢,创角一钝一锐,说明工具是个单刃的刀具。这样看,凶手使用的是匕首喽。"

"不错。"王小美说,"我补充几点。我们可以根据刺创创口的长度来判断这把匕首的刃有多宽,还可以根据创角的宽度来判断匕首有多厚,这一处肩部的创口是刀具沿着皮下捅进去的,没有伤到内脏,但是我们可以根据创道有 10 厘米这么长,判断这把匕首至少有 10 厘米长。这些对侦查部门都有着很重要的作用。"

"看来尸体上的损伤还挺有用的,居然能给我们留下这么多线索。"赵伟说。

王小美接着说:"不仅如此,我们还可以根据损伤来判断很多东西。"

"哦？"赵伟两眼放光。

王小美说："你看，死者的身上有刺创也有砍创，而且这些创口相对都很分离，说明一个什么问题？"

赵伟说："损伤不密集，说明死者被伤的时候在动。"

王小美说："对，说明死者和凶手当时的相对体位在不断变化。我们想象一下，基本可以肯定是凶手在砍刺死者，而死者在躲避。在凉亭的柱子旁边，凶手的刀捅伤了死者的颈部，喷溅出血迹，死者也在这个时候因为惊恐而重心不稳，最终失足掉落进了池塘。"

"哇！好厉害！"赵伟说，"现场完全重建出来了。"

王小美点点头，说："现场血迹可以帮助我们现场重建，损伤更能帮助我们现场重建，这两个要素一旦结合起来，法医就可以准确无误地把现场发生过什么还原出来，而这些都是现场和尸体告诉我们的。有一本书叫《尸语者》，我们正是让尸体说话、破译尸体语言的人。"

王小美继续说："我们在研究损伤之前，还有一项很重要的事情要做，你知道是什么吗？"

赵伟摇了摇头。

王小美说："那就是判断损伤是生前伤还是死后伤。这个工作很简单，有经验的法医一眼就能看得出来，但这个工作又很重要，绝对不能忽视。"

"为啥？"赵伟问。

王小美说："比如，这具尸体是在水中的对吧？我们有个打捞的过程对吧？如果是在打捞的过程中形成的损伤，或者是尸体在水中被鱼儿啃出来的损伤呢？"

"哦，对！"赵伟说，"不能让这些死后损伤和生前损伤混淆，从而误导我们的判断。那么，现在我们可以煮骨头了吗？"

对赵伟来说，煮骨头是一项很痛苦很恐怖的工作，所以他急着在天黑前完成。

王小美一眼就看透了他的心思，笑着点了点头。赵伟马上就去准备锅灶，而王小美则默默地为尸体缝合。

骨头依旧在锅里翻滚。

不一会儿，骨头上的软组织就可以轻易分离了。

王小美拿着那一副耻骨联合，说："看见没，明显比那个巨人观的耻骨联合要年轻了许多，所以你说二十五六岁不准吧？"

赵伟对照着教科书，计算了一会儿，说："居然只有20岁！"

"是。"王小美说，"差不多。"

"这女孩，20岁，看起来怎么和30岁一样呢？"赵伟说，"长得有点着急啊。"

"这就是个体差异啊。"王小美说，"医学也好，法医学也好，最麻烦的问题就是个体差异。大千世界，无奇不有，我们不能用固定的眼光去看人。因为人和人是不一样的，甚至可以说，人和人是非常不一样的。用一种药治疗一个人的病，也许可以治好，用同样的药去治疗另一个人，同样的病，也可能导致死亡。这就是个体差异。长相更是这样！这就是我为什么刚才和你说，法医说话一定要严谨呢。"

赵伟说："有道理。啊，对了，我总觉得我有个什么问题想问您，刚才工作太密集了，都没来得及问，现在想起来了。师姐，您刚才说了一句，溺死是她的其中一种死因，是什么意思啊？"

王小美咧嘴一笑，说："我一直在等你问这个问题。如果我们现在就去专案指挥部，告诉专案组2号死者死于溺死，你说我们的结论对吗？"

"对啊，有什么不对啊？"赵伟说，"刚才咱们不都是说好了的吗？您不会要推翻吧？"

王小美说："我一直在说，溺死是死者的其中一种死因，并没有说死者的死因就是溺死。"

"您这是什么意思？"赵伟说。

王小美说："法医病理学课程，前面的很枯燥，后面的很有趣。所以你只记得住后面的内容，记不住前面的内容吗？《法医病理学》的第一章就介绍死亡，而死因是解决涉法死亡问题最重要的一项，那么你知道死因有哪几种吗？"

"哦，好像是有那么一堂课。我记得有诱因啥的吧？"赵伟绞尽脑汁地想。

王小美说："对，就是那一节课。那你还记得一个叫作联合死因的东西吗？"

"哦！"赵伟醍醐灌顶，"记得了！不过，和这案子有关吗？"

王小美以为赵伟了解了，还挺高兴，结果赵伟问出后半句，王小美无奈地耸了耸肩，说："联合死因，就是指死者尸体上发现了两种都可以导致死亡的原因，但是法医不能明确哪一种为主导。你看，死者有溺死的征象；同时呢，她的颈外动脉破裂，这种损伤也是可以很快让人死亡的。而且你切开死者心脏的时候，出来的血也很少，说明她也存在大量失血。既然大量失血可以死，溺死也可以死，我们又不知道哪一种是主导，所以下的结论应该是：2号死者系颈外动脉破裂导致大失血合并溺死。"

"好复杂，好像绕口令。"赵伟说，"可是这又有什么关系呢？"

王小美说："第一，说明死者颈部受伤后立即入水，这是现场重建的一部分。第二，如果是一个人捅伤她，第二个人推她入水呢？下了这种死因，就可以明确两个凶手都是杀人的主犯。"

"哦。"这回赵伟是真明白了。

3

三人走出解剖室的时候，天已经完全黑了下来。

"肚子好饿啊。"赵伟说，"这一天，我感觉是我有生之年过得最快的一天，太充实了。"

"法医充实可不是好事啊。"不善言辞的丁全民说了个冷笑话。

一束车灯照来，原来是黄支队亲自开着车来接他们。

"辛苦你了黄支队。"王小美说，"这么晚了还劳您大驾来接我们。"

"侦查员都在忙着找1号尸体的尸源呢。"黄支队说，"你们这边怎么样？"

"我们好累，打个盹，到专案组再具体介绍尸检情况吧。"王小美说。

黄支队体谅地点了点头，又接着说："DNA检验的结果出来了，你们先行提取送过去的2号尸体血样，经过DNA检验比对，确定和现场凉亭里留下的血迹以及那一只高跟鞋里留下的汗液是一个人的DNA。也就是说,鞋子和血都是死者的。"

"当然是死者的。"赵伟说,"现场的鞋子和死者脚上的鞋子都一模一样的,怎么会不是一个人的呢?难道支队长你怕池塘里再捞出一具尸体啊?"

王小美疲倦地笑了笑,说:"不能这么说,你这还是主观臆断。我们做技术的,必须有确凿的证据去支持我们的观点,我们要说血迹和鞋子是2号死者的,不能根据鞋子的外观,而必须根据DNA检验。"

赵伟点了点头。

警车很快驶入了市公安局,黄支队推醒已经熟睡的王小美,几个人一起上了市公安局指挥中心会议室。

市公安局分管刑侦的副局长丁将见王小美一行人走入会议室,抬腕看了看表,说:"我们先开始吧。"

很显然,还有派出去的工作组没有完成工作。

王小美把笔记本电脑接上了投影仪,一边逐张翻动尸体检验照片,一边说:"我先来介绍尸体检验的情况吧。"

丁局长点了点头。

王小美说:"1号尸体,是一具高度腐败尸体。死者是女性,身高165厘米,体重50公斤左右,年龄27岁左右,有生育史。死者被发现时,全身只穿了内裤,但是没有发现死者有被性侵的迹象。后期,我们从池塘里打捞出了一包衣服,从大小上看,和死者的体型相符合,从衣服的件数来看,也和死者现在的衣着相对应,应该就是死者的衣物。"

"我们派的工作组还没有回来？"丁局长说。

王小美环顾了一下四周，见廉峰不在，点了点头，说："寻找尸源需要衣服，但是确定尸源就需要对死者的亲属进行 DNA 检验了，所以这可能需要一定的时间。"

"1 号尸体的尸检情况如何？"黄支队说。

王小美说："1 号尸体全身没有明显的约束伤和抵抗伤，没有明显的开放性创口。但是我们在尸体的颈部发现肌肉有凹陷的迹象，分析是一条索沟①，而且力度很大，死因也是窒息。说明死者是在没有准备的情况下，被人突然勒住颈部，导致机械性窒息死亡。结合死者的衣着情况，分析死者应该处于睡眠状态。"

"睡眠？"黄支队摸了摸下巴，说，"你之前好像说过，能在一个女人睡眠的时候突然下手杀人的，很可能是她丈夫喽？"

"不管是不是她丈夫杀人，这种突然袭击的动作很明显，而且也具备特殊的时空条件。"丁局长说，"找到尸源应该就要破案了。"

王小美点头赞许，说："我同意，这个案子具备明显的熟人作案的特征。"

"抛尸入水……"丁局长思索着，说，"死亡时间呢？"

王小美："死者死亡超过 24 小时，就很难确定具体的死亡时间了，只能根据尸体腐败的程度，结合现场环境，判断死者可能是四五天前被抛尸入水的。一具尸体、一麻袋衣物，抛尸者必须要有交通工具。而交通工具里肯定会留下死者的 DNA。"

"好。"丁局长说，"那 2 号尸体呢？"

---

① 索沟：人被勒后，颈部上留下的勒痕。

王小美说:"2号尸体的衣物有撕裂的迹象,但是以我们的经验看,应该是在撕扯打斗过程中导致的。2号尸体全身有多处创口,其中颈部一处刺创导致大血管破裂。同时,我们在尸体上发现了明确的溺死征象。因为大血管破裂会导致迅速失血死亡,所以我们判断死者是颈部受伤后立即落入水中。溺死和失血是联合死因。结合上述分析,还有现场重建的结果,我们认为凶手和死者有一个打斗过程,打斗中,死者中刀并掉落塘中。"

"你的意思就是说,1号死者像是被仇杀,2号死者却像是个激情杀人。"丁局长说。

"我不这样认为。"黄支队说,"不管凶手的目的是什么,时间和地点出奇地吻合,我认为这两起案件应该并案侦查。"

王小美喝了口水,先不对黄支队的推断做出反应,而是继续说:"至于死者的身份信息,2号死者是一个20岁左右的年轻女性,没有生育史,穿着时尚,但是没有找到随身物品。死亡时间,我们可以基本判断是4月8日半夜零点左右。"

"两名死者都是20多岁的女性。"黄支队说,"侵害对象一致,更加提示两起案件很有可能有着关联。"

"其实,我不这样认为。"王小美说,"表面上看,两起案件的时间、地点和侵害对象都很一致,但细细看,并不是这样。1号死者比2号死者要早遇害好几天,时间不对;1号尸体是从别处被运送来这里抛尸的,而2号尸体就是在现场遇害的,地点不对;1号尸体27岁有过生育史,应该是个已婚女性,而2号尸体显然是个不谙世事的小姑娘,所以侵害对象也不是一个群体。"

"你认为这两起案件之间,没有关联吗?"黄支队问。

王小美说:"是,我认为没有关联。首先,从法医学角度看,杀死1号死者的凶手虽然趁其不备地去杀人,但是死者没有能力做出任何一点点反抗。而2号死者显然和凶手有个搏斗过程。两个死者的身体素质其实差不多,所以说明两个凶手的约束能力是不同的。前面的凶手约束能力很强,很轻易地可以控制住死者,而后面的凶手几乎没有约束能力,因为即便凶手拿了刀,死者也敢使劲反抗。"

丁局长点头认可。

王小美接着说:"第二,作案手段明显不同。1号死者是被勒死的,2号死者是被刀捅。心理学研究表明,一名犯罪分子在杀人的时候,很容易选择相同的作案工具和作案手法,这是一种犯罪思维的固定化。"

"说不定是因为杀第一个人的时候在家里,不能让死者流血,而杀第二个人在野外,可以流血,所以选择顺手的工具呢?"黄支队说。

王小美没有回答这个问题,接着说:"第三,作案动机看起来也是不同的。1号死者很有可能是在睡眠中遇害的,那么这应该是一起预谋杀人。而2号死者有一个搏斗的过程,过程很短暂,凶手挥刀的动作很凌乱,不像是预谋杀人,而像是一种威慑被害人,却无意杀害被害人的手法。"

这是根据法医学理论做出的推断,所以黄支队并没有出言反驳。

王小美顿了顿,说:"还有第四,凶手在抛1号尸体的时候,连同她的所有衣物都加了砖头沉入塘底,像是在隐瞒什么。而2

号尸体虽然衣着都在，却没有任何随身物品。我觉得一个女人出门，至少要带个手提包什么的吧？可是没有。"

"我们没有找到，不代表她就没有带包。"黄支队说，"塘那么大，不一定找得到啊。"

王小美说："蛙人都出动了，在离岸边好几米处的装着衣物的麻袋都找到了，怎么会找不到手提包呢？而且2号死者看起来是失足落水的，如果有随身物品，那么就应该在尸体附近。"

"综合你说的几点，你更倾向两个案件完全无关联对吗？"丁局长问王小美。

王小美坚定地点了点头。

"这一下午加一晚上的调查，还真是收获颇丰啊。"突然，廉峰推门走进了专案指挥部。

此时，时针已经指向了半夜零点。

"哦？快说说。"丁局长高兴地问道。

廉峰、杨光和两名侦查员坐到会议桌旁，翻开了笔记本。

廉峰说："我们拿到那一麻袋衣物后，立即对衣物进行了观察分析。几件衣服都是名牌，而这些名牌的专卖店，都会保留客户的会员资料，这给我们的调查工作带来了极大的便利。我们走访了几件衣服的专卖店，并且把同时具备这几家专卖店的客户资料进行了梳理。符合死者生理条件特征的，只有三个女人。而这三个女人之中，只有一个人有生育史。我想，这一定就是死者了。"

一名侦查员接着说："这名30岁的本地女子，叫作董琳琳，IT精英。7年前嫁给了本地年轻富商万利国。"

"30岁啊？和我们推断的27岁相差了好多。"赵伟小声嘀咕道,"会不会搞错了?"

王小美笑了笑,说:"3岁,是在我们的误差范围内的。我之前说过,人与人之间的个体差异非常大,所以根据法医学理论推断出来的年龄,其实都是统计学层面上的。这样会有一个叫作置信区间的说法。比如我们推断死者是27岁左右,那么侦查员就会调查24岁到30岁的年龄阶层。这就叫作置信区间。在这个区间内,可以包含具有我们观察到的法医学特征的95%的人群。还有5%的人群,会有更大的误差。"

侦查员点点头,接着说:"董琳琳和万利国有一个儿子,叫万耀,在市立小学上一年级。为了不打草惊蛇,或者因为排查错误而引发误会,我们通过万耀的老师,在隐瞒身份的情况下,和万耀聊了一次。根据万耀的说法,他的妈妈在5天前去外国出差了,估计要等一段时间才能回来。这几天都是他爸爸接送他。"

"很可疑!"丁局长拍了下桌子。

"毕竟因为尸体高度腐败无法判断面貌,死者的衣着情况也不能直接证明她就是董琳琳,所以我们决定进行亲子鉴定。"廉峰说,"我们通过万耀的老师,取了万耀的口腔擦拭物,并立即送往市局DNA实验室进行检验,以期待万耀的DNA可以和1号死者做出亲缘关系。"

"结果出来了吗?"黄支队急着问。

廉峰点点头,说:"半个小时前,DNA实验室给我打了电话,做出了万耀的DNA,和1号死者具有直接亲缘关系。"

"干得漂亮!"丁局长又拍了下桌子。

黄支队说:"即便可以断定1号死者就是董琳琳,也不能说这起案件就要破案了。如果董琳琳并不是被她丈夫杀死的呢？如果是被她情人、亲属杀死的呢？可能万利国真的以为她出差去了，其实她并没有出差呢？"

侦查员说："这一点我们也考虑到了。但是毕竟DNA检验需要时间，我们刚刚才知道这个结果。但是在之前的几个小时之内，我们也没有闲着。我们对万利国和董琳琳的夫妻关系，通过旁证进行了秘密调查。经过调查，确认万利国喜欢在外面拈花惹草，夫妻关系并不和谐，也就是说，万利国具备杀人动机。对了，这个万利国可不是什么好鸟，在调查中，我们发现海关部门也在调查他，并且已经有了充足的证据证明他涉嫌走私的营生。我们已经和海关打过招呼了，暂时不打草惊蛇，等我们这边的进展。"

"有动机，有其他的犯罪嫌疑，也还是不能作为确定他涉嫌本案的依据。"王小美说，"我觉得有一个办法可以收集证据。"

"你说。"丁局长说。

王小美说："鉴于案件的特殊性和嫌疑人万利国身份的特殊性，我觉得可以申请搜查万利国的车辆。如果是他杀人，那么他肯定是用自己的轿车运送尸体和衣物。因此，他的车子里肯定会留下董琳琳的DNA。"

"秘密搜查令倒不是难事。"丁局长说，"但是我有两个问题：第一，既然是万家的车辆，那么里面有万家夫人的DNA并不能代表什么。第二，既然董琳琳是被勒死，那么她不会出血，我们如何在车里搜寻DNA？"

王小美说："我们通常认为只有机械性损伤的死者，才会留下血迹和DNA，没有开放性创口的尸体就不会。其实不然。在勒死的案例中，因为有挣扎以及剧烈的呼吸运动，死者气管所分泌出来的黏液会和体内残存的空气在剧烈呼吸运动的作用下发生搅拌，会出现和溺死相似的蕈状泡沫。这种泡沫通常会以血性液体为主要成分。在尸体体位发生变动的情况下，尸体体内压力也会发生变化，这种血性液体很有可能会从口鼻腔溢出，从而留在装载尸体的交通工具上。因为是淡红色的血性液体，所以也不会被轻易发现。一般人洗车只会洗外面，很少洗里面，所以血液可能会在车内保存数天。这是第一点。第二点，虽然是万家的车，但是董琳琳一般情况下只会坐在轿厢里，而万利国如果要运送尸体的话，不可能明目张胆地把尸体放在轿厢里，通常会放在后备厢里。"

"明白了。"丁局长说，"分析得非常漂亮，事不宜迟，立即对万利国的车辆进行秘密搜查。不过，我还有一点疑惑。既然血性液体颜色淡，你们又怎么去找呢？"

王小美嫣然一笑："自然有我的办法。"

深夜，周围都漆黑一片，静悄悄的。

虽然秘密搜查是侦查员们常干的一件事情，但是对法医来说，秘密搜查并不多见。所以就连王小美也受不了这样偷偷摸摸带来的刺激感，更不用说杨光和赵伟了。

万家在市郊有一栋很大的别墅，富丽堂皇，别墅大门内停放着万利国的一辆黑色雷克萨斯轿车。

技术开锁是丁全民的强项，他用了不到10分钟的时间就打开了别墅的大门和轿车的后备厢，让杨光和赵伟啧啧称奇。

轿车的后备厢很干净，像是被刻意收拾过，除了日常使用的蜡把和清洁桶，没有多余的东西。在确认不会有光线照射到别墅窗户上后，王小美打开了勘查灯，把光束收集在后备厢里。

"好干净啊，会不会是清洗过？"赵伟小声说道。

王小美摇摇头，小声说："还不好确定，但是没关系，后备厢是个多死角的地方，即便清洗过，我们也一样可以找到蛛丝马迹。你要记住，没有完美犯罪。"

说完，王小美蹑手蹑脚地打开勘查箱，拿出了几张滤纸和一瓶试剂。然后招呼着身边的侦查人员开始进行录像。

"这是杀虫剂吗？"杨光见王小美拿着试剂在轿车后备厢里喷洒，说。

"瞎说什么。"王小美强忍住笑，说，"鲁米诺，没听说过吗？"

杨光摇了摇头。

王小美说："鲁米诺，又名发光氨。化学名称为3-氨基邻苯二甲酰肼。常温下是一种黄色晶体或者米黄色粉末，是一种比较稳定的人工合成的有机化合物。由于血红蛋白含有铁元素，而铁元素能催化过氧化氢的分解，让过氧化氢变成水和单氧，单氧再氧化鲁米诺让它发光。这个案子中，血迹即使被擦拭，血液中的血红素还是会残留下来，当鲁米诺试剂喷在血红素上，会与活性氧产生氧化作用，就会释放出蓝紫色荧光。"

"哦，血痕预试验！"赵伟说，"以前是用联苯胺。"

"对。"王小美说，"可是联苯胺无法大面积搜寻血痕，而且用联苯胺处理过的血痕，就没法进行DNA检验了。鲁米诺搜寻到的，却可以检验。"

"有了，有了！"杨光透过专用的眼镜，看到了荧光。

王小美不慌不忙，又拿出一台像手提收音机似的东西，说："这叫作生物检材①提取仪，可以更加精确地提取到血痕。"

"高科技啊！"赵伟感叹道。

王小美用滤纸在发出荧光的位置擦蹭了几下，说："应该是血痕，一般人家的后备厢里怎么会出现血痕？我看你们明早就可以抓人了。"

在找到血痕后，王小美等人又在后备厢里找到了一些长头发以及几根不明质地的纤维。就在这个静悄悄的夜晚，他们静悄悄地完成了整个搜证工作，悄无声息地离开了别墅区。

第二天一早，赵伟和杨光的宿舍大门就被丁全民敲响了。

"赶紧起床吧，去专案指挥室，王姐已经在那里等我们了。"

两人睡眼惺忪地赶到会议室的时候，发现会议已经开始了。两人对这些警察连续熬夜作战的能力大叹佩服。

DNA实验室的负责人刘柳此时头发凌乱、一脸疲惫，正在介绍昨天奋战一夜的结果。

"因为轿车后备厢里提取的长头发没有毛囊，没法进行DNA检验，而血痕的检材量很小，我们机器的灵敏度达不到，所以我们进行了反复实验，最终在其中的一块滤纸上做出了DNA基因型。"他说，"经过图谱比对，可以肯定这些血痕是死者董琳琳留下的。"

---

① 生物检材：泛指生物体残留于刑事案件现场中的痕迹物证。法医王小美打算用生物检材提取仪来提取现场的血迹，血迹就是生物检材的一种。

"好！"丁局长高兴地说，"现在可以确定，万利国有重大作案嫌疑，即刻申请刑事拘留证。刘柳，我给你4个小时的时间睡眠，下午你必须回到实验室，有更重要的任务交给你。"

刘柳起身离开。赵伟和杨光感到很奇怪，难道公安机关的民警睡觉都是需要限时的吗？而且，这不是就要破案了吗？还会有什么重要的任务要刘主任去做呢？刘主任这就回去睡觉了？也不问问是什么重要的任务？一点好奇心都没有吗？

"下面请主办侦查员王鹏介绍一下昨天一夜开展的调查情况。"丁局长说。

王鹏清了清嗓子，翻开笔记本。同样是熬了一夜，但他还是那么精神抖擞。他说："昨天晚上，我们根据前期调查的线索，主要对万利国可能存在的不正当男女关系进行了调查。通过开房记录和通话记录，我们锁定了11名女子可能和万利国有关系。"

"原来他们在DNA检验结论出具之前，就已经对万利国进行全面调查了啊。他们不怕这一夜做的都是无用功吗？"赵伟小声说。

王小美也压低声音说："侦查破案中，各个专业的工作都是同时开展的，这样才能提高办案效率。像这种案件，即便万利国不是犯罪嫌疑人，对他进行调查，也有利于查清楚他老婆的社会关系，从而破案。所以，在侦查工作中，不存在无用功之说。"

王鹏仍在大声介绍着调查情况："对这11名女子，我们进行了身份摸排，并且在今天早晨逐一进行联络。现在看，其中一名叫石倩倩的女大学生有些疑点。"

"疑点？"王小美有些激动，"特征是什么？"

王鹏说："石倩倩今年20岁，艺术学院音乐系的大三在读学生。据我们了解，自一年前开始，周末时常会有一辆黑色雷克萨斯轿车来接她离开校园。石倩倩和万利国有通信联络，但是并不频繁。但在最近一段时间联络有些增加。"

"那石倩倩现在呢？人失踪了吗？"王小美未卜先知，两名实习生则还没有反应过来。

王鹏点头说："我们早晨联络石倩倩的时候，发现她的手机关机了。联络了她的老师和同学，有同学称她在清明假期前夜，也就是4月4日晚上，离开学校，4月8日上课的时候，并没有返回学校。"

"中间几天也没有回学校吗？"王小美问。

王鹏摇了摇头，说："至少没有人看见她返回学校。目前，我们考虑她可能会住宾馆，但是全市所有的宾馆入住记录昨天晚上我们都调取了，没有万利国开的房间。现在，一组同志正在用石倩倩的身份进行宾馆登记系统查询，很快就会有结果。"

"那，可不可以判断2号死者就是石倩倩？"王小美说，"尸体照片不宜外传，但是她的衣着会有很强烈的指向性。拿2号死者的衣物去找石倩倩的同学辨认，他们肯定认得出来她的衣服。"

赵伟和杨光听到2号死者有可能是石倩倩时，惊讶不已！而王鹏点了点头，刚要说话，桌子上的手机振动了起来。王鹏一把抓起电话，闷不吭声地听着电话那头的人汇报情况。不一会儿，王鹏挂断了电话，面色凝重地说："我现在要代表侦查组，向专案组汇报刚刚发现的两个重要信息。"

斜靠在椅子上的丁局长直起身子，拿起笔，准备进行记录。

王鹏说："我们的两路侦查人员，一路去学校进行调查，确定2号死者所穿的衣物和石倩倩离开学校时候穿的一致，尤其是那双鞋子，很多同学都有深刻印象。所以基本可以肯定2号死者就是石倩倩。"

"进一步确认需要DNA检验。"丁局长说，"我已经布置DNA实验室在四个小时后，对从石倩倩寝室里取得的检材进行检验，这样就可以从生物学上确证死者就是石倩倩。"

赵伟记得丁局长让刘柳主任休息四个小时后重新回到实验室，原来是早有预料啊！他对丁局长的超前指挥能力，佩服得五体投地。

王鹏点点头，接着说："另一路侦查人员在我市天鹅宾馆发现了石倩倩于4月4日晚间的开房记录，所以立即赶往该宾馆调取了监控录像。"

"发现什么了没有？"黄支队在一旁插话道。

王鹏说："因为录像时间很长，所以他们是快进着看的。4月4日晚，石倩倩是和一个男子入住天鹅宾馆，该男子第二天一早就离开了，而石倩倩一直没有从房间出来，那个男子后来也没有再回到宾馆。其间，可以看到宾馆送餐的服务人员进房间几次。直到4月7日中午，石倩倩才离开宾馆。经过侦查人员调查，送餐服务员反映确实有一个年轻女子在宾馆停留了几天，中间都是电话叫餐的。这个年轻女子的衣着，和2号死者衣着完全吻合。"

"也就是说，石倩倩和一个男子约会，在宾馆住了几天，然后在被杀害的当天中午离开。"黄支队说，"那这名男子是谁？"

王鹏说："因为视频不清楚，所以侦查人员对4月4日当天大门口的监控录像进行了逐一调阅。因为时间有限,所以只看了个大概。但是这个大概很重要,因为他们找到了万利国的那辆雷克萨斯开进宾馆停车场的录像。"

"看到没!看到没!"黄支队兴奋地看着王小美,说,"我就说这两个案子必然有关联吧?一个死者是他的老婆,一个死者是他的情人。他老婆的尸体是他的车子运去现场的,而他的情人在遇害前还刚刚和他幽会过。"

"确实,这样看,两起案子的关联性就很强了。"丁局长说。

黄支队说:"肯定是万利国伙同石倩倩杀妻,然后在假期约石倩倩出来商讨下一步计划。在4月7日,万利国找了个借口,约石倩倩去现场附近见面,并且在现场杀害了她,灭口。这样就可以解释全部案件信息了。"

王小美小声说:"我总觉得还有蹊跷,会不会就是个巧合呢?"

"如果是巧合,那也太巧了吧!"黄支队说。

丁局长摆摆手,打断了黄支队,说:"你说的蹊跷在哪里?"

王小美说:"第一,如果是两人合伙杀妻,那么万利国就可以堂而皇之地在4月4日把石倩倩带回家里。"

"可是他家有小孩。"黄支队说。

王小美微微一笑,说:"一年级的小孩,肯定不会一个人在家吧?那么万利国又是怎么脱身去宾馆的?说明小孩肯定有别人带着。既然有别人带着,那么万利国没必要冒着被监控拍到的危险,带石倩倩开房吧?"

"有道理。"丁局长说。

王小美接着说:"第二,我之前列举过两个死者死亡案件中不同的特征，现在一样可以用得上。万利国完全可以把石倩倩带回家里，采用同样的方法杀人抛尸。为什么这个可以选择很多具备杀人条件的地方的有钱人，却要选择在一个小公园里，冒着被人目击的危险杀人？"

大家纷纷点头。

王小美说："还有，第三点，万利国的照片我看过，他高大魁梧。那么他杀死石倩倩实在是一件非常简单的事情，可是尸体上的刀伤却不是这样告诉我们的。凶手和死者发生了激烈的搏斗，甚至我可以这样说，如果不是凶手有刀，死者未必处于下风，也未必会被杀害。"

"你说的虽然有点道理，但我觉得也可以有很多种说法去解释。"黄支队涨红了脸，说，"我觉得两个人有特殊的交叉关系，又在同一时间段、同一地点被发现尸体，怎么说，万利国都是嫌疑最大的人。我们要去抓人，审讯的时候需要有自信，小美你这是在打击我们的审讯自信呢！"

王小美做出一副无奈的表情，耸了耸肩膀，说："你们需要的是破案，我需要的是真相。"

虽然在第二起案件中，分析还是有分歧的，但是万利国杀死自己的妻子这一事实，证据是确凿的。在办理完相关手续后，黄支队亲自带领几名侦查员驱车赶往万利国的公司，对万利国进行抓捕。

"抓捕"这两个字听起来很刺激，但是过程并没有那么刺激。黄支队和侦查员们走到万利国办公室的时候，他正在约谈两个客户。黄支队亮明身份、说明来意后，万利国就乖乖地跟着警察们走上了警车。

审讯工作的开头,很艰难。这个老奸巨猾的商人,早就已经想好了对策,编得滴水不漏。说是自己的妻子要出国,几天前就走了,其他的事情一概不知。在海关出示了他涉嫌走私罪的证据之后,他的情绪似乎有一些崩溃,但是依旧只承认走私,而不承认杀人。

见他一副死猪不怕开水烫的样子,审讯人员只能亮出了他杀人的证据,万利国这才开始内心的挣扎。毕竟他也知道,他的走私行为顶多坐牢,而杀人是要偿命的。

好在确凿的证据就像一枚核弹,摧毁了万利国的心理防线。没过多久,他就交代了自己杀死妻子的罪行。

万利国和董琳琳是同学。万利国在大学毕业后,利用家传的雄厚资本,很快成了一名成功的企业家。成功后,他受到的诱惑也越来越多,自己的行为也越来越不检点。董琳琳虽然对万利国包容有加,但是夫妻关系依然日益恶化。为了自己的公司能够迅速扩大,万利国在一年前开始了走私生意,不过很快便被董琳琳发现了。董琳琳要求万利国立即放弃违法的勾当,并且以此为威胁,要求万利国不再拈花惹草。

万利国被董琳琳吓着了,老实了一阵子,却又开始踏起了红线。不仅走私勾当继续,泡妞也继续。4月3日晚上,董琳琳在哄完孩子睡觉后,回到房间。此时的万利国正在洗澡,而他放在包里的备用手机响了一声。董琳琳拿起手机,却发现手机用了好几款密码软件。这个动作引起了董琳琳的怀疑,所以作为计算机领域高手的她花了5分钟打开了万利国的手机。在手机中,董琳琳发现了大量万利国近期走私和出轨的证据。

暴怒之下的董琳琳扬言明天一早就去公安局报案，甩下这句话后，独自到小房间和儿子睡觉去了。万利国则无法入眠，他了解董琳琳的性格是说到做到，所以他越想越怕，决定杀人灭口。

谁也未曾想到，杀心已决的万利国潜入小房间后，在自己儿子的身边勒死了自己的妻子。因为体力悬殊，董琳琳甚至都没有来得及挣扎一下。而儿子也在熟睡之中，整个过程都没有醒来。

万利国小心地把尸体运到楼下的车里，在搬运的过程中，董琳琳的睡衣从尸体上脱落下来。他当时十分害怕，就在自家别墅的壁炉里，焚烧了睡衣。焚烧睡衣的动静比万利国想象的要大，万利国担心儿子会醒来，开始思考后续的对策，最终决定把董琳琳的失踪伪装成出国或离家出走。于是，他又回到了小房间，把董琳琳的整套衣服拿了出来，装进一个麻袋，并于当晚把尸体和衣服一起沉入了凉亭公园的水塘里。

那个地方，是他们俩大学时谈恋爱经常去的地方。

在审讯室外旁听的赵伟一直叹息："作恶真是一念之间啊。"

王小美也感慨："一个被杀，一个杀人，不知道他们的孩子以后怎么办？六七岁的孩子已经懂事了，这样的打击不知道会对他造成多么大的伤害。唉，这些人，生了小孩就要对他负责，这么不负责任，干脆就别生！"

在万利国一把鼻涕一把泪地把罪行供述完毕后，黄支队厉声说："那石倩倩呢？"

"石……石倩倩？"万利国露出一脸惊讶的表情，说，"她，我，好吧，我也承认。"

王小美的心脏都拎到了嗓子眼。只见万利国擦干眼泪，慢吞吞地喝了口水，又深深地吸了一口烟，说："确实，我的几个情人中，有这么一个大学生。可是是她主动勾搭我的，我也知道勾搭大学生不好，道德败坏。但是她真的太主动了。后来我也知道，她都是为了钱，为了不断地问我要钱，我也厌倦了，厌倦了。"

"所以你杀了她？"黄支队问。

烟雾中，万利国沉默了一会儿，突然抬起头来，瞪大了眼睛说："谁？杀了谁？你们什么意思？你是在说石倩倩吗？石倩倩死了？"

黄支队坐在审讯台上没有动，死死地盯着万利国。

可能是从黄支队的脸上读到了肯定的信息，万利国眼睛通红地说："不！不是我杀了她。我为什么要杀了她？"

"因为你和她一起杀了董琳琳，这样她就可以成为你的妻子了。但是你想要的也不是她，所以只有杀了她。"黄支队说。

万利国拼了命地摇头，说："我杀了我妻子，肯定要掉脑袋的了，我没必要隐瞒你们，我真的没有杀石倩倩，我是冤枉的！我真的是冤枉的！我都没敢和石倩倩说我老婆死了，我不能说，否则她会有更大的野心！"

黄支队依旧死死地盯着万利国。

万利国说："我真的没有杀石倩倩！石倩倩真的死了吗？"

从黄支队的眼神里，王小美看得出来，他已经放弃了并案的想法，他利用自己几十年的刑侦经验积累起来的直觉，感受到万利国没有说谎。

王小美得意地笑了笑，转头对赵伟说："你说我们下一步应该怎么办呢？"

"啊？怎么办？我们法医的工作不都已经完成了吗？"赵伟挠了挠脑袋说道。

王小美正色道："只要案子没破，专案组的任何人都不能懈怠，任何人的工作都没有完成。案件不破，工作不止。吃完中午饭，殡仪馆集合，我们去复检石倩倩的尸体。"

"又去殡仪馆！"赵伟瞪大了眼睛，"这两天都跑多少趟了啊！"

王小美笑笑，说："法医的工作地点就在那里，你得习惯。解剖石倩倩尸体的时候，廉峰和杨光都不在，这次正好一起看看，看看他们有没有新的见解。做技术就是这样，兼听则明，汇总越多人的意见，我们离真相就越近。"

"好吧。"赵伟说，"那我中午少吃点。"

毕竟已经破获了其中一起命案，大家的心情大好，而且感觉肩上的担子也轻了许多。吃午饭的时候，大家有说有笑，和昨天的死沉气氛有天壤之别。看得出来，大家对第二起案件的侦破也充满了信心。

吃完饭后，王小美一行人驱车回到了殡仪馆，尸体被重新搬上解剖台。因为经过一夜的冷冻，虽然尸僵已经缓解，但仍显得有些僵硬，尸体湿漉漉的，皮肤颜色已经开始变得有些发黄。

尸体上的创口最为显眼，廉峰和杨光穿好解剖服就趴在解剖台一侧，细细观察起损伤形态。

"工具推断没问题，性质判断没问题。"廉峰说，"刀伤这么凌乱，肯定是活动中砍刺形成的。可以反映出凶手当时慌乱的心理状态。"

"奇怪,凶手为什么要慌乱啊?"杨光问。

廉峰说:"这可不好说,命案现场什么事情都有可能发生,所以没有特别充分的依据,说出来的都是猜测。现场留下的痕迹很少,只有那一双运动鞋足迹有一些价值。对嫌疑人的刻画,除了是一个喜欢穿运动鞋的人,鞋码偏小,好像告诉不了我们什么。"

廉峰说完,侧脸看了看王小美,王小美没有说话,正在直勾勾地盯着尸体右侧看。

"王姐,王姐。"赵伟喊了两声。

王小美从冥想中回过神来,指着死者的右侧上臂,说:"你们看!这是什么?"

死者的右侧上臂上,有一个椭圆形的淡紫色痕迹。王小美用酒精对这个区域进行了擦拭,不但没有将其擦掉,痕迹反而更加明显了。

"这是皮下出血啊。"王小美沉吟道。

"啊?皮下出血?我们之前解剖时没有看到吧?这,这,这怎么回事呢?这么明显。"赵伟有些紧张,"不会是在冷冻柜里被什么弄伤的吧。"

"我觉得你不该犯这样的错误。"王小美说,"皮下出血,这是一种生活反应。是活着才能出现的反应,怎么会是尸体冷冻中形成的?"

"那为什么我们一开始解剖的时候没有看到?"赵伟知道,作为法医,漏检是一项严重的"罪名"。

"别紧张。"廉峰说,"皮下出血,如果程度较轻,在初次尸体检验的时候经常有发现不了的情况。尸体经过冷冻，皮肤失水变薄，通透性也就增加了，这时候浅淡的皮下出血就会出现在可视程度内了。"

"也就是说，冷冻可以让不明显的损伤更加明显？"杨光问。

王小美点点头，说："我用酒精擦拭，也是这个原理，让皮肤水分减少，通透性增强，皮下出血的形态就明显了。这也是我让大家对尸体进行复检的原因，不论是现场复勘或是尸体复检，总会有一些意想不到的发现。这个就是。"

"我们知道，皮下出血是很有意义的一种损伤形态。"廉峰说，"很多皮下出血可以反映出致伤工具的接触面形态，对致伤工具的推断有重要意义。"

"椭圆形的、中空的，这接触面是什么？"赵伟皱起了眉头。

"这处损伤的最重要的特征并不是椭圆形，也不是中空。"廉峰已胸有成竹，"是形状虽然是椭圆形，但是椭圆形的边缘是断断续续的、不整齐的，而且形成损伤的物体表面是光滑的。"

"我知道了，咬伤！"赵伟大声说道。

王小美和廉峰都赞许地点点头。

王小美说："我们常见的咬痕，肯定是椭圆形和中空的，但是可以清晰地反映出牙齿咬合面的牙列特征。我们甚至可以通过这个牙列特征做出犯罪分子的牙齿模型，作为今后甄别犯罪分子的依据和诉讼的证据。可惜，这个咬痕咬合面模糊不清，不具备制作牙模的条件。"

廉峰把尸体一旁袋子里的衣服拿了出来，说："这个位置是死者上衣袖子覆盖的位置，犯罪分子即便是咬上去，咬到的也是衣服。衣服上当然不会留下痕迹，而且由于衣服的阻隔，皮肤上的痕迹也就模糊不清了。"

"哦，这样。"赵伟说。

"哎？哎？这里也有一个！"杨光把尸体掀起来一点，指着尸体左侧肩膀说。

"左侧肩膀也有一处咬痕。"王小美说，"这就更能说明死者和凶手之间的搏斗很激烈，活动范围、体位变化也大。"

"可是，咬痕不是常见于性侵案件吗？"赵伟羞涩地说。

王小美说："是，咬痕常见于性侵案件，但是没见过隔着衣服咬的吧？所以，我分析，这两处咬痕不是攻击性损伤，而是防卫性损伤。"

"啊？防卫性损伤？"赵伟翻了翻眼睛，"凶手其实是在自卫？"

"是的，我觉得现场搏斗迹象很明显，而凶手却有防卫性动作。"王小美说，"这就说明了一个问题，在搏斗中，其实凶手是处于劣势的。"

"拿了刀，还处于劣势。"廉峰抱着双臂说，"这说明了两个问题：一是凶手体力有限，二是凶手根本就不想杀人。"

"那动机是什么呢？"赵伟问。

王小美自信地一笑，说："现在还不是分析的时候，我们去专案指挥部吧，看看侦查部门给我们带了哪些好消息。今天这趟没有白来，有重要发现。"

说完，王小美和身边的丁全民耳语了几句，又对大家说："大家回去休息，我和丁全民要去办公室研究一个问题。晚上8点专案碰头会上见。"

4

晚上8点，专案指挥室里烟雾缭绕。王小美仿佛已经习惯了这种充满二手烟烟雾的环境。

王鹏最后走进指挥部，他的脸上终于出现了倦容："今天，我们围绕石倩倩4月7日中午离开宾馆后的行踪进行了调查，有重大发现。"

会议室里立即变得鸦雀无声。

王鹏接着说："根据宾馆附近的监控摄像头，我们找到了石倩倩出宾馆后乘坐的出租车。根据出租车的行驶轨迹，判断石倩倩是在艺术学院附近的一家网吧门口下的车。所以我们立即派出人员对网吧监控进行了调取。最终证实，石倩倩确实是在这家网吧上网，晚饭都是叫的外卖。晚上大约11点，石倩倩独自结账离开网吧。根据法医对死亡时间的推断，我们分析石倩倩应该就是这个时候去了现场，并且在现场遇害。"

"独自一个人结账？"王小美皱起眉头说道。

赵伟附和道："那她为什么会去公园呢？半夜三更的，那种偏僻的地方，她也不害怕啊？"

"你以为都像你这么胆小啊。"杨光笑着低声说道。

"会不会是万利国约的？"黄支队还是放心不下。

王鹏摇摇头，说："万利国那边的调查也在进行，可以肯定，4月7日晚上，他陪儿子在家，监控显示他的车也在别墅区，没有开出去的迹象。"

"我们法医这边也不支持是万利国作案。"王小美说。

王鹏说:"鉴于种种情况,我们请求了网络监察部门的同事支持,对石倩倩在网吧使用的电脑进行了恢复处理,并且查清了石倩倩整个下午和晚上都在和一个网名叫作 RMB 的男子聊天。聊天过程中有暧昧内容,并且两人相约当晚 11 点半在凉亭公园约会。"

"重大发现啊!"丁局长很兴奋,说,"也就是说,这个 RMB 具有重大作案嫌疑?"

"地点是谁定的?"王小美说,"如果是男子定的,那么他很有可能有嫌疑。"

王鹏说:"听我说完。地点是石倩倩定的。根据我们实地勘查,凉亭公园是离这个网吧最近的一个偏僻场所。我们跟着这条线索,通过网监部门找到了这个 RMB。其实这个人是个老实巴交的中学老师。根据他居住的小区监控,可以明确判断,他当晚没有离开家门。也就是说,他没有去赴约,没有作案时间。"

"他本人怎么说?"丁局长一脸失望。

"他说他就是逗着网友玩的,什么年代了,还干见网友这么猥琐的事情吗?"王鹏无奈地耸耸肩膀。

赵伟嘀咕了一句:"他倒是无所谓,可是害死了一条人命。"

整个专案组沉寂下来,刚刚摸上来的线索"啪"的一声断了。

王小美咳嗽了一声,打破了沉寂:"我们今天对尸体也进行了复检,并且同样有重大发现。"

专案组气氛被王鹏和王小美弄得跌宕起伏。

丁局长重新燃起希望:"快说。"

王小美指了指赵伟，说："你说。"

赵伟点点头，说："尸体受到冷冻影响，部分损伤显现出来。石倩倩的右侧上臂外侧和左侧肩部有两处椭圆形皮肤挫伤，我们认定这是咬痕，隔着衣服的咬痕。"

"咬痕？"专案组里开始议论纷纷。

王小美接着说："我们认为这种咬痕是一种防卫性损伤，换句话说，结合现场重建的情况，我们分析在案发当时，很有可能凶手在搏斗中处于劣势，甚至处于被控制的形势，所以他在没有办法的情况下咬了石倩倩。"

"凶手是女人吗？"黄支队直接做出了犯罪分子刻画。

王小美摇摇头，说："现场勘查发现了来自凶手的足迹，这个足迹虽然多，但是模糊不清，丁全民分析鞋码可能是39码到40码。脚掌较宽，应该是男式运动鞋。根据这几点，我们认为，凶手应该是男性，可能是老人，也可能是未成年人。这两种群体，体力较差，会出现被被害人约束、制服的可能性。"

"老人和未成年人，这样范围还是很大啊。"黄支队摸了摸下巴，说，"而且这两种人为什么会和石倩倩扯上关系，又为什么要杀人呢？"

"为了缩小范围，我下午和丁全民又对现场提取痕迹物证的照片进行了逐一分析。"王小美说，"我们认为，在凉亭里留下的足迹很凌乱，没有多少价值，但是在凶手离开的小径地面上的足迹很能说明问题。"

"是的。"丁全民打开投影仪，用模拟的足迹画面给大家介绍，"我们测量了足迹之间的距离，可以判断出凶手是处于大步奔跑的状态，而且足迹只有前脚掌，说明奔跑的动作很敏捷。这个动作提示我们，凶手应该是个未成年人。"

"未成年人的范围是什么？"黄支队问。

王小美说："这个就不好说了，只能说，根据鞋码和其体力情况，肯定不是儿童，也不是发育成熟的成人，应该是处于发育期的少年吧。"

杨光补充道："就是十四五岁的样子。"

"这样的小孩为什么会半夜出现在那里？"丁局长问，"又为什么要杀人呢？"

王小美说："这我也想了很多。尤其是在下午我翻看《命案现场分析概论》的时候，我获取了灵感。我认为通过行为分析的理论，凶手有一个明显的摆脱行为。凶手急于离开现场，而被害人不让他离开，结合凶手这个特殊的年龄阶段，以及被害人随身物品并没有被发现……"

"抢劫！"黄支队拍了下桌子，打断了王小美的话。

王小美坚定地点点头，说："我认为，这是一起尾随、抢劫案件，石倩倩的反抗，导致了凶手杀人的后果。"

"漂亮。"丁局长赞了一句，"你分析得很有道理。经过你这么一说，我们再结合前期你们的现场重建分析报告看，确实应该是这么回事。凶手尾随石倩倩到达了现场，石倩倩在现场等人，而凶手在等待机会下手。最终，凶手冲出去抢劫，却遭到了石倩倩的反抗，凶手想逃离却被石倩倩抓住，无奈之下凶手咬了石倩倩想摆脱，但未果，只有用刀砍刺。这几刀中有一刀形成了致命伤，凶手趁乱逃离，而受伤的石倩倩却失足落入塘中。"

"对，就是这样。"廉峰也认可道。

"根据行为心理学的分析，这个凶手不自信。"黄支队说，"不仅在于年龄，也在于其成长的环境。他可能在一个贫苦的家庭中长大，可能家庭不幸，可能经常被欺负。所以，下一步我们联系现场周边所有的派出所，围绕现场附近的一些具备上述特征的未成年人进行调查，凶手应该会有前科劣迹。摸排出来后，我们根据现场留下的运动鞋足迹进行甄别。"

会议散得很快，因为侦查员们要继续奋战。而这个时候，技术员们轻松了许多。

走出会议室的王小美长长地舒了一口气，自信地说："我看这个案子快要破了。"

可惜案件进展得并不像王小美设想的那么简单。侦查工作持续了一天两夜，4月11日清晨，苦等的王小美终于接到了专案指挥部的会议通知。

王小美带领廉峰、丁全民、赵伟和杨光走进专案指挥部的时候，都感觉到了气氛的压抑。而王鹏却开门见山地宣布了一个好消息。

"经过一天两夜的艰苦侦查，我们对周边可能存在家庭问题和前科劣迹的青少年进行了逐一排查。"王鹏说，"有多条线索指向一个叫毛俊的14岁男孩。这个男孩父母离异，跟着母亲。邻居反映他母亲天天在外，很少管他，而他的继父经常会殴打他。这样的情况已经持续好几年了。目前，毛俊已经辍学两年，一直在社会上游荡，游手好闲，偷鸡摸狗，多次被派出所收容教养。

几个月前，他伙同其他人飞车抢夺，但因为不够刑事处罚年龄而被收容教养半年，最近刚刚出来。我们通过现场附近路口的监控录像，找到了事发当晚毛俊在现场周边徘徊的证据。"

"抓人了吗？"丁局长问。

已满12周岁不满14周岁的人，犯故意杀人、故意伤害罪，致人死亡或者以特别残忍手段致人重伤造成严重残疾，情节恶劣，经最高人民检察院核准追诉的，应当负刑事责任。已满14周岁不满16周岁的人，犯故意杀人、故意伤害致人重伤或死亡、强奸、抢劫、贩毒、放火、爆炸、投放危险物质罪的，应当负刑事责任。无论是哪种情况，毛俊都不能躲避法律的制裁。

王鹏摇了摇头，说："发现他后，我们立即对他及他的家人进行了寻找，但是没有找到。迫于无奈，我们申请了搜查令，对毛俊现在的居处——一栋平房的阁楼进行了搜寻。在这座阁楼里找到了和现场鞋印完全一致的运动鞋，还有属于石倩倩的手提包。在毛俊的床下，我们还找到了一把单刃匕首。"

会议室里又开始议论纷纷。

王鹏说："我们把这些检材送往DNA实验室进行检验确定。果然，匕首上检出死者石倩倩的DNA，匕首把手上检出DNA和毛俊的一致。因为毛俊被打击处理过，所以他的DNA在库里有备存。另外，运动鞋和现场鞋印认定同一，运动鞋内也检出了毛俊的DNA。"

"证据确凿了，你们为何不发出通缉令？"黄支队问。

王鹏接着说："不用通缉令，我们已经找到他了。昨天夜里，我们通过线报，在30公里外的城东的一个村庄里找到了毛俊。

这个地方是毛俊外婆的家。据了解，4月9日，毛俊可能是因为爬人家墙头摔落，被人发现在一墙根处昏迷不醒，头部有损伤。被送到医院进行急诊手术后，他现在处于植物人状态。"

"植物人？"丁局长说，"那不就等于死了一样吗？"

王小美摇摇头，说："植物人和死亡有着本质性的区别。脑死亡就是人死了。植物人是人活着，但不能动。植物人虽然丧失了很多功能，但是自主呼吸、心跳等一些自主功能还是存在的；而脑死亡则是所有的功能永久地丧失、不会恢复了。"

"案件处理上也不一样啊。"黄支队摇了摇头，说，"如果犯罪嫌疑人死了，有确凿证据证明是他作案，可以销案。但是犯罪嫌疑人是植物人，无法受审，即便有确凿证据，案件也要无限期拖延了。"

"没事。我们的证据足够多了，这案子等于是破案了。"丁局长说，"4月9日手术，现在就回家了？"

"是啊。"王鹏的眼神有些黯淡，"没见过这么冷血的母亲。怕花钱，她不顾医生的强烈反对，办了出院手续，把儿子送到农村去，让外婆照顾他。我们去看了，毛俊现在有呼吸和心跳，但是没有活动和思维能力。医生说，手术做的是钻孔术，手术创伤不大，所以出院也不至于会导致死亡。但是他脑干受到损伤，所以恢复意识的希望很渺茫，这样不在医院康复而是送往农村，恢复的希望就更渺茫了。"

丁局长摇了摇头，说："要求当地派出所依法对毛俊的住处进行监视，如果他能恢复，仍要接受法律的制裁。当然，鉴于这种特殊情况，提请当地党委政府给予重视，如果毛俊家里有困难,政府还是要帮一帮的。即便他是抢劫杀人嫌疑人,他也是条生命,也是个可怜的孩子。"

王小美被丁局长的一番话说得有些感动,使劲点了点头。

"案件到此只有这样了,回头我专门去检察机关汇报下一步工作。"丁局长说,"两个案子都结了,大家都辛苦了,专案指挥部也可以撤了。大家这几天好好休息休息吧,破获这两起案件,确实花费了不少精力啊。"

"这两个案子虽然结了,但是这个案子恐怕还是要延续下去。"王鹏突然说道,"我们在医院调查的时候,医生把毛俊的CT片给了我们。"

"什么意思?还有什么延续的?"丁局长问。

王鹏从一旁拿起CT片,递给王小美,说:"医生说他很忙,而且一时半会儿也说不出所以然。但是对毛俊摔倒昏迷这件事情,心存疑虑。他说,把这片子给王法医,王法医会有所论断的。"

大家的目光都好奇地投射在王小美的身上。

法医和医生的关系一般都很好,打交道也很多。所以市立医院的脑外科主任才会把这个问题交接给了王小美。

王小美接过CT片,在会议室日光灯的照射下,仔仔细细、一张一张地看着。

5分钟后,王小美把CT片递给廉峰,说:"你看看吧。"然后坐在座位上凝思着。

廉峰和王小美的动作一样,举着片子,利用会议室里日光灯的照射观察着。廉峰看完,又顺手递给了两名实习生。

黄支队见王小美没说话,说:"怎么样?医生是什么意思?

这个案子要怎么延续？延续什么？"

王小美说："医生的意思不是说要延续这两起命案。而是因为这个案子的犯罪嫌疑人其实也是被伤害的，所以咱们又多了一个故意伤害案要去办理。"

"啊？"丁局长说，"不是说毛俊是在爬人家墙头时自己摔伤的吗？"

王鹏说："这个观点也是猜测出来的。因为毛俊经常爬人家墙头入室盗窃，而那天下午他被发现在一个墙脚侧卧着，头上有血，意识不清，全身都是灰尘。发现的人认识毛俊，知道他天天偷鸡摸狗，所以去医院的时候，就这样代诉①了。毛俊的母亲赶到医院的时候，也没有提出异议。也就是说，他究竟是怎么伤的，没人看见。"

"那王小美你为什么断定他是被人家故意伤害的？而不是自己摔跌的呢？"丁局长问道。

王小美说："对于这个问题，法医学上是一个很简单的问题。两位同学，你们谁来说说？"

赵伟举了举手，说："首先是位置。从CT片上看，毛俊头皮血肿的位置处于枕顶部，就是枕部和顶部的交界处，这个位置偏高，而摔跌通常形成的损伤会位于枕部。其次，也是最关键的，就是对冲伤。因为没有对冲伤的存在，所以可以判断致伤方式是导致毛俊头颅加速运动的力量，也就是打击，而不是导致其头颅

---

① 代诉：当病人不能主动陈述自己的病情时（即主诉），别人代而告知医生。

减速运动的力量——摔跌。"

"我参加刑侦工作这么多年,都没遇见过这么巧的事情。"丁局长说,"眼看就要破案了,嫌疑人成植物人了。"

王小美说:"既然您都觉得巧,说不定就有什么蹊跷。"

"那要求当地派出所立案侦查吧。"丁局长说,"有立案的依据吗?还有,我们这个专案组的人,要留下几个,继续关注毛俊被伤害案的情况。"

几名民警应声而出。

王小美说:"立案之前,我们要先对伤者进行伤情鉴定。如果确定伤者有被打击的过程,其植物人状态和外伤有直接因果关系,而且其损伤程度构成轻伤以上的话,就可以作为刑事案件的立案依据了。"

"好。现在还早,你们即刻出发,在当地派出所的配合下,对伤者进行检验。"丁局长说。

"是。"王小美等人起身走出房间。

丁全民发动了汽车等在市局大门口,杨光挠挠脑袋,说:"我在学校的时候,都听说法医部门会下设一个法医门诊。不是看病,而是专门用来接待群众进行伤情鉴定的。可是没有想到,原来法医临床学检验,还需要上门服务啊?"

王小美扑哧一笑,说:"为人民服务嘛。确实,我们的法医门诊也是开着的,不过有些特殊的案件,法医是必须上门服务的。这起案件,伤者都成植物人了,而且家属也不要求公安机关插手,这总不能让人把毛俊扛过来吧?我们只有上门服务了。医生也是这样,医生有门诊,但是必要的时候也会出诊哦。"

"可不一样。咱们出诊是免费的。"丁全民开玩笑道。

车辆颠簸在乡村小路上,好一会儿,才到了毛俊外婆家的门口。

一个老太太坐在门口,拿着一杆烟枪,一脸愁容,正和派出所民警以及村卫生院的一个医生说着话。

"您好,大妈,我们是来对毛俊进行伤情鉴定的。"王小美礼貌地打着招呼。

老太太点点头,仍在自言自语:"这孩子,多可怜,我把他从小带到大,现在闹成这样。我不知道还能活多少年,我死了,这孩子怎么办啊?"

说完,两行老泪喷涌而出。

王小美简单安慰了老人,带着杨光和赵伟走进了这座破旧的平房。

医生说:"警官你们好,我接到镇政府的通知,配合你们对毛俊进行伤情检验。正好他头上的伤口也要换药了,所以在换药的时候你们可以看看伤势。"

王小美感激地点点头。确实,在来的路上,王小美一直在担心如何对毛俊头部伤情进行检验,毕竟是刚做完手术包扎好的。在缺少必要医疗设施的情况下,拆开纱布很容易引起伤者伤口的感染,那可不是闹着玩的。

医生在毛俊身边小心翼翼地解开他头上的纱布,又帮助赵伟把毛俊支撑成侧卧位。此时的毛俊,已经被剃成了光头,头部的几处缝合创清晰可见。在医生对毛俊头部已经缝合的伤口进行消毒处理后,王小美张罗着丁全民开始对头部伤口进行拍照。

医生站在一边，说道："他当时被送医的时候，枕部有个 L 形的挫裂创，现在已经缝合了。其他的创口都是手术形成的。颅骨还好，只有压痕没有骨折，但是颅内出血不少，压迫了脑干，时间久了就成现在的植物人状态了。"

王小美一边翻着病历，一边点头说："CT 片我们之前看了，没有对冲伤，只有枕部的脑挫裂伤和颅内出血，结合这个 L 形的创口，我们可以确认他是被一个方形的钝器打击枕部导致现在这个情况的。"

医生见王小美检查完伤者，立即又把毛俊的头部包扎了起来。

收集完必要的鉴定材料，王小美等人完成了检验工作，开始收拾活体检验箱①。

"这是重伤了吧？"赵伟问。

王小美点点头，说："我们可以判断，伤者的植物人状态就是外伤所致脑出血导致的。外伤和结果有着直接的因果关系。根据《人体损伤程度鉴定标准》第 5.1.1a 条的有关规定，外伤导致机体植物生存状态，构成重伤一级。"

赵伟和杨光点着头紧跟王小美走出平房。而此时，可怜的老太太仍在自言自语："我说过赵壮那家伙不是好东西吧，这孩子非不听，现在好了吧？跟他混，混成这个德行。"

---

① 活体检验箱：活体检验是指法医对与案件有关的活人做生理状态与病理状态的检验。为了确定相关人员的某些特征、伤害情况或生理状态，在对其进行人身检查时，法医会用活体检验箱里的工具。一般情况下，活体检验箱里有手套、消毒用具、纱布、棉签、各种尺子，还有五官检查镜，等等。

一句话引起了王小美和派出所民警的注意。王小美问:"大妈您好,您说的赵壮是什么人?"

"我也不知道是什么人。"老太太抬了抬头,说,"小俊就喜欢和他混,天天也不知道混什么。前不久小俊就是和他一起被抓进去的,结果肯定是他把责任全推给了小俊,小俊被关了半年,他十几天就出来了。"

"那,这个人长什么样子呢?"王小美追问道。

老太太比画了两下,张了张嘴,最终没有能描述出赵壮的长相。

见问不出什么,王小美就打手势收队离开,带着这一个重要的线索直奔专案指挥部。

第二天。

"什么?你们怀疑是赵壮?"丁局长靠在椅背上,摸着下巴上的胡楂儿,说,"如果毛俊只是赵壮后面的一个马仔,赵壮又为什么要杀人呢?"

专案指挥部里的人少了许多,大家都去办理其他案件了,只有王鹏带着几个侦查员坐在会议室里。

"这条线索是王法医去做伤情鉴定的时候摸上来的。"王鹏说,"昨天中午,王法医反馈给我们这一条信息后,我们就立即组织力量进行了调查。尤其是这个叫赵壮的男子。经过我们的调查,发现在毛俊被击昏迷之前10分钟,赵壮发短信给毛俊,内容是在案发地点集结。之后就有人发现了毛俊在那里处于昏迷状态,所以赵壮有重大犯罪嫌疑。"

"那你们怎么没有抓人呢?"丁局长说。

王鹏说:"这也是今天刚刚摸到的信息。而且有线人称,平时经常在街上乱逛的赵壮,也已经有两天没有见到他人了。最后见到他,是4月9日下午5点多,他说晚上要请客吃饭。我们现在还不敢打草惊蛇,正在对相关区域进行搜索,以期待发现赵壮的行踪。"

"4月9日也是他约见毛俊的时间。"丁局长说,"毛俊是中午左右被伤害的,赵壮下午出现后,就再没出现,会不会是跑路了?"

王鹏接着说:"另外,我们觉得赵壮给他发短信的内容很蹊跷,'集结'一词引起了我们的注意。现在根据我们掌握的调查情况,赵壮很有可能掌握着一个犯罪团伙。"

"是吗?"丁局长眼睛亮了一下,"什么犯罪团伙?"

"有证据表明,市郊区存在一个由未成年人组成的盗窃、抢夺团伙。"王鹏说,"我现在已经调动城区刑警中队对这个团伙进行深入调查了。根据目前调查的情况,涉及的失足少年,可能多达十余名。这个犯罪团伙的头目,就是赵壮。他操纵这些失足少年进行犯罪活动,一旦这些少年被抓,出于年龄原因,盗窃也不能进行刑事处罚。赵壮坐享其成,并且将部分赃款进行分配,刺激这些少年继续犯罪的欲望。"

"太可恶了。"丁局长咬牙砸了一下桌子。

"我们正在秘密侦查取证,争取一网打掉这个犯罪团伙。"王鹏说,"尤其是现在团伙头目可能犯了故意伤害致人重伤的罪名。重伤一级,可是重罪了,擒贼先擒王,赵壮归案了,这个团伙也就会被瓦解了。"

"好,尽快把赵壮捉拿归案。"丁局长说,"对了,王小美呢?"

"王主任去出现场了。"王鹏说,"我刚刚回来的时候,路上遇到了王主任他们的勘查车,他们说,有一个非自然死亡现场要出勘,让我们这边有什么信息的话,直接通过电话和她沟通。"

法医有一项日常工作就是出勘非自然死亡案件的现场。这一天王小美也是像往常一样,接到一个110指挥中心的电话,就拿起勘查箱,和丁全民、赵伟、杨光一起赶赴位于城东市郊一处出租屋的现场。

根据房东的描述,死者是一个月前刚刚租住在这里的。因为总是有一些痞子样的小孩子在这里逗留,所以房东早就想把租房子的这个胖子给赶走了。果然,房东的不祥预感很快就应验了,这个该死的胖子,居然死在这里了,这让这房子以后还怎么租得出去啊!

"你出租房子的时候,不问房客要身份证抵押的吗?"派出所民警皱皱眉头。

房东一脸委屈:"他说他的身份证丢了,正在补办,要三个月,说是三个月后一定会把身份证复印件给我。我出租房子时,也没想那么多啊。"

可见,这个房东对这个死了的房客毫无所知。在听见说有很多小痞子在这里逗留时,王小美的心头也涌起了一丝不祥预感。而且,这丝不祥预感在半个小时后得到印证了。

在派出所的协助下,王小美对出租房进行了现场勘查。现场是个对开两居室,中间是客厅的平房结构。东西两个卧室虽然很凌乱,但是并没有打斗的痕迹。只能说明主人很邋遢,并没有发现什么不平静的迹象。显然,东间卧室是死者的住处,而西间卧室是常常有小痞子逗留的地方。

"是你最先发现的吗?"王小美看着客厅中央躺着的尸体问房东。

房东做出一副恶心状,说:"不知道啊,我来的时候,房门大开。不知道是不是那些小痞子发现了就跑了,没人报警吧。"

"尸僵已经缓解,说明死者死亡48小时以上了。"赵伟说,"今天是12号,那么他是10号早晨之前就死亡了。"

"确实。"王小美说,"都死了两天多了,按理说应该有人发现了呀。除非这是个犯罪团伙,其他成员看见有人死了,作鸟兽散,没人报警罢了。"

"那幸亏我今天来一下,不然等人都臭了就完蛋了。"房东说,"真倒霉,麻烦你们赶紧把尸体弄走吧。"

王小美没有搭话,指着地上的尸体说:"尸体处于一种强直状态。虽然现在尸僵已经缓解了,但是因为尸体没有被触动的关系,一直保持着尸僵前形成的姿态。这个姿态是一种角弓反张的姿态,很不正常,就像抽搐着死亡一样。"

"一桌酒菜啊。"杨光指了指一张小方桌上几个盘子里已经变色的食物,说,"这个人生活条件还真不错啊。"

"会不会是心源性猝死啊?"赵伟说,"很多心源性猝死的人,生前都会有挣扎,有抽搐,所以被发现的时候的姿态也是这样。"

"可是,心源性猝死,不会呕吐啊。"王小美蹲下来,扭转了一下尸体的脑袋，嘴角有清晰可见的呕吐物的流注痕迹。尸体的脑后也有一摊干涸了的呕吐物。

"是啊，抽搐和呕吐并存，会是什么死因呢？"赵伟说，"从尸表看，还有窒息征象呢！"

"中毒。"王小美说，"法医毒理学的理论，毒鼠强中毒，就会出现严重的抽搐和呕吐。因为抽搐会导致死者的呼吸功能迅速衰竭，从而死亡。"

"明白了。"杨光说，"桌子上就一个酒杯、一双筷子、一个碗，说明他一个人在吃东西。吃得这么丰盛，从行为分析学角度看，他应该是在给自己送行吧。自杀的可能性大吧？"

赵伟说："我赞成，现场没有任何打斗的痕迹。"

王小美没吱声，在现场走了一圈，又去厨房打开了碗橱，对碗碟进行逐一查看。

"你们拿几个物证袋来，把这几个碗碟、酒杯送去DNA实验室。"王小美说。

"为什么啊？"赵伟想了一会儿，不解，于是跟在王小美身后问道。

王小美此时正在初步检查尸体的衣着，从死者裤兜里拿出一个钱包，钱包里有死者的身份证。

"呀！他有身份证啊！那他就是骗子！他有身份证还不给我！"房东叫道。

王小美没有回答房东，因为她正死死地盯着身份证，身边的法医和技术员们也都是一样的表情。

身份证上印着：赵壮。

专案组会议室里。

桌上的手机铃声突然响了起来。王鹏一把抓起,随即脸上变了颜色。

"怎么了?"丁局长看出了王鹏表情的变化。

王鹏挂断电话,愣愣地说:"王主任打来的,说他们刚才出勘的一起非自然死亡事件,死者是赵壮。"

"什么?"丁局长几乎跳了起来,"怎么一查到一个人就被打成植物人,再查到一个人,就死了?这事儿能没有蹊跷吗?王小美说得对,几个巧合在一起就一定不是巧合了!调集原专案组成员回来,我们等法医的尸检结果,确定下一步工作。这个案子要跟到底,看看到底有没有幕后黑手!"

"王主任说了,他们这就去殡仪馆开展尸体解剖工作。"王鹏说道。

"专案组都在等待我们的检验结果,所以我们要尽快给他们答复。"王小美说,"赵壮的死亡原因究竟是什么,死亡方式又是什么?"

王小美一边说,一边熟练地打开了赵壮尸体的胸腹腔。为了工作能够统筹开展,王小美先取了部分胃组织和肝脏,让丁全民快马加鞭地送往市局毒物化验实验室,进行毒物确认。

"死者全身未见明显机械性损伤。"王小美说,"就连四肢部都没有抵抗伤和约束伤。头部也是好的,没有任何损伤。虽然有窒息征象,但这是因为中毒而产生的一种内窒息,而不是外窒息。因为他的口鼻腔和颈部都没有任何损伤。"

"排除了机械性损伤、机械性窒息。"赵伟说,"那就只剩下中毒或疾病死亡了。"

"是的。"王小美说,"通过尸检,我们没有发现死因,死者的肝脏有囊肿,但是不能致死。其余重要脏器从大体上看,都是正常的。现在就寄希望于毒化了。如果毒物化验没有检出毒物,那么很有可能就是心脏病猝死了。"

在侦查破案中,排除法经常会被应用。排除法是不朽的方法,连福尔摩斯也热衷于这种办法。他曾说过:"排除了一切可能,剩下的那个,即便再不可思议,也是真相。"本案中,如果中毒也被排除,就会是疾病死亡。当然,法医也有办法确证死者是否存在潜在性的疾病,这个办法就是法医组织病理学,通过这一特殊检查,可以清楚地查明死者是否患有疾病,有没有可能因为疾病发生猝死。

王小美仔细地进行完常规解剖,又把尸体的四肢和后背进行了解剖,没有发现一丝损伤。这具尸体就和现场一样,非常平静。

"这个案子好复杂。"杨光打了个哈哈,说,"但看透了也简单。你看,除去那个丈夫杀妻子的案子,就从石倩倩的案子开始,毛俊抢劫石倩倩,导致了石倩倩死亡,然后赵壮不知道什么原因打伤了毛俊,但他以为打死了毛俊,所以他就畏罪自杀了。哈哈,破案。"

赵伟说:"看起来好像是这样,但是你说的这三个案子之间没有什么关系啊。"

杨光说:"不一定有关系啊,为什么不能是孤立的案件呢?"

赵伟说:"王姐说了,我们说话得有依据。"

王小美点点头，说："杨光的分析也许是对的，但也许不对。因为最关键的赵壮的死亡方式还没有明确，你们谁也不能排除是他杀。"

杨光说："你看，死者是吃饭的时候中毒死亡的，没有任何打斗的痕迹，也没有灌服的痕迹，怎么会是他杀呢？服毒自杀的可能性也大得很啊！"

王小美摇摇头，说："如果真的是中毒死亡，那么很有可能是毒鼠强中毒。毒鼠强无色无味，少量即可致死。所以，不能排除是别人趁其不备投毒。而且，作为法医，我们不要随便下结论是其一，在现场和尸检中要明察秋毫是其二！我有发现，但现在还不是时候说出来。"

"尸检已经结束了，我们该做些什么呢？"赵伟说。

王小美说："回专案指挥部，静静等待实验室检验的结果。"

夜幕已经降临，专案组一片死寂，大家都在焦急地等待着实验室的检验结果。

终于，实验室的刘柳主任走进了专案指挥部，满脸凝重。

大家都坐直了身子，等待着刘主任发话。

刘主任说："经过毒化检验，死者赵壮死于毒鼠强中毒。"

实验室里"哗"的一声开了锅，有的民警猜测是他杀，有的民警猜测是自杀。

王小美说："我觉得，这起案子很蹊跷，我们的目标锁定谁，谁就出事，这肯定不是巧合。"

"你有什么看法吗？"丁局长问。

王小美说："其实在现场勘查的时候，我就觉得有些问题了。第一，现场出奇地平静。如果说是死者为了给自己送行，准备了酒菜，不应该准备那么多菜，一个人是不可能吃得了的。第二，我注意到现场有一个白酒瓶，里面少了小半瓶酒。但是在酒精测试中，赵壮血液中的酒精含量很少。结合我们尸检时看到的情况，赵壮是一个有肝病的人，不宜饮酒。那么这将近半斤的酒是谁喝了呢？第三，现场桌上确实只有一套餐具，但是我看了现场的碗橱，居然发现一个碗、一个酒杯有问题。这个碗明显是用过没有洗的，还有油渍黏附。那个酒杯甚至还可以看到挂壁酒滴干涸以后的痕迹。"

"你是说有人在伪装现场？"黄支队问。

王小美点点头，说："我觉得这个人应该有着很强烈的反侦查意识，他可能在和赵壮吃饭的时候投了毒。然后掩盖藏匿了他在现场的所有线索，把现场伪装成一个死者独自吃饭喝酒自杀的现场。同时，从我的工作经验来看，凡是采用投毒杀人的凶手，通常是对自己的体力不自信，一般都是孩子、妇女或老人。我觉得这可以作为一个犯罪分子的刻画内容。"

"熟人作案？"丁局长说，"那杀人动机可以判断出来吗？"

王小美摇摇头，说："死者死亡方式很简单，现场也被打扫过，所以无法进行现场重建，也无法进行犯罪行为分析。究竟为什么要用这种方式杀人，不太好判断动机。"

"毒鼠强是禁药，能不能从毒鼠强获取的途径找一找线索？"丁局长问。

"我们这里在十几年前，还是个毒鼠强制造、交易现象严重的地方。"黄支队说,"以前搞过一次统一行动,对毒鼠强进行了全面清缴,所以现在几乎看不到了。但是如果有藏匿在家的毒鼠强的话,因为毒鼠强性质稳定,现在拿出来还是可以害人的。这样,就没办法从获取途径来查了。"

丁局长是三年前从外地调过来的,对这一情况自然不甚了解。

"那我们手上就没有一点点线索吗?"丁局长说,"没法查?"

话不多的刘柳主任再次开了口:"不,有线索。王小美在现场提取了脏碗和酒杯,我们从那里提取到了一个陌生男子的DNA。"

"太好了!"丁局长高兴地说,"有了这个,我们就好甄别犯罪分子了。不过,想用这个来排查嫌疑人却很难,毕竟全市有300万人口,没法查。"

黄支队凝思了一会儿,说:"出租屋附近的位置,是交通比较乱的地方,我记得两个月前交警部门为了治理那一块地方,加装了不少摄像头。不如我们请视频侦查的同事,对那一块的视频进行研判,看看有没有线索。"

丁局长点点头,说:"今晚大家都休息,给视频侦查部门一晚上的时间去分析研判,明天一早我要看结果。"

第二天一早,专案指挥部就移到了视频侦查指挥室。指挥室的一面墙上,数十台显示屏组成了一个大屏幕。大屏幕里正播放着一些并不是很清晰的视频。

"这是4月9日晚餐时间之前通往赵壮临时住所的必经之路的路口监控录像。"视频侦查指挥员说,"我们昨晚做了个初步统计，往赵壮临时住所方向行走过去的行人有 100 多个。"

根据王小美对死者的死亡时间推断，死者应该是 4 月 10 日早上之前死亡的。侦查部门则确定死者最后一次出现的时间是 4 月 9 日下午 5 点。死者曾说当天晚上要请客吃饭，而现场勘查又确实发现是有一桌酒菜。由此，视频侦查部门将视频侦查的重点放在了 4 月 9 日的晚间。

做了简单的快进播放后，指挥员切换了一个画面，说："这是从赵壮临时住所往回走的路口监控，考虑到犯罪嫌疑人有清扫现场的过程，所以时间设定在晚餐时间后一两个小时。"

"等等，等等。"黄支队要求指挥员点击暂停，说，"直奔主题吧。对于这两个画面，有没有技术处理过？能不能确定有多少人在特定的时间过去，又在特定的时间回来？"

指挥员点了点头，说："经过分析研判，有 21 个人符合条件。我们分别对这 21 个人进行了截图，并且经过清晰化处理。下面，我把这 21 张截图放给大家看。"

屏幕的中央，开始幻灯片似的播放着截图。

截图播放得很慢，在每张截图播放完后，大屏幕会再播放一次原始视频，这是黄支队特别要求的。因为他认为一个人的外形固然重要，但是行走步态也很重要。

在播放到第 17 张的时候，黄支队和王小美同时惊呼了一声。

这是一个穿着橘红色马甲的环卫工装的老人，头发花白，步履蹒跚。

"眼熟吗？"黄支队侧脸对王小美说。

王小美凝眉思考，点了点头。

见到这一情景，指挥员迅速选择了反复播放键，视频里不断重复着老人走过摄像头，又走回摄像头的画面。

黄支队突然拍了下桌子，说："老王头！"

"对！老王头！"王小美说。

丁局长一脸疑惑，说："怎么？你们认识？什么人？"

"这个人就是第一个在凉亭公园发现血迹和女式高跟鞋的人。"黄支队说，"同时，他也是报警人。和他一起报警的是一个跳广场舞的大妈，据大妈说，她到现场的时候，正看见老王头在发呆，因为大妈没带手机，所以催促老王头报的警。我当时还在奇怪，一般人看到现场的情况，第一反应就是报警，这个老王头发什么呆呢？"

"你们是在怀疑这个环卫工人？"丁局长说。

赵伟说："那个老王头老实巴交的，不会是杀人犯吧？"

王小美笑了笑，说："杀人犯不会把这三个字刻在脑袋上，杀人犯也不是不能老实巴交。我同意黄支队的观点，这个老王头有嫌疑。首先我们说过，多种巧合碰在一起就不再是巧合了。第二，老王头的工作地点是城西，他和我们聊的时候说一般不离开这块地界儿，而他此时在城东出现，必然有一些原因。"

"虽然 21 个人没有看完，但我还是很怀疑这个老王头。"黄支队说。

丁局长笑了笑，说："没关系，别忘了我们有撒手锏——DNA 证据。"

"那么，我们现在就传唤老王头，用复述报警经过为借口，等他来了取一下他的口腔擦拭物，做个 DNA 比对一下，什么都明了了。"

老实巴交的老王头骨子里是很狡猾的,但是再狡猾的狐狸也逃不过猎人的眼睛。在负隅顽抗了一个小时后,DNA结果摆在面前时,老王头终于崩溃了。

老王头出身贫寒,从小就是孤儿。他出生的时候,中华人民共和国刚刚成立不久,百废待兴。他就是在那期间逐渐长大的。

改革开放以后,老王头做过一些小生意,赚过一些钱,但是在一次长途迁徙中,自己攒的存款全部被小偷偷了去。老王头恨得咬牙切齿。作为报复,老王头开始偷别人的东西,有几次差点被抓。于是他想出了一个办法,他找到一些游荡的少年,训练他们的盗窃能力,然后作为团伙头目,坐享其成。少年即便被抓,也很难追究刑事责任。而他分配赃物均匀,少年们一直没有把他供出来。

盗窃团伙的成员更新很快,老王头也逐渐老了。于是,他把团伙头目的位置交给了自己的徒弟——赵壮。

赵壮继承了老王头的管理制度,把犯罪团伙逐渐扩大,并且定期上供给老王头。而老王头则去环卫局找了份工作,以环卫工人的身份做掩护,一来可以寻找方便下手的地点和目标,二来能掩护自己,甚至连团伙成员都不知道老王头这个真正的"无冕之王"的存在。

随着时间的推移,赵壮在协调指挥这个犯罪团伙上更加如鱼得水了,自身也开始膨胀起来。最明显的表现就是按照规矩给老王头的"进贡"逐年减少,其理由就是现在"生意"不好做。

因为利益的争执，老王头和赵壮之间的关系日益变差，赵壮越来越不把老王头放在眼里，而老王头的内心也对赵壮充满了怨毒。

4月8日清晨，当老王头发现凉亭里的血迹时，就预感到他的团伙出事了。虽然他们盗窃、抢夺无恶不作，但是杀人越货这种事情，还是牵扯很大的。所以，老王头约见了赵壮，让赵壮除掉作案的毛俊，以免自己被牵扯出来。毛俊是团伙里的骨干成员，赵壮最开始不愿意除掉杀了人的毛俊。但是在这种关系到犯罪团伙生死存亡的时刻，赵壮最终还是被说服了，决定依照老王头的意见，除掉毛俊。

4月9日，按照老王头的部署，赵壮袭击了毛俊，以为毛俊已死，便邀请老王头来他的出租屋小聚，顺便商讨下一步行动计划。

在赶往赵壮所在出租屋的路上，老王头看见了毛俊被救护车拉走。于是他开始忧心忡忡。毕竟毛俊有人命在身，而且只有14岁，如果他苏醒过来，一定会经不起警察的审讯，供出犯罪团伙的存在，那么就一定会供出他们的头目赵壮。而在这个犯罪团伙中，唯一知道老王头存在的，就是赵壮。

但如果赵壮死了，即便毛俊苏醒，也不会对他这个"环卫工人"产生任何威胁。更何况，以赵壮现在这种"膨胀"的速度，老王头很快就会失去这一道获取利益的途径。反正团伙的崩裂已成必然，团伙被打掉可以再组建，团伙头目死了可以再栽培，而他这个作恶多端却从未被打击处理过的老头的命，才是最重要的。

主意已定，老王头返回家里，从地窖中取出了藏匿多年的毒鼠强。

老王头在再次赶往赵壮住处的路上，就想好了如何投毒、如何伪装现场。所以在实施整个犯罪过程的时候，显得游刃有余。

当老王头看着曾经对自己无比忠诚的赵壮在地上呕吐、挣扎的时候，也有一丝不忍，也有一丝恻隐。

但是，他已无法回头。

法网恢恢，疏而不漏。有了刑事技术的存在，再自认为完美的犯罪，最终只有一个结果，那就是走向覆灭。

| 第二章 |

现实中的法医

在1999年我国的香港TVB剧《鉴证实录》走红之前，法医在大部分民众眼中一直是一个神秘兮兮的职业。就连"世界法医学之父"宋慈[①]，都鲜为人知。

在很多人的眼里，法医一头扎在死人堆里，和殡仪馆工作的殡葬人员差不多。整天和恐怖恶心的尸体打交道，这样的工作性质让人望而却步。于是，人们连和法医握手都会胆战心惊，生怕沾染了"晦气"。前文故事里，跳广场舞的张大妈对王小美职业的嫌弃，就是法医工作中时常会遇到的反应。

进入21世纪以后，法医开始频繁出现在海内外各种悬疑影视剧里，逐渐扭转了人们的偏见。前有《法证先锋》《大宋提刑官》，后有《法医秦明》《非自然死亡》，以"为生者权、为逝者言"为根本目标的法医职业，以专业的技术和神圣的职业荣誉感，赢得了很多年轻人的青睐。

为了戏剧表现的需要，影视剧里的法医，出场时往往自带光环：穿着黑色小西装，戴着深色蛤蟆镜，拎着一个银光闪闪的勘查箱，快步踏入围着警戒带的命案现场；又或是身着浅蓝色的一

[①] 宋慈：南宋人，我国古代杰出的法医学家，著有《洗冤集录》。东西方学者普遍认为，宋慈于公元1235年开创了"法医鉴定学"，是"世界法医学之父"。

次性解剖服，戴着防毒防臭面具，戴着血迹斑斑的手套，执握着寒气逼人的手术刀。

那么，现实中的法医又是什么样的呢？

他们到底是像传说中那么神秘恐怖，还是像影视剧里那么帅气炫酷？

不同国家和地区的法医工作都一样吗？是不是所有法医都可以参与命案侦破？法医和刑警之间又是什么关系？法医到底都要做什么？这一章，就让我带你们了解一下王小美工作的真实环境吧。

法医到底是不是警察

有很多朋友是先通过美剧、日剧或我国香港的TVB剧了解到的法医，当他们再看网剧《法医秦明》时，会发现好像我国内地法医的工作单位，和其他剧里展现的情况有很大的区别。法医到底是帮助警察干活，还是属于警察队伍呢？

这个问题，每个国家和地区的答案都不一样。

欧美国家的法医，一般都隶属大学或专门的研究所。

警察内部只有现场勘查的部门（CSI），而没有专门的法医部门。比如美剧《识骨寻踪》中的法医，工作单位就是专门的法医人类学研究所。发生案件后，警方会委托法医针对案件中的某些具体问题进行鉴定。而法医也只会针对警方的委托事项，做出鉴定。

日本的法医，大家通过《非自然死亡》一剧，也有所了解。

他们和欧美国家比较类似，法医从业者多在大学或专门的研究所内，按照警察的委托，进行鉴定。

韩国的情况特殊一些，他们没有专职的法医。发生案件后，警方会邀请当地医院的警察公医（也就是被警察聘用的医生）来出勘现场，并对尸体表面进行检验。需要解剖的话，他们则会把尸体移交给国立科学搜查研究所或医科大学来进行。

我国的法医制度则和这些国家都不一样。

我国传统意义上跑现场、破命案的法医，隶属公安部门。也就是说，公安法医，本身就是警察。而我国香港特别行政区的法医与内地也有区别，香港法医隶属香港卫生署法医科。他们同样会受到警方的委托，对现场进行出勘，对尸体进行检验，并按照警方的诉求和要求做出相关的鉴定。

我国这样的法医制度，最符合要求"办案高效"的国情，也有诸多好处。

一是调度顺畅，便于协调指挥。对我国这样一切为了人民的政府来说，人民的生命安全一定是放在第一位的，所以一旦出现了死亡事件，公安部门要刻不容缓地查清真相。这时候，"随叫随到"的要求就显得格外重要了。我的一位老师曾经参加过我国对外国一起群体性死亡事件的援助工作，在那个国家，不管警方有多着急，法医是严守8个小时工作制的，也就是说，无论有多少遇难者还没有被找到、有多少尸体没有搞清楚死因和身份，法医都是到点下班。这在我国内地是难以想象的。

二是沟通充分，便于统筹资源。既然都隶属公安部门，与案件侦查有关的所有警种可以充分合作、紧密配合，将各个警种获取的信息及时沟通和汇总，有利于全案统筹侦破、"全案侦查一盘棋"目标的实现。

三是可以发挥法医职业的积极性和能动性。任何一起命案或非自然死亡事件现场的中心，都是尸体，尸体能够给警方提供最直接、最客观和最有用的信息。而接触尸体的唯一"警种"就是法医，所以法医掌握着这类案、事件现场最多的信息。如果仅仅是针对警方的委托来逐一进行鉴定的话，法医掌握的信息很多就浪费掉了。只有让法医和刑警一样，以破案为己任，才能充分调动法医的积极性和能动性，为破案发挥更大、更重要的作用。这也是我国内地命案侦破率超高的原因之一。也正是因为这种法医制度，我国内地的法医会把"现场分析""行为心理分析"（后文会有详细描述）等看起来和法医学无关的学科运用得很好。

四是有利于法医的职业认同感产生。公安工作是一份很容易获得职业认同感的工作，也是一份荣誉的工作。法医隶属公安，是警察队伍的一分子，很容易让法医产生职业认同感和荣誉感。

当然，在我国内地，法医职位也并不是只有公安机关才设置的。

除了公安，司法、检察和教育系统里，都有法医工作人员的身影。

先说说司法系统的法医。

2004年，全国人大的相关决议出台后，全国各地社会司法鉴定机构如同雨后春笋，应运而生。这些司法鉴定机构通常被警方和媒体称为"第三方鉴定机构"，一般会聘用一些刚刚毕业的法医学学生以及已经退休的法医前辈，就社会上涉及法律（主要是民事法律方面）的医学问题进行鉴定。

这些司法鉴定机构是营利性质的，受司法部门管理。比如交通事故中，伤者的伤残评定；又如职工在工作岗位受伤，其工伤的伤残等级评定等。这些鉴定都是后期民事诉讼中赔偿金额度判定的重要依据，都属于社会司法鉴定机构的鉴定管辖范围。

有一些涉及舆论热点的刑事案件，警方也会委托这些"第三方鉴定机构"进行鉴定，从而达到"避嫌"的目的。

接着是检察系统的法医。

根据《中华人民共和国刑事诉讼法》的规定，人民检察院也有很多直接管辖、办理的刑事案件。而在这些案件中，如果涉及法医学问题，则也需要法医来解决。所以，人民检察院也设有刑事技术部门和法医岗位。比如，公安机关在办理案件中，有嫌疑人死亡；公安机关涉嫌刑讯逼供或渎职，人民检察院的法医就需要对现场进行勘查，对尸体进行检验。

最后是教育系统的法医。

我国在很多医学院校中也设有法医学专业。学校里的法医，不仅仅要承担为法医职位培养人才的职责，还承担了一些科研工作。有很多先进的法医技术，都是高校里法医的工作成果。比如老秦在中国刑事警察学院（下文简称"刑警学院"）法医学系学习的时候，就跟随导师进行过法医学方面的科研：利用DNA检验技术推断死亡时间。这是一门结合法医病理学和法医物证学的科研成果，在法医工作中也有一定的意义。高校法医老师们得出的科研成果会及时传播给实战一线的法医，为侦查破案服务。

但是，高校法医老师们通常不能直接参与案件的侦破，只能利用自己的专业为警方提供一些办法和技术。比如网络上曾经出现过一个热点舆情事件：南京医科大学的一起强奸杀人案，二十多年后，被警方顺利侦破。这本身是一件好事，但是网络上有些人带节奏，编造了南京医科大学的老师学生建立微信群最终破案的谣言，想通过此谣言抹杀警方功劳，甚至抹黑警方。实际上这一起案件的侦破和高校并无任何关系，是警方在清理命案积案行动中侦破的。如果了解到不同系统的法医的职责范围的不同，就不容易被这样的谣言所带偏了。

当然，本书中重点要向大家介绍的，还是公安系统的法医。

一般的刑事案件，涉及法医学问题了，比如命案中的现场勘查、尸体检验以及伤害案件中伤者的伤情程度鉴定都是由公安法医进行。公安机关的法医平时不仅要在法医门诊接待伤害案件中的伤者，对他们进行损伤程度鉴定，还要24小时开机，随时出勘一些非自然死亡事件的现场。这类现场非常多，意外死亡的、交通事故死亡的、自杀的以及一些灾害性事故的现场，什么都有。公安法医必须逐一出勘，防止有一些隐形案件的存在。另外，一旦出了命案，法医更要第一时间赶赴现场。因为尸体检验工作是命案侦破工作中最重要的一环，所以，公安法医也是命案侦破过程中最重要的警种之一。

至此，老秦已经把我国的四大类法医都介绍完毕了。公安机关的法医、司法鉴定机构的法医、检察院的法医和高校的法医，也是法医学系毕业生的四个主要就职方向。因为老秦是公安机关的法医，而大家传统认知里和破案有关的法医，主要也是公安法医,所以,为了方便讲解,后文中的法医,除非特别说明,一般指的都是公安系统的法医。

法医去破案,到底归谁管

虽然前面说到,在破案的过程中,法医工作非常重要,但是不可否认,法医其实是一个很小的警种,不仅级别低,而且人数少。以安徽省这个人口有 6200 万人的大省来举例,全省公安机关中,从事法医工作的,只有三四百人。可见,法医是一个极其小众、极其冷门的职业。

因为人少,法医岗位的级别也很低,算是公安机关的"三级警种"。

什么是"三级警种"呢?可以这样解释:一级警种是刑警、治安警、交警、禁毒警,等等。二级警种就是隶属一级警种的,比如刑警下面就会下辖大案侦查刑警、经济案件侦查刑警、刑事技术警,等等。同理,三级警种就是隶属二级警种的,比如刑事技术警就会下辖多个部门,比如法医、痕检、文件检验、理化检验,等等。

可见,所有公安机关的法医都隶属刑事技术部门。

现在再回到本章开头的问题"法医和刑警是什么关系",相信大家都可以轻松回答了。

在影视剧里,我们还会发现,不同法医的头衔也似乎不太一样。其实,和各级公安机关的刑警部门称呼不同一样,刑事技术部门和其下辖的法医部门,在各级公安机关的称呼也是不一样的。如果你想写一个基于现实的悬疑小说，下面这些关于法医职位体系的资料，对你来说就很有参考价值了。

我们按照级别由低到高，依次梳理一下。

县区级：

县里的公安部门被称为"县公安局"，而区里的公安部门被称为"区公安分局"；

县区级公安机关的刑警部门被称为"刑警大队"或"刑侦大队"；

其下辖的刑事技术部门被称为"技术中队"或"技术室"；

技术中队下辖的法医部门被称为"法医室"。

假如我们前文中的王小美是一个县区级公安机关的法医主官[①]，那么她应该被称为：××县公安局刑警大队技术中队法医室主任。

市级：

省辖市的公安部门被称为"市公安局"（直辖市下辖的区虽然也是市级，但那里的公安机关依旧被称为"区公安分局"）；

市级公安机关的刑警部门被称为"刑警支队"或"刑侦支队"；

其下辖的刑事技术部门被称为"刑事科学技术研究所"或"技术大队"；

法医部门被称为"法医室"。

假如王小美是一个省辖市公安机关的法医主官，那么她应该被称为：××市公安局刑警支队刑事科学技术研究所法医室主任。

---

① 主官：即主要负责人。

省级：

省级公安机关被称为"省公安厅"（直辖市公安机关依旧被称为"市公安局"）；

省级公安机关的刑警部门被称为"刑警总队"（少数省或直辖市的刑警部门被称为"刑侦局"）；

其下辖的刑事技术部门被称为"技术处"或"物证鉴定中心"；

法医部门被称为"法医科"或"法医支队"。

假如王小美是一个省公安机关的法医主官，那么她应该被称为：××省公安厅刑警总队物证鉴定中心法医科科长。

有些省份的刑事技术部门是独立于刑警总队单独设置的，比如安徽省。这些省份的刑事技术部门和刑警部门没有隶属关系，而是单独成立了一个处，被称为"物证鉴定管理处"，目的是为全警服务。

最高级：

中华人民共和国公安部刑侦局下辖多个处，其中十二处就是"刑事技术处"，负责各地刑事技术工作的管理、考核和发展。同时公安部物证鉴定中心里，也设置有法医处，负责对各地法医部门的实际业务进行指导。

另外，法医属于技术工种，所以也有相应的职称。和医生的职称差不多，法医的职称由低到高是法医师、主检法医师、副主任法医师和主任法医师。一般情况下，本科毕业参加工作一年转正后，可以获得法医师职称；法医师工作五年，并通过相应的考试、评审之后，可以获得主检法医师职称，即中级职称，此时的法医可以主持一起案件的办理。以此类推，随着工作年限的增长，通过相应的考试、评审，即可晋级副主任、主任法医师。

因为法医部门只是公安机关的"三级警种"，所以其职级是很低的。很多市级公安机关刑事科学技术研究所的法医级别只是科级，那么法医部门的主官，也只能是个普通科员。[①]而公安部门是政府的一个部门，民警的待遇是和职级有关的，和职称毫无关系。所以有很多老法医即便是高级职称，但职级依旧是科员，待遇很低。

近年来，公安机关开始了警务序列套改，依据技术人员的职称、工作年限和套改时的职级来划分：警务技术一级、二级主任是正处级待遇，三级、四级主任是副处级待遇；警务技术一级、二级主管是正科级待遇，三级、四级主管是副科级待遇。可是即便进行了套改，职称派上一点用场，但那些在基层公安机关的老法医，依旧难以获得较高的级别。

一般各级公安机关的法医部门受本级公安机关行政管理，但是上级公安机关法医部门负责对下级公安机关法医部门予以帮助、指导、支持和考核。这就是公安机关的"双重领导"。

各级公安机关法医部门各自做好自己的本职工作。但是，因为我国对命案侦破高度重视，所以一般发现命案后，市级公安机关法医会同县级公安机关法医共同参与侦破；如果案件重大或者久侦不破，省级公安机关法医就会下基层予以指导协助。

---

① 职级从低到高分别是：科员、科级、处级、厅局级，等等。由此可见，法医职级的确很低。

而公安部的法医专家们出勘的,都是非常重大且有广泛社会影响的案件。

综上所述,各级公安机关的法医部门的日常工作、行政工作等,都是向其所属的刑警部门领导汇报。如果遇到了业务上的难题,或者涉及培训、考核、科研等业务工作,可以向上级公安机关法医部门汇报。

像前文中的故事那样,发生了命案,最先出勘现场的可能是县区级公安机关的法医,一旦他们认定了这是命案,就会请求市公安局刑警支队的侦查部门和刑事技术部门予以帮助和指导。如果是疑难、重大的命案,他们还会上报给省厅,邀请省厅的刑事技术部门给予帮助和指导。在这种情况下,命案的主办单位一般是市级公安机关的刑警支队,专案组组长一般是市局分管刑侦的副局长或刑警支队长。而法医工作,则是由省、市、县各级法医部门派员共同工作,在业务上集思广益,得出的结论,向专案组组长汇报。

法医到底要做哪些工作

其实和大家想的不同,法医最大的工作量,并不是尸检,而是**人体损伤程度鉴定**(下文简称"损伤程度鉴定")。换句话说,法医和活人打交道的时间,远远大于和死者的相处时间。

中国社会这么大,人口这么多,吵嘴打架的事件可不少。一旦打架之后,有人受了伤,报了警,都要进行人体损伤程度鉴定,警方会按照被伤害的程度来确定案件的性质(具体内容,请参考本书的《法医临床学》一章)。

这些工作,由各级公安机关在其设立的"法医门诊"内进行。县区级公安机关法医对伤者的损伤程度进行鉴定后,若伤者或行为人不服,可以提出重新鉴定,由市级公安机关法医进行损伤程度鉴定。如果两级公安机关鉴定结论不一致,则再由省级公安机关法医进行鉴定。像安徽这样一个 6000 多万人口的大省,只有三四百名公安机关的法医,每年要承担这样的损伤程度鉴定数量大约是两万起。可见,这是一项十分繁重的工作内容。

第二大工作量,依旧不是命案侦破,而是**非自然死亡事件现场的出勘和尸表检验。**

任何一起非自然死亡事件发生后,法医都必须到场,对现场进行勘查,对尸体表面进行检验。所谓的非自然死亡,就是指除自然衰老死亡和在医院病死之外的所有死亡,包括了自杀、事故、意外甚至是猝死。

法医到场工作,是为了确认这些非自然死亡事件中,是否有存在命案的可能。

毕竟,民警到了现场看到的是一具尸体,并没有看到他死前经历了什么,也就是说,并不是所有死亡现场,都能一目了然地确定为命案。

非自然死亡事件的处置实际上非常难,如果是毫无争议、排除他杀的非自然死亡事件就还好,但并不是所有的事件都能处置得这么顺利。

有些事件,则是公安机关已经排除了他杀,但是家属对这个定性不服，要求尸体解剖，公安机关法医也需要对尸体进行解剖，明确死者的死因和死亡方式。这项工作，最能体现"为生者权、为逝者言"的工作性质和宗旨。这种"跑现场"的工作，一样很繁重，还是以有6000多万人口，只有三四百名法医的安徽省来举例，一般这种非自然死亡事件的数量，每年有8000至10000起。

第三大工作量，才是**命案侦破**。

在非自然死亡事件的处置中，法医会偶然发现命案的存在。这里的"偶然"并不夸张。老秦经常说中国是全世界最安全的国家，这也是有依据的。从2005年老秦刚刚参加工作时，全省一年约1000起命案发案，到2021年全省一年命案发案不足200起，可以看得出我们国家是有多安全了。而且这200起命案里，有一大半是一时冲动的激情杀人或者是伤害致死。真正有些复杂的预谋杀人案，是越来越少了。

但是，有人的地方就不可能杜绝命案，所以法医的第三项工作，就是参与命案的侦破，对尸体进行解剖检验，对现场进行勘查，全程参与案件的侦破。我国的命案侦破率是非常高的，连续数年命案侦破率100%的省份可不在少数，即便达不到100%的省份，也顶多一两起命案暂时未破而已。这样的成绩里，法医的贡献功不可没。

损伤程度鉴定、非自然死亡事件的现场勘查，尸表检验、命案的现场勘查，以及尸体解剖，这三项组成了法医的主要业务工作内容。但这还不是法医的全部工作。

既然隶属公安机关，是民警队伍的一分子，法医还需要参与很多其他警务工作。比如，节假日的上街巡逻，基层公安机关的法医也是需要参与的。甚至有很多警力缺乏的基层公安机关，会把法医当成侦查员一样来使用。此外，还有很多党建工作、行政工作，法医也同样要按部就班地进行。有些有想法、有天赋的法医，还会在有限的条件下，进行一些科研工作。

另外，法医作为鉴定人，经常还会出庭作证。

根据《中华人民共和国刑事诉讼法》第一百九十二条，公诉人、当事人或者辩护人、诉讼代理人对鉴定意见有异议，人民法院认为鉴定人有必要出庭的，鉴定人应当出庭作证。

出庭作证的法医，会在法庭上宣读自己的鉴定意见，并阐述自己的鉴定理由。如果其他诉讼参与人就鉴定问题进行发问，法医还需要对问题进行回答和解释。有的时候，法医还需要在庭上，和辩护人，甚至和第三方鉴定机构的专家辅助人进行质证。这也是一项难度大、要求高的工作。

所以，要当好一个法医，还是很不容易的。接下来的第三章，我会重点介绍一下法医学的核心知识，大家就能对法医的专业领域一窥究竟了。

| 第三章 |

法医病理学：研究死亡的科学

前文说到，法医需要掌握很多知识，才能做好各项工作。

所以，要深入了解法医的工作，就需要对法医学知识有一个整体的了解。

法医学是集应用医学、生物学以及其他自然科学于一体的理论与技术，是研究和解决有关人身伤亡等问题的一门社会应用医学。也就是说，它是为公安、司法和立法服务的一门医学和法学交叉的边缘学科。

其实法医学的分支学科是非常多的，需要掌握的理论和技能也非常繁杂。因为篇幅的关系，老秦无法全部详细介绍。在这里，老秦就把法医学涵盖的主要分支学科罗列一下，然后重点介绍对法医来说最为重要的几门分支学科。

针对"检验活人"这一项工作内容——

法医不仅仅要掌握专门针对人体损伤或人体伤残鉴定的法医临床学，还要掌握更多的临床医学知识。有人说，法医其实是一个"通科医师"，其实就是因为人体损伤涉及人体的各个部位。所以无论是内科、外科、儿科、妇产科，还是更加细分的眼科、骨科、耳鼻咽喉科等的临床理论，法医都是需要有所了解的，甚至对于医学影像学等医学辅助理论和技术，法医也需要懂。

针对"检验死人"这一项工作内容——

有专门研究死亡、尸体现象以及尸检技能的法医病理学；有研究人体中毒机理及表现的法医毒理学；有研究现场物证的法医物证学；有研究毒物检验技能的法医毒物分析；有研究人体组织器官细胞病理的法医组织病理学等等。牢牢掌握这些理论和技能，是法医入门的基础。

针对"侦破命案"这一项工作内容——

法医不仅仅要掌握上述的理论和技能，还得掌握犯罪心理学、现场勘查学、被害人学、行为心理分析学等其他看起来和法医工作关系不大的学科知识。因为只有掌握了这些知识，法医才能把在现场和尸体上发现的现象和信息，转化为侦查破案的方向和线索，最大限度地发挥法医工作的作用，最大限度地为侦查破案服务。

从这一章开始，我会挑出对法医来说最为重要的几门"必修课"，逐一进行介绍。

此外，法医学还包含了很多其他分支学科，这些我们公安法医使用得较少的分支学科，我也会在本章后面的部分进行一些简单介绍。

我们常说的非自然死亡，到底是什么意思

从老秦大学学完医学基础，开始学习法医学专业课时，老师就告诉我们，法医病理学是最最重要的一门课程。虽然在工作后，我认为法医现场勘查的知识也同样重要，但是现场勘查是很多刑事技术民警共同的专业，而法医病理学则是法医的"独门暗

器"。只有扎实掌握了法医病理学的理论基础,再结合现场勘查的分析推断,才能真正地"让死者说话"。

有人可能不以为然,"法医病理学"听起来就是说疾病的啊,有那么重要吗?其实,法医病理学是法医学中内容最为宽泛的一门科学。老秦在本书中也会用大量的篇幅来介绍这一门法医最基础、最重要、最宽泛的"独门暗器"。

那么,什么是法医病理学呢?它是一门研究与法律有关的人身伤亡的发生发展规律的科学。听起来有点拗口,简单来说,在实际工作中,法医病理学的主要研究对象就是尸体,主要研究内容就是死亡。

那么法医病理学是不是要对所有的死亡都进行研究呢?

每一秒钟都有死亡发生,如果每一个个体死亡都要研究的话,法医早就被累坏了。既然我们是公安法医,那么我们研究的主要内容便是死亡中的一个特殊类型——非自然死亡,或者说是非正常死亡。

一个人的死亡,可能是自然死亡,也可能是非自然死亡。

自然死亡,顾名思义,就是自然界万物生老病死这样一种自然规律的结果,比如衰老死、疾病死,都是自然死亡的范畴。

衰老死,学名叫生理性死亡,是当机体的器官已经老化到不能使用的程度,机体就会出现多方面功能障碍,这些功能障碍会最终导致机体死亡。衰老死是符合自然规律的,秦始皇想寻找的长生不老药就违反了自然界的规律,是不可能存在的。

疾病死,学名叫病理性死亡,是机体在生前被诊断为某种疾病后，因为疾病的发展或不可治愈等，最终组织器官衰竭、功能丧失进而引发机体的死亡。一般情况下，疾病死并不在法医的工作范畴里，只有一个特例：猝死。

猝死，是唯一一种属于自然死亡却需要法医深入研究的死亡种类。

世界卫生组织将急性症状发生后6小时内死亡的情形定义为猝死。特点为死亡急骤，死亡出人意料。也就是说，猝死一般都是机体患有潜在性疾病，这些疾病平时不易被发现，在一些外界诱因的作用下突然发作，这种发作可能就会直接导致机体的死亡。尤其是在外伤的诱发下，平时没有发现的潜在疾病突然发作而死亡，经常会引发死者家属对死因的质疑。

因此，猝死也是法医经常会遇见的、麻烦比较多的死亡种类。

当然，绝大多数情况下，法医主要研究的是非自然死亡。

非自然死亡的原因不是来自机体本身，而是来自自然界中的其他因素，比如说机械性暴力、中毒等。非自然死亡可能是意外事故造成的，比如说飞机失事、地震、不慎跌落悬崖；也可能是自身造成的，比如割腕自杀；还有可能是他人形成的，即命案。

非自然死亡的种类非常多，比较多见的是物理因素导致的死亡，比如工具打击人体导致死亡、掐扼颈部导致机械性窒息死亡、落入水中溺死、被雷电击中死亡等，这些都属于物理性死亡。另外还有化学因素和生物因素导致的死亡，比如中毒死亡、被化学药品腐蚀导致的死亡等。

如果想简单一些概括非自然死亡的原因，那么比较多见的就是**外伤**、**窒息**、**中毒**三种。

对于所有非自然死亡的尸体，法医都必须进行检验，通过对尸体的表面检验和解剖检验，对死者的**具体死因、死亡方式、死亡时间、损伤方式、损伤时间**和**致伤工具**等问题进行判定。简言之，法医必须明确死者死亡的性质、判明死因等，一来可以为侦查破案提供线索，二来可以为法庭提供证据。

法医在判断死亡性质和死因方面，要做的工作有很多，比如生前烧死和死后焚尸的鉴别，生前溺死和死后抛尸入水的鉴别，勒死和自缢的鉴别，生前伤和死后伤的鉴别，等等。每一种死法，都会有一些特征性的表现，这就给了法医准确判断死者死因的条件。通过一些简单的法医学鉴别，就可以判断一起案件是否为命案、指导侦查应该如何破案。

所以，作为一名法医，不仅要参与侦破命案，还要研究猝死、中毒等其他各种可能存在的死因以及这些死因的特征和形成机理。而这些内容就是法医病理学教会我们的。

总而言之，法医病理学是研究死亡的一门科学。

听起来像是电影《死神来了》，不过，研究死亡，不等于只研究死因。死因只是死亡的相关知识中的一部分。法医病理学围绕着"死亡"这个话题，是要研究非常多的内容的。

那么，大家对死亡是否真的了解呢？为了能充分介绍法医病理学，老秦首先带着大家了解一下究竟什么是死亡。

死亡的过程：濒死期、临床死亡期和生物学死亡期

生命是什么？死亡是什么？活着是为了什么？很多人会去思考这些问题，但多数是从哲学、社会学的角度去考虑。老秦这里说的是科学，那么就用最通俗易懂的话语来解释一下死亡：死亡就是维持机体生命的一切代谢活动完全停止，一切功能活动完全丧失。

死亡也有分类，分为肺性死亡、心性死亡、脑死亡。顾名思义，肺性死亡就是因为呼吸功能丧失或停止，即便心脏还暂时在跳动，但脑缺氧继而导致脑死亡；心性死亡是因为一些外界或自身的因素，心脏停止跳动，不能将血液泵出以供应脑部和全身，最终导致机体死亡。

随着人工呼吸机和心脏起搏器的普及运用，很多肺性死亡、心性死亡的病人因为得到了及时有效的治疗而转危为安。但如果脑功能活动已经丧失，即便用这些仪器来维持病人的呼吸和心跳，依旧无法挽回他的生命。撤去仪器，就意味着死亡。所以，现在医学界日益主张将脑死亡作为诊断死亡的依据和指标。

作为医生，可以通过医学检验以及一些仪器的帮助，来判断一个人是否已经脑死亡，各国也有相关立法和诊断标准（见本书附录：部分国家或地区脑死亡判断标准）。

作为法医，在对尸体进行检验之前，必须首先确证死者已经死亡，不然后果不堪设想。曾经有一个冷笑话，说局长问法医，死者的死因是什么呢？法医说，死于解剖。

这当然只是一个网络段子，在实际工作中是不可能出现的。法医在对尸体进行检验的时候，距离当事人死亡至少都有几个小时了。在机体死亡后的这几个小时中，会出现很多尸体现象（尸体现象将在后文逐一阐述），有一些尸体现象是可以确证死亡的。也就是说，法医只需要看见这些尸体现象，就可以确证死者已经死亡了。

不过由于法医要在死者被发现后第一时间来判断死者是否已经死亡，所以他们有可能等不到在死后几个小时才出现的尸体现象，只能通过一些仪器和医学检验来判断。最常用的方法就是确定自主呼吸停止、心跳消失加之脑干反射（如瞳孔对光反射、角膜反射等）消失。比如，法医也会用手电筒照射死者的眼睛，通过观察有无瞳孔反射，来判断死者是否已经死亡。

值得一提的是，很多读者会认为脑死亡和植物人是一个概念，其实不然，这两个完全就不是一回事。

脑死亡和植物人在诊断上有很多区别点。简单概括一下，脑死亡就是人死了，生命陨灭，植物人是人活着，但不能动。究其原因，是因为植物人虽然丧失了很多功能，但是呼吸、心跳等一些自主功能还是存在的，而脑死亡则是所有的功能永久地、不可逆地丧失。

除了研究什么是死亡，法医还要研究死亡的过程。

当然，我们不可能完整地研究死亡过程的每一分钟。但是，我们必须掌握人体死亡过程中的三个阶段。

首先，机体在死亡前，会出现意识障碍、呼吸障碍、心跳血压变化和代谢障碍。这个出现上述临终表现的时期，被法医称为**濒死期**。研究濒死期有时可以帮助破案。

还记得前面故事里提到过的生活反应吗？

在某起案件中，法医发现死者有几处生活反应不是很明显的损伤。这说明这些损伤是在死者濒死期才出现的，凶手在实施完杀人行为后，在死者还处于濒死期时，再次对死者进行了加害。那么通过这个行为，法医就可以推断出凶手当时可能处于复仇或恐其不死等心态中，依据这样的推断，就可以进一步分析凶手应该具备哪些条件了。

之后，是**临床死亡期**。

按照现在医学上诊断死亡新的依据——脑死亡的情况来讲，人在脑死亡后，全身还有很多组织细胞并没有死亡，还有可能存活一段时间。这些细胞的存活并不能改变死者死亡的结果。虽然不能改变死者死亡的结果，但这些细胞受到外界刺激，会做出一些反应，这就叫超生反应。比如我们在买菜的时候，看到牛肉还会自己颤动，就说明牛肉很新鲜。这就是牛的超生反应。

法医可以利用临床死亡期，来观察超生反应，根据尸体某些特殊部位的超生反应，来判断死亡时间。

最后，是**生物学死亡期**。

临床死亡期中，仍存活的细胞逐渐衰退最终全部死亡，我们称之为生物学死亡期。这时候，机体器官、组织、细胞的生命活动已经完全终止，机体开始出现尸体现象。

同样，生物学死亡期后的尸体，出现的很多尸体现象会被法医充分利用，作为断案的依据。

那么，人体死亡后，其尸体现象什么时候开始出现，具体又是什么样子呢？下面我们来慢慢说。

早期尸体现象：死后 24 小时的变化过程

机体在死亡后，会出现一系列的变化，叫作死后变化，也叫作尸体现象。

尸体现象有很多，有些现象是在每具尸体上都能看得到的，而有些现象则是因尸体转归方向不同，只在特定的尸体上出现。这里的转归是法医学的一种说法，指的是机体死亡后，会因为尸体的个体差异以及环境不同等因素，而向不同方向发生变化。

尸体现象分为早期尸体现象和晚期尸体现象。

早期尸体现象是指死亡后 24 小时之内，尸体所发生的变化。

早期尸体现象在法医学实践工作中，作用非常大。比如死亡与否、死亡原因、死亡时间、死亡前死者的状态以及死后有没有被移尸等，都可以根据早期尸体现象的发生而进行推断。

早期尸体现象种类繁杂，老秦在这里会挑出一些对法医实践有重大意义的主要尸体现象进行逐个讲解。

1. 超生反应

我在前文简单说过，超生反应是指机体死亡后，有些组织细胞还没有迅速死亡，对刺激产生的一些反应。通过这些反应是否存在，可以进行死亡时间的大致推断。

超生反应中包括很多反应。比如断头反应。在很多古装电视剧中，人被砍了脑袋后，身体还会痉挛，心脏还会跳动，血液还会从颈部断口处喷出。其实这时候人体已经死亡，但这些超生反应在死后一分钟还能出现。

另外，机体的骨骼肌也会存在超生反应。在机体死后2小时内，外界机械性刺激骨骼肌，骨骼肌会有收缩。有些肌肉在死后数个小时内，这种收缩都会保持。前文举的牛肉的例子，就是这种。

自然界中的生物都是一样的，如果大家看过厨师杀鱼，就会知道，鱼在死后若干时间内，还会有蹦跳，这也是超生反应。

前面我们还学过"生活反应"这个词，它和超生反应听起来差不多，实际上差别却很大。

超生反应是机体死亡后才会出现的反应，而生活反应则是机体存活的状态下才会出现的反应。

生活反应一般会在尸体上表现得很明显，是法医判断生前损伤还是死后损伤的重要依据。而超生反应一般都是在死后不久才会存在，如果尸体被发现得较晚，这个尸体现象则不会再被法医发现。而且，超生反应种类繁杂，在每具尸体上表现出来的情况也不一样，所以这个尸体现象并没有被广泛运用到法医的判断依据中。

2. 肌肉松弛

这是一种比较普遍的尸体现象。说的是人体死亡后，肌肉会变得松弛，肌张力消失，肌肉变软。这个过程很短，一般是在死后立即出现，只出现1～2个小时，之后肌肉会变硬形成尸僵。

电视剧对人体死亡的演绎通常都是利用肌肉松弛这个尸体现象，比如一个人说完了最后的遗言，然后手和头下垂，表示光荣牺牲了。之所以会下垂，就是因为肌肉松弛开始发生了，肌张力消失了。

肌肉松弛有很重要的意义。因为肌肉变软，皮肤失去弹性，人体死亡后，如果有特征性物体压迫死者的皮肤，就会在皮肤上留下特征性的印痕。这个印痕，有时候对案件的侦破会产生重要的意义。

【案例】有一具尸体被人发现在一个芦苇荡里，法医到达现场的时候，所幸尸体还没有腐败，只表现出早期尸体现象。在尸表检验的时候，发现死者的双侧肩胛部位有一些波浪形的压痕，可以看得出来，是一种凉席的花纹印在皮肤上。法医立即就拍照记录了这一处特征性印痕。根据其他的判断，侦查人员很快找到了尸源，并且确定了一名和死者有仇的犯罪嫌疑人。法医在对犯罪嫌疑人的家里进行搜索的时候，发现一卷被藏起来的凉席，经过比对，这床凉席上的花纹凸起和死者肩胛部的印痕完全一致，从而认定死者就是在犯罪嫌疑人家里床上的凉席上被杀死的。这起案件就这样顺利破获了。

但肌肉松弛并不会出现在所有的尸体上，有些特殊的尸体，不经过肌肉松弛阶段，而直接进入下面这个阶段。

3. 尸体痉挛

有朋友在微博上问老秦一个电视剧里的情节：一个人死后紧紧抓着手中的刀，怎么拿都拿不下来，这是真的吗？你不是说死后会出现肌肉松弛吗？

这种情节，是有可能出现的。少数死者，在死后不经过肌肉松弛阶段，而直接进入僵硬状态，叫作尸体痉挛。这种情况通常是在死者死亡瞬间神经高度兴奋的情况下发生的，比如在溺死案件中，死者手抓水草；在激烈搏斗案件中，死者紧握工具等。当然，并不是神经高度兴奋就一定会尸体痉挛，也不是有尸体痉挛就说明死者生前高度兴奋。尸体痉挛的意义不在于推断死者生前有没有神经高度兴奋，而在于它一旦出现，就会保存下死者死亡瞬间的动作，对法医进行现场重建和案件分析有重大作用。

又有朋友问电视剧里的情节：一个英雄的脑袋被敌人砍掉了，而他的尸身还屹立不倒，这可能吗？

老秦只能说，这是有可能的，但是可能性微乎其微。尸体痉挛一般都是局部发生的，就是说可能只有一只手或者一只脚进入尸体痉挛的状况，其他部位不痉挛。只有在极为罕见的情况下出现全身尸体痉挛。所以，英雄在断头后，若出现全身尸体痉挛，而且还能控制好重心，正好不倒，几乎是不可能的。

4. 尸僵

说到尸体痉挛，不得不说尸僵。尸僵是一种非常有意义的尸体现象，法医经常运用。尸僵几乎在所有的尸体上都会出现，而且有着比较强的规律性。

人体死亡后，肌肉逐渐变僵硬，把关节固定住，尸体呈现出强直的状态，叫作尸僵。具体为什么肌肉会在死后出现僵硬，现在学者们众说纷纭，还没有定论。

人体在死亡后 1~3 小时，尸体就会开始出现尸僵，先是固定一些小关节，然后逐渐扩展到大关节，在 24 小时左右，尸僵最为强直，把所有关节都牢牢固定住。随着死后时间的延长，尸僵又开始逐渐缓解，在 48 小时左右缓解完毕，尸体再次出现软绵绵的状态。这一个特征，对法医粗略推断死亡时间有着重要意义。几乎在所有命案侦破中，都会利用尸僵推断死亡时间。

尸僵在人体死亡 6 小时之内，如果被人为破坏（就是用机械性外力让固定了的关节重新活动），不久后会重新再僵直，但是会比较弱；如果 6~8 小时之后再被人为破坏，尸僵就不会再次发生了。

根据这一特征，法医可以根据尸僵存在的情况，判断尸体的尸僵有没有被犯罪分子破坏过。比如，法医通过尸体温度判断死亡大约 16 个小时，这个时候的尸僵应该较为强硬。但是法医在尸检的时候发现死者的上肢并没有尸僵存在。这一发现，就可以判断死者死后几个小时，被人破坏过上肢的僵直。

另外，人体死亡后 1~2 小时的姿势，会被尸僵保存下来，如果等到尸僵强硬的时候，凶手再行抛尸，法医则能根据尸体姿势和抛尸后落地的姿势不符来判断凶手抛尸的过程。

【案例】老秦办过一起案子，一具尸体被包裹在塑料布里，然后从髋关节对折，再装入一个蛇皮袋里抛尸。通过尸体的情况，我们可以判断死者在死亡后，大关节还没有形成尸僵的时候，就立即被凶手对折、装入包裹物抛尸。这个现象说明凶手可以在死者死后不久，立即获取包裹、捆绑尸体的物件，那么凶手应该是在自己家里，或者在自己家附近杀人、包裹尸体。通过这个分析，技术人员对一些嫌疑人的家里进行了重点搜查，从而找出了一些关键物证而破案。

有朋友问，日剧《上锁的房间》第一集，凶手让死者在尸僵的状态下保持直立，后期尸僵缓解后，再慢慢滑落摔倒，从而制造了"密室"，这种利用尸僵变化规律的犯罪，在现实中可能实现吗？

首先，我得说推理小说里所谓的"密室"其实就是伪命题。因为之前我说过，警方有诸多技术警种，破案绝对不仅仅依靠法医。即便你能把尸体伪造成某一副模样，现场的痕迹你是无法伪造的。有朋友说，那我就把现场打扫干净！其实，打扫现场的痕迹也是痕迹，警方只要在现场发现了打扫现场的痕迹，同样是重大的发现。

其次，这种制造"密室"的方式都是臆想出来的，不说别的，单说尸僵这一点，既然是关节强直，那么踝关节也同样会强直。这就是为什么大多数死亡后形成尸僵的尸体，其足背是绷直的。足背绷直，就很难将尸体直立，更不用说其他的诸如重心之类的问题了。

最后，还有尸斑的问题。人体死亡后，在不同体位下会形成不同的尸斑情况,这一点我们随后就会介绍。总之这种伪造现场的方式,仅仅靠尸斑的疑点就可以被揭露。

说到尸僵的作用,还有一点不可不提,就是可以确证死亡。这一点同样重要。死者是否死亡?是不是假死?都需要法医进行事先确证。

在老秦的老家,出现过医生误诊婴儿死亡,婴儿在殡仪馆"复活"的故事。这就是"假死"在作祟。

人的个体生命活动处在极度微弱的状态,用一般的医学检查检测不到生命体征,医生误以为人已经死亡,其实人还活着,就叫作假死。假死的人可能继续走向死亡,也可能会复苏。

很多读者开始担心了,那既然有这样的情况出现,把活人当尸体处理了怎么办?其实这样的情况一般不会发生,一来现在医学检验手段越来越先进,二来尸体在被处理前是要观测可以确证死亡的尸体现象的。比如刚刚提到的尸僵,还有尸体出现尸斑,都是可以确证死者死亡,继而可以处理尸体。如果真有误判,那一定是确证过程出现了问题。

但在古时候,由于检验手段落后,很多假死的人被装在棺材里埋进坟墓一段时间之后"活"过来,敲打棺材求救,这才出了这么多"鬼故事"。

老秦也遇见过"假死"。一个老人家在自家床上躺了好些天,邻居发现后,认为他已经死亡,就报了警。老秦到现场后,正准备"检验尸体",老人家突然"活"了过来,瞪着眼睛,着实把老秦吓个半死。从此以后,老秦就牢记住一条,法医到达现场后，第一件事是排除现场险情，第二件事就是确证当事人是否已经死亡。

刚我也提到，确证死亡，除了根据尸僵，还需要根据尸斑的形成来判断。

5. 尸斑

尸斑，是指在尸体上会出现淡红色、鲜红色、暗红色的斑块，斑块连接成片，位于尸体低下未受压处。什么是"低下未受压处"呢？比如一具仰卧的尸体，其低下部位就是肩、背、腰、臀、腿后侧，但仰卧的尸体，因为后背部高低不平，所以有受压和未受压的部位，一般情况下，臀、肩胛等部位因凸起所以会和地面接触，这几个部位就是受压部位。那么，尸斑就会出现在未受压且低下的背、腰和腿的后侧。（尸斑示意图见文首彩插页）

尸体为什么会有尸斑呢？

人体死亡后，血液不再流动，那么血液就会因为自身的重力作用而坠积到身体低下的部位。如果低下的部位没有受压致血管闭合，就会聚集在这部位的血管里，透过皮肤而呈现出有色斑痕。

尸体尸斑的形成也具有很强的规律性：

死亡1个小时，尸斑就开始逐渐出现；

3~6小时融合成片；

6~12小时几乎全部形成；

12个小时之内，按压尸斑可以褪色，如果这期间内，尸体位置发生变化，原来形成的尸斑便会消失，在新的低下未受压处形成新的尸斑；

死后 12～24 小时，部分血液从血管里渗入软组织，这时候的尸斑压之不能完全褪色，如果翻动尸体，原来的尸斑不会完全消失，但可以在新的低下未受压处形成新的尸斑；

死后 24 小时以后，尸斑则彻底固定下来，压之不褪色，翻动尸体，也不会有所改变。

利用上述情况，法医可以通过按压尸斑的办法大致推断死者的死亡时间，这也是尸斑最重要的法医学意义之一。

另外，利用尸斑形成的位置以及尸体被发现时的姿势，可以判断尸体有没有经过翻动、移动的过程。

比如，法医发现尸体的时候，尸体处于侧卧位，但是尸体的尸斑固定于腰背部。这就说明尸体是处于仰卧位被放置了 24 小时以上，被抛尸或者移动后，呈被发现时候的侧卧位。再比如，法医发现尸体的时候，尸体处于俯卧位，而尸体的腰背部、胸腹部都有尸斑。这就说明死者在死亡后处于仰卧位，放置了 12～24 小时，然后被抛尸或移动呈俯卧位。有了这些判断，就能揭露犯罪分子是否有抛尸、移尸或刻意改变尸体状态的过程，有时候对案件定性、案件分析会有很重要的意义。

【案例】一具女尸被发现在其家楼下的一个小巷子里，经过法医初步勘验，认为她是被掐扼颈部导致机械性窒息死亡，随身财物有所丢失。侦查员们都认为死者系在回家的路上被人劫财杀死。但是法医检验尸表，发现死者在现场处于俯卧位，而尸斑却位于腰背部。调查排除了死后在小巷子里被人移（翻）动的可能，法医确证死者是被人在别处杀死后，放置一天一夜后抛尸在小巷子的。破案后证实，这是一起熟人因仇杀人后，伪装成劫财杀人的案件。

开头我们说过，尸斑的颜色是不尽相同的。除了个体差异，尸斑的颜色甚至可以提示法医死者的死因可能是什么。这就是我经常说的，尸体的颜色也有可能是"五颜六色"的原因。尤其是中毒案件，很多毒物会导致尸体尸斑的颜色发生变化。比如一氧化碳中毒的尸体，尸斑有可能会呈现出樱桃红色；亚硝酸盐中毒的尸体，尸斑有可能呈现出灰褐色；氰化物中毒的尸体，尸斑有可能是鲜红色。除了毒物，有些死因也会呈现出特征性的尸斑。比如急性大失血死亡的尸体，因为血液量骤减，尸斑会呈现出淡红色，甚至不明显；机械性窒息死亡的尸体，尸斑会呈现出暗紫红色。但是毕竟这不是绝对的，尸斑颜色只能提示死因，而不能作为死因鉴定的唯一依据。

尸斑能帮助法医破案，有的时候也会给法医带来麻烦。在自媒体时代，我们可能会在微博上看到很多血腥的图片，比如有些人会把一些尸体照片放在微博上，说尸体背部的尸斑是被警察打的、刑讯逼供的。这种指鹿为马的事情经常发生，一来是这些人不懂法医学知识，二来是故意用这种血腥的方式来吸引眼球，获取自身的最大利益。

那么，尸斑和损伤（皮下出血）怎么分辨呢？

第一，尸斑有的时候是根据死因不同而颜色不同的，但一般情况下，呈暗红色或暗紫红色；而皮下出血是根据损伤时间不同而颜色不同的，先是暗红色，然后是青紫色，最后变成黄褐色。第二，尸斑在尸体上的部位固定，它一定位于尸体低下未受压处；而损伤导致的皮下出血可以位于尸体上的任何一处位置。第三，尸斑弥散的范围很广，仰卧的尸体尸斑可以在颈项部、肩背部、腰臀部和四肢；而皮下出血因为致伤工具接触面积有限，所以其范围也更为局限。第四，尸斑的颜色很均匀，而皮下出血是中央颜色深而周围颜色浅。第五，尸斑的边界是不清楚的，而皮下出血的边界一般都非常清晰。第六，尸斑是没有生活反应的，而损伤的表面一般都会伴有皮肤肿胀、擦伤等生活反应。最后，法医还可以通过切开皮肤，来观察究竟是浸润在软组织内的尸斑，还是仅限于皮下的出血。（尸斑和损伤的比对示意图见文首彩插页）

我们知道，破除谣言最有效的办法就是掌握更多的科学知识。谣言止于智者，相信科学才会看得见真相！

6. 皮革样化

机体死亡后，一些皮肤较薄的地方，水分迅速蒸发，局部干燥变硬，呈现出黄色或者褐色的皮革样改变，我们称之为皮革样化。

这种尸体现象在尸体处于一个比较干燥的环境中时，经常会被发现。因为根据环境的不同，皮革样化发生的时间和程度也不同，所以对死亡时间并没有实际意义。但是，作为早期尸体现象，它同样被法医重视。

有一些损伤，会把表皮磨损，形成创面，在干燥的环境中，这处创面更容易皮革样化。一旦发生皮革样化，创面的形态就会显得异常清楚，法医也可以更清楚地看到损伤的方向、大小、作用力大小等。所以皮革样化在一定程度上，帮助了法医分析损伤。

7. 角膜混浊

很多刑侦影视剧中，法医到达现场后，会翻看死者的角膜。很多读者对此不解，明明死者的尸斑、尸僵都可以确证死亡，为什么法医还要翻看死者的角膜呢？难道他们是看死者的瞳孔有没有散大、有没有角膜反射从而确证死亡吗？

其实不然。法医翻看死者的眼睛，主要有两个目的：第一，就是看死者的眼睑球结合膜有没有出血点，从而观察死者有没有窒息征象。第二，就是观察角膜混浊的程度，从而判断死亡时间。

在研究者眼里，角膜混浊也呈现出一种较强的规律性改变：机体死亡后 6 小时左右，角膜上就会出现一些小白点，这些小白点会逐渐变大，甚至连接成片。在死后 12 小时左右，死者的角膜整体出现轻度混浊，但这个时候，法医还是可以透过角膜看见瞳孔。死后 24 小时左右，死者的角膜上就会出现云雾状的混浊，虽然还可以勉强透视瞳孔，但是已经看不清楚了。在死后 48 小时，死者的角膜会重度混浊，看不见瞳孔。

角膜混浊的规律不仅仅是对人有效，对其他动物也一样有效。咱们再用买菜来举例，很多经验丰富的人买鱼的时候，就会看鱼的眼睛是不是清亮的，来判断鱼新鲜不新鲜，其实就是运用角膜混浊随着死亡时间延长而加重的原理。

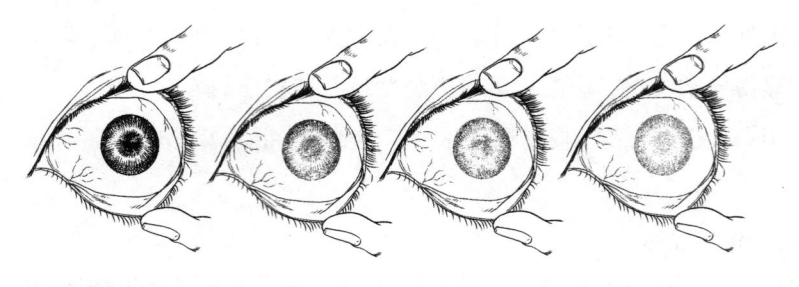

死后 6 小时　　死后 12 小时　　死后 24 小时　　死后 48 小时

角膜混浊的规律性改变示意图

所以，通过以上规律，法医可以利用这一尸体现象，进行死亡时间推断。

说到角膜，就不得不提一个经典的谣言：人体死亡的瞬间，会把他所看见的一切保存在角膜里。这是真的吗？老秦不得不说，角膜不是照相机，更没有记忆卡，这个谣言是毫无科学依据的。尸体角膜上的，是混浊斑块，而不是记忆图案。

8. 自家消化

曾经有过一条微博，说某个人的胃被自己的胃液消化掉了，问老秦这可能吗？

人体死亡后，上皮细胞和胃黏膜新陈代谢停止，失去对消化液的拮抗和胃壁损伤的修复。胃壁被胃内残留消化液溶解的现象，我们称之为自家消化。自家消化常见，但程度不等，一般情况下，只是胃黏膜膨胀、松软、皱襞消失、出现血管网，此时不影响观察胃内容物。也有自家消化严重到胃壁破裂的案例。所以，只有死亡后，那条微博说的情况才会发生。

这一类尸体现象,对法医的作用不是很大。但是法医了解了这一类尸体现象,在尸检过程中若发现死者有消化道穿孔,就要仔细检验,分析是自家消化,还是外伤性穿孔了。防止发生鉴定错误。

9. 尸冷

有读者看到标题可能会吓一跳,尸体怎么会冷呢?也有人会心一笑,死人就是冷冰冰的嘛。

人体死亡后,新陈代谢终止,体温调节能力丧失,而体表的散热还在继续,所以尸体会逐渐变冷,直到温度下降到环境温度。这种尸体现象就叫作尸冷。

因为尸冷呈现出高度规律性,所以它成为法医判断死亡时间的最重要的依据。虽然尸冷的程度受环境因素、尸体胖瘦等因素的影响,但因此产生的误差范围,是可以被法医所接受的。

尸冷是一种尸体现象,尸冷发生后,法医测量出的尸体温度就是尸温,而通过一系列的计算,就可以通过尸温推断出大致的死亡时间了。

这么多早期尸体现象,似乎有好几个都和死亡时间推断有那么一点关系。其实死亡时间的推断方法有很大一部分是建立在以上我们介绍的早期尸体现象理论之上的,但是研究早期尸体现象,绝对不仅仅是为了推断死亡时间。我们之前说的利用尸斑情况来判断尸体有没有被移尸,就是早期尸体现象运用的另外一个例子。

有朋友好奇,难道不能通过其中一项就判断出死亡时间吗?其实,这么多早期尸体现象的理论,运用到具体的某个个体,受到环境和死者个体因素等多项因素的影响,没有任何法医可以每次都准确判断。所有的判断都是建立在统计学意义上的,所以综合多种死亡时间推断方法推断出来的死亡时间才有更大的概率接近真实死亡时间。死亡时间的推断,我们会在后文详细介绍。

晚期尸体现象:毁坏型

和早期尸体现象不同,晚期尸体现象的发生时间无法预计,有的是数天,有的则是数月甚至以年计。王小美负责的案子中所述的"巨人观"就是晚期尸体现象的一种。

尸体出现晚期尸体现象是受气候、环境和尸体自身因素的影响的,即便在相同气候、环境下,两具尸体也可能会出现不同的晚期尸体现象。晚期尸体现象其实也就是尸体最终的转归过程,究竟会变成一堆白骨还是一具干尸,不得而知。

机体死亡后,根据多种因素的不同,尸体可能会逐渐毁坏,也可能一直保存。所以晚期尸体现象主要分为毁坏型尸体现象和保存型尸体现象。

大多数尸体,在一般环境下,都会经历一个从腐败到消亡的过程,因为尸体无法保全,我们就称之为毁坏型尸体现象。

法医最常见的,就是腐败尸体。尸体腐败的过程也会呈现出一定的规律。

1. 尸臭

众所周知，机体死亡后，尸体会散发出一股臭味，这就是尸臭。很多读者认为尸体在死后数天才会出现尸臭。其实不然，尸臭在腐败过程中，是最先出现的，只是因为开始的时候，尸臭不明显，不易被人发现而已。随着腐败的加重，尸臭也会逐渐加重，直到被人发现。机体死亡后，因为消化道内的腐败细菌的作用，会产生由多种成分组成的恶臭气体，被称为腐败气体。腐败气体越积越多，导致肠管膨胀，当气压高到一定程度的时候，腐败气体会从尸体的口鼻或肛门处溢出。一般在死后数个小时内，就会有腐败气体溢出。

尸体为什么会招苍蝇？其实就是尸臭开始散发的原因。在法医秦明系列小说当中，尸臭算是出现频率较高的一个词儿了，它也是法医需要战胜并且适应的一个东西。尸臭是随着机体死亡，会很快出现的。不过，人的嗅觉不如苍蝇，在大多数被法医称为"新鲜尸体"的尸体上，法医并不会被尸臭困扰。

其实尸臭的很大一部分原因是腐败气体中含硫化氢成分。硫化氢是有毒气体，如果在一个密闭空间内，吸入了高浓度硫化氢气体，会出现头晕、头痛、易激动、步态蹒跚、烦躁、意识模糊、谵妄、癫痫抽搐等临床症状。如果硫化氢气体的浓度足够高，甚至可以导致"闪电式"死亡[1]。可见，尸臭对法医的身体健康也是有害的。近些年，因为科学技术的发展，法医已经告别了"狗鼻子"的时代，无须用嗅觉来判断死者是否有中毒的可

---

[1] "闪电式"死亡：指在数秒钟内突然昏迷，呼吸和心跳骤停的死亡。

能，而是靠先进的仪器进行检测。因此，法医对自身的保护和职业病的预防意识也在提高。解剖高度腐败尸体的时候，都要求戴防毒面具来进行防护。

2. 尸绿

刚才说了，腐败气体中含有硫化氢的成分，硫化氢与溶血产物血红蛋白及其衍生物结合生成硫化血红蛋白或硫化变性血红蛋白，也可能与血液中的游离铁离子结合，生成硫化铁。这些物质都是绿色的，因为这些物质的作用，尸体皮肤也会出现绿色斑迹。绿色斑迹最早会在人体回盲部（回肠与盲肠交接部位）对应皮肤处出现，然后逐渐扩展到整个下腹部、腹部。正常气候下，1~2天就会有尸绿出现，在5天之内绿色会扩展到整个腹部。（尸绿示意图见文首彩插页）

在《法医秦明：无声的证词》里的《窗中倩影》一案，死者就出现了尸绿的状况，法医也正是依据这一点，判断出了死者大概的死亡时间。

3. 腐败气泡及腐败静脉网

在尸绿逐渐扩展的同时，腐败气体已经不仅仅局限于尸体消化道内。腐败气体会进入表皮和真皮之间，在皮肤上形成气泡，气泡内还会含有一些墨绿色或褐色的腐败液体。这时候，因为表皮下方已无依附，所以表皮极易脱落，脱落后会暴露出湿漉漉的真皮。与此同时，皮下的静脉血管内的血液也开始腐败和溶血，因为胸腹部内有腐败气体压迫，所以血液向四肢等血管末梢处堆

积。因此，四肢的血管会极度扩张，在皮肤上印出网状的血管丛，称为腐败静脉网。（腐败静脉网示意图见文首彩插页）

在《法医秦明：幸存者》里的主线案件，其中一起是一名幼儿在民办幼儿园的卫生间里被杀死，事隔三天，尸体才被人发现，尸体上就出现了腐败静脉网。

4. 巨人观

机体死亡 5 天后，因为尸体内聚集的腐败气体越来越多，尸体的整个胸腹腔被气体充满而高度隆起，尸体体积变大，呈巨人状。同时，尸体的头部也肿大，颈部变粗，眼球突出、唇外翻、舌头突出。整具尸体呈现暗绿色，全身皮肤均出现腐败气泡和腐败静脉网，手、脚的表皮可能会整体脱落。这样的尸体现象，被法医称为巨人观。（巨人观示意图见文首彩插页）

因为体内气体压力较大，所以如果尸体子宫内有胎儿，可能会被挤压出体外，我们称之为死后分娩；如果尸体消化道内容物较多，可能会被挤压出体外。如果是在夏季，会有大量的蝇蛆附着在尸体上。因为巨人观恶臭无比，全尸湿滑，也冲击视觉和触觉，所以对法医来说，检验巨人观尸体，是最为艰苦的。

巨人观是法医工作中最为常见的一种尸体现象，因为绝大多数尸体最后的转归过程都会经过腐败这一过程，而这一过程发展到"极致"的阶段，就是巨人观阶段。在《法医秦明：尸语者·上》里的《婆婆之死》一案中，一具上身穿着 T 恤、下身穿着深色的三角裤衩的女尸，因为腐败气体充斥尸体内，尸体像吹了气球一样膨胀了许多，皮肤呈现出黑绿色。眼球已经凸出了眼眶，舌头伸在口腔外，连子宫、直肠都已经被腐败气体压迫得从生殖道和肛门溢出，拖在三角裤衩外。这是老秦第一次在书中给大家介绍了巨人观，之后，这个名词频繁出现在法医秦明系列小说的字里行间中。

5. 白骨化

尸体腐败逐渐加剧，经历完尸绿、腐败静脉网、巨人观这些过程之后，尸体全身所有的软组织逐渐液化、溶解、消失，毛发和指甲因为没有软组织附着而脱落，最后只剩下一堆白骨，我们称之为白骨化。这是大部分尸体的最终转归过程。有研究表明，埋在土中的尸体，需要 2 年的时间才能完全白骨化，10 年左右，骨骼脱脂干枯，300 年才会变得易碎易折。在尸体逐渐白骨化的过程中，如果有动物、昆虫的破坏，会加速白骨化的发生。如果是暴露在野外空气中的尸体，白骨化的发生也会加速。尤其是天气炎热、潮湿，甚至阳光直射的环境下，白骨化的发展会非常迅

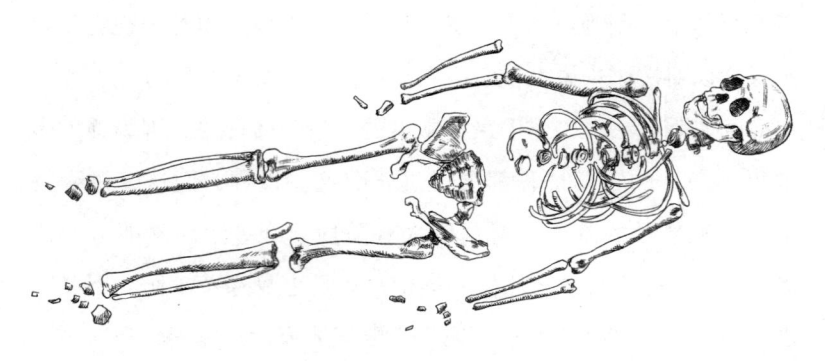

白骨化

速。有些极端的情况下，尸体完全白骨化甚至只需要一个多月的时间。比如下面这个被改编后写入《法医秦明：尸语者.上》里的案件。

一个女孩在路边绿化带内被人杀死。警方在对现场进行搜索的时候，发现距离女孩尸体 50 米左右处，还有一具已经完全白骨化的尸体。通过尸检，认为犯罪分子作案手段相同，所以并案侦查。破案后，确定尸体已经完全白骨化的死者是在不到两个月前被杀害的。

在这个案件中，尸体完全白骨化的速度非常快，有以下几个原因：一是尸体的衣服被脱下，皮肤直接暴露于空气；二是当时的气温非常高，且南方城市空气湿度也很高，加速了腐败的发生；三是尸体周围环境像天井一样密不透风，增加了局部环境温度；四是现场有大量的昆虫，也加速了尸体软组织结构的分解。

6. 霉尸

在腐败过程中，有的尸体会出现霉尸的尸体现象。在潮湿的环境中，如果该环境适宜真菌生长，则会在尸体裸露部位表面形成一层白色或灰绿色的霉斑，这样的尸体被称为霉尸。在法医实践中，长期在冰柜冷藏的尸体，容易有霉尸的出现。因为尸体面部长满霉斑，所以有些死者家属在认尸的时候，会误以为是中毒或外伤，甚至还有人会用迷信说法来解释。

在《法医秦明：天谴者》的《尸变》一案中，当时勘查小组在挖掘一处新坟后，发现里面的尸体上似乎长着白毛。有些人还以为那些灵异小说里面写的"白毛粽子"是真的，而法医则知道

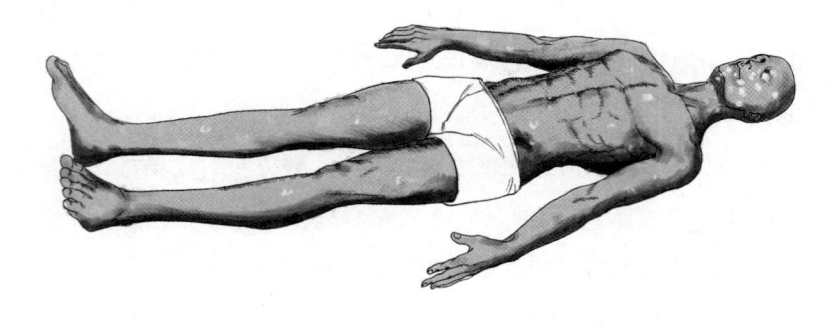

霉尸

有可能是出现了霉尸的尸体现象。不过，最后发现两者都不是。如果大家对这个案子有兴趣，可以去看看，这里我就不剧透了。

晚期尸体现象：保存型

与毁坏型尸体现象不同，在一些特殊的环境下，尸体不经过从腐败到消亡的过程，尸体的部分或全部被保存了下来，这样的现象被称为保存型尸体现象。在毁坏型尸体现象中，尸体最终的转归结果都是白骨化，但在保存型尸体现象中，情况就不一样了。因为环境不同，尸体的状况不同，最终呈现出来的保存型尸体现象也有所不同。一具尸体身上大多只会表现出一种保存型尸体现象。

下面就让我们来看看保存型尸体现象都有哪些吧。

1. 尸蜡[①]

尸蜡是和巨人观同样刺激着法医感官的尸体现象。

如果尸体处于一种潮湿、缺氧的环境中，腐败停止，尸体的脂肪组织发生皂化，形成黄白色的蜡样物质。形成蜡样物质的部位，就会保存下来，这样的尸体现象我们称为尸蜡。尸蜡可能是尸体局部的，也可能是全尸的。一般尸蜡的形成只需要三四个月，而整具尸体均尸蜡化，则需要一年。

在老秦看来，尸蜡化尸体的气味是世界上最难闻的气味，而且这种气味的黏附能力还很强。曾经有一次，老秦去检验一具尸蜡化的尸体，因为没有听从师父戴两层手套的建议，在尸检完毕后，双手恶臭难忍，无法端碗进食。用了洗手液、洗衣粉、洗洁精、肥皂都无法去除那股味道。最后是重口味蔬菜之王——香菜帮了我的忙，用香菜搓手，可以暂时掩盖尸蜡臭气。当然，那也是暂时的，臭气很快又重新散发出来，直到两天后才逐渐消失。

在《法医秦明：尸语者.下》的《融化的人》一案中，老秦也是第一次向大家介绍了这一种在法医实践工作中偶然会出现的尸体现象。一具被扔进垃圾山内的尸体，在缺氧、潮湿的环境下历经几个月，并没有腐败成一堆白骨，而是经历了尸蜡化的尸体转归过程。既然是保存型尸体现象，那么真相有没有被法医还原呢？感兴趣的朋友可以去看小说啦。

[①] 编者注：尸蜡最大的特点是气味和手感，用画面难以呈现尸蜡化尸体的特色，所以没有示意图。

2. 干尸

因为有埃及法老"木乃伊"的存在,所以这种尸体现象被很多艺术作品披上了神秘的面纱。尸体处于通风、干燥或者高温的环境里,体内的水分迅速蒸发,腐败停止,最后尸体干燥、变轻、变小,我们称之为干尸。其实这种尸体现象对环境的要求比较高,能够形成干尸也不是必然的。比如很多和尚圆寂后,会被放入一口大缸,缸内有很多木炭、石灰,都是为了保证环境的干燥。但是这种手段并不一定能使尸体变成干尸,所以有一种说法:能留下真身(即不发生白骨化,而保留干尸)的大师都是得道大师。而埃及金字塔里的木乃伊,因为有人工手段的干预,所以变成干尸的可能性就大得多了。

在《法医秦明:天谴者》里,有一个案件讲的是大雨里的干尸。在大雨里也能出现干尸吗?好奇的朋友可以去看看。

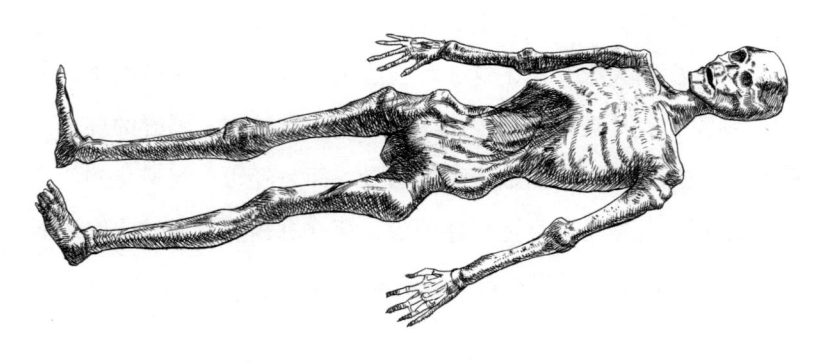

干尸

3. "泥炭鞣尸"和"浸软"

另外,还有两种保存型尸体现象,被称为泥炭鞣尸和浸软。泥炭鞣尸是在酸性泥潭沼泽中,因为酸性物质的作用而发生的尸体变化。浸软是指已经基本成形的胎儿在子宫内死亡后发生的自溶变化。因为这两种尸体现象极为少见,所以不做详述。

《法医秦明:偷窥者》中的第三案就是以"泥炭鞣尸"作为主题的,如果大家对这种保存型尸体现象有兴趣的话,可以去看书中的详细介绍。

综上所述,晚期尸体现象其实就是尸体最后转归的现象。究竟一具尸体会走"腐败消亡"的路线还是会走"尸蜡""干尸"的路线,将受环境、气候变化和个体差异等诸多因素的影响。很少有能够操纵尸体往特定方向转归的手段(即便是古埃及人制作木乃伊的技术也不是百分之百成功的)。所以说,尸体转归路线是根据诸多因素随机发生的,只有可能,没有必然。

凡事没有绝对,只有概率大小,这也是自然界最有魅力的地方,就像很多人说的那样"真理是相对的"。

对法医来说,保存型尸体现象是很有价值的,因为尸体的大部分外表都被保存下来,就很有利于法医对尸表进行检验,发现一些损伤痕迹,从而对案件快速定性。

网上流传的死亡全过程揭秘是真的吗

说完尸体现象,就不得不说一下网络上一个著名的谣言帖

《揭秘死亡全过程》了。这个帖子吸引眼球，被大量转载。老秦曾经辟过谣，这是一篇毫无医学依据，基本靠臆测杜撰而来的帖子。

比如，帖子刚开始就说，死亡 1 分钟血液凝集导致皮肤变色。我估计他是想说尸斑形成。但很显然，尸斑不可能在死后 1 分钟就形成。

比如，帖子说死后 5 分钟眼睛从球体变平，死后 7 分钟脑死亡。我之前说过死亡的定义了，如果死后 7 分钟才脑死亡，那之前的死又叫什么死亡？我也从来没听过人死了眼球变成方形的。

比如，帖子说死后 1~4 小时头发竖立。我猜他是想说尸僵。但是尸僵是在尸体关节处形成僵硬，而不会让头发竖起来。

比如，最吸引眼球的，就是说男人死后 8 小时，会出现最后一次勃起。这就纯属无稽之谈了。勃起是充血导致的，自然是一种生活反应。死后 8 小时怎么可能有生活反应？

比如，帖子说死后 36~48 小时，尸体柔软得能表演柔术。这显然是造谣者得知尸僵在这个时间段缓解而臆测出来的。尸体尸僵虽然缓解，但也不至于柔软，只是没那么僵硬罢了。

比如，帖子说死后 10 天尸体腐败，死后数月形成尸蜡。这也是造谣者从法医学理论里获得的只言片语杜撰、拼接而来的。因为尸体腐败是一种毁坏型尸体现象，而尸蜡是一种保存型尸体现象。两种完全不同的尸体转归方向，居然放在一个时间轴上来叙述，显然就是滑天下之大稽了。

从这则谣言帖子上就可以看出来，法医学是需要系统学习的，如果只是笼统了解，就靠着自己的臆测去杜撰，只会贻笑大方。相信正在读这本书的你,再也不会听信类似谣言了。

现在咱们已经系统地了解了死亡,包括死亡的种类、阶段等,接着继续来认识下死亡的方式。死亡的方式是法医在勘查、检验非自然死亡事件的现场和尸体后,第一个需要解决的问题。当然这个问题不仅仅需要法医学专业人士,更需要现场勘查、侦查等专业人士共同工作,综合研判,最终才能得出一个比较准确的结论。

死亡方式:自杀、他杀还是意外

什么是死亡的方式呢?简单说,死亡方式就是导致机体死亡结果的方式,主要有三种:一是自杀,二是他杀,三是灾害事故(意外)。只有准确判断出死亡方式,警方才能确认是否需要立案侦查。比如,一具火场中的尸体,法医检验后认为死者是被人杀死后再扔进火场的,那么,就可以明确这应该是一起刑事案件,而不是意外失火。

虽然法医是判断死亡方式的最重要的警种,但是死亡方式绝对不能仅仅依靠法医来判断。死亡方式的判断有的时候很简单,比如法医到达现场后,判断死者是被人掐扼颈部导致死亡。这种死亡方式,自己是不可能完成的,那么这就是一起命案。死亡方式的判断有的时候也很复杂,必须结合调查、现场勘查的结果来综合判断。比如一个从高处坠下来的人,法医只能解答死者是高坠死亡,还是被人杀死后(其他死因)从高处抛尸的问题。如果死者真的是高坠死亡的,那么他是自己从楼顶跳下来的,还是被别人推下来的，则需要调查和现场勘查后再进行综合判断。

再举个案例。某县一位男子失踪，两天后在一座旱桥下发现其尸体，尸体上压着他自己的摩托车。在所有人眼里，这都是一起交通事故。但是法医到达现场后，经过调查，发现了三个疑点：首先，其头部的伤情不是一次性形成，不符合交通事故伤情；其次，衣服上多处血迹有疑点，如果是交通事故，死者着地后即呈仰卧位，血液流不到衣服上；最后，通过解剖发现死者后背和会阴部没有损伤。综合这三点，法医判断这不是一起交通事故，而是一起他杀后伪装成交通事故的案件。因为法医的判断，这个机关算尽的凶手最终无处藏匿，被绳之以法。这个故事也被老秦改编后呈现在《法医秦明：尸语者》里。

死因：直接死因、间接死因、联合死因和诱因

这是法医病理学中内容最多的一部分。能够造成机体死亡的方式非常多，想要研究出每一种死因的特征确实不易。作为法医病理学中最基础的内容，很多同学认为，死因岂不是很简单？我不是法医，也能初步判断一个人的死因。大部分案件中，死因判断是很容易的，但是也有一部分案件的死因判断很难。有的是因为尸体毁坏，丢失了大量线索；有的是因为死者死亡后的特殊征象不明显；还有的是多种原因纠结在一起，难以判断哪种原因才是主导……

死因鉴定，除了为相关诉讼活动提供证据，有时候还会成为破案的关键。

曾经有一个案件，一个奶奶带着两个孙子。某天，奶奶在家中被人掐死，两个孙子失踪了。两天后，两个孙子的尸体从河里浮了上来。专案组有两种意见：一种意见是两个孙子杀了奶奶，然后投河自尽；另一种意见是凶手另有其人，凶手杀完人后，把两个孙子移出屋外，扔进河里。这时候，两个孙子的死因就成为案件侦破的关键，他们是溺死的，还是死后被抛尸入水的？最后法医判断两个孙子是被人捂压口鼻腔导致窒息死亡后，扔进水里的。也因为这个正确的判断，真正的凶手才没有能够逃脱法网。

可见，法医的作用有多么大啊。一点也不夸张地说，法医，就是守护着生命最后尊严的防线。

世界不是非黑即白，法医学鉴定结论也自然不会那么简单、直白。在机体死亡的过程中，可能只有一种因素，但是也可能会有几种因素。而法医的职责就是剖析清楚各因素之间的关系。所以，法医学教材上，也在开篇就阐述了死因构成。

经常会被法医在鉴定书中阐述的死因有以下几种。

1. 直接死因

大部分案件中，死者的死因都比较简单，那么导致机体死亡的因素就是直接死因。直接死因是必须存在的。

比如外伤导致人体死亡（颅脑损伤、失血等）、疾病导致人体死亡、中毒死亡或窒息死亡。这些都是直接死因。

这样的案例，法医学专业用语格式是："××系机械性窒息死亡。"

2. 间接死因

一种因素并不直接导致机体死亡，而是这种因素产生的后遗症、并发症导致机体死亡，那么这种因素就是间接死因，而直接导致死亡的后遗症、并发症是直接死因。

比如被刀砍伤多处，但并不致死。可惜出于忽视治疗等原因，伤口感染，引发败血症死亡。那么败血症是直接死因，而刀砍伤是间接死因。直接死因必须是间接死因直接导致的。

这样的案例，法医学专业用语格式是："××系被锐器致伤后伤口感染，继发败血症死亡。"

3. 联合死因

在两种或两种以上互不联系的死因共同作用于人体，导致人体死亡，无法分辨主要和次要的时候，我们称为联合死因。

比如案件中，死者被勒颈导致机械性窒息，窒息征象明显；同时，死者中刀导致器官破裂，尸体失血征象明显。这两种损伤都能导致人体死亡，也都具有相应的征象，那么就无法判断主次作用，被称为联合死因。

这样的案例，法医学专业用语格式是："××系机械性窒息合并机械性损伤大出血死亡。"

4. 诱因

这在纠纷猝死的案件中极为常见。通常是死者生前患有潜在性疾病，未有察觉。在纠纷中，因为情绪激动、轻微外伤等作用，诱使疾病的突然发作导致死亡。疾病是直接死因，而情绪激动、外伤等是诱因。

诱因，是不足以独立致死的。

比如死者全身仅见轻微损伤，这些损伤不足以致死。在排除损伤致死、中毒致死和窒息致死后，需要进一步进行法医组织病理学检验。结合病理学检验结论，下达疾病致死的结论（比如发现畸形的脑血管破裂，发现心脏冠状动脉狭窄并有血栓等）。不过在人体平静的状态下这些疾病可能不会发作，在一些特定情况（比如情绪激动、外伤）下，机体内环境发生改变，诱使疾病发作。

这样的案例，法医学专业用语格式是："××系情绪激动、外力等作用诱发××疾病导致死亡。"

泛泛地说了这么多种死因，那么如果落实到个体或个案上，又有哪些大类的具体死因呢？对自然死亡来说，死因主要是自然衰老死亡和疾病导致死亡；但对非自然死亡来说，其具体死因分类就比较多了。简而言之大概有：机械性窒息、机械性损伤、中毒、电击、高低温，等等。如果大家对具体死因分类有兴趣的话，可以参见老秦的另外一本科普书《逝者之书》，里面就具体介绍了 28 种法医常见的死因。

2019 年，全国人大代表顾晋老师提出了"全民开展死亡教育"的建议，为了响应号召，我在《逝者之书》里用二十多个小故事，全面展现各种不同类型的死因，以及法医针对每一种死因的检验和判断方法。书中千奇百怪的死亡事件，看上去非常猎奇，却实实在在地发生在我们身边。如果大家已经读过《逝者之书》，希望你们能因此更加爱护、珍惜自己的生命，让自己的生命更加精彩。

既然在《逝者之书》里已经全面细致地介绍过各种类型的死因，那么在这本《法医之书》中，我就重点挑出法医在命案侦破以及非自然死亡事件处置中最为多见的两大类死因，给大家系统地介绍一下。

这两大类死因，分别是机械性窒息和机械性损伤。

机械性窒息：最常见的杀人方式

我们知道，氧气是维持人体生命活动不可缺少的物质，氧气被我们吸入肺内，在肺内发生气体交换。氧气被血液带向全身，而全身产生的二氧化碳被我们呼出体外。如果有某种原因导致气体交换障碍，就会产生呼吸障碍、全身缺氧、二氧化碳滞留，最后令机体组织器官功能衰竭而死亡，也就是我们所说的窒息死。

窒息的原因有很多种。

比如外界环境缺乏氧气，如人体处于火场当中，空气中的氧气已经因为燃烧而消失殆尽。环境中没有了氧气，人体便不能吸入氧气，导致窒息。

触电、中毒和某些疾病也可能会导致人体呼吸障碍，从而失去从外界摄取氧气的能力而窒息。比如说触电后，导致呼吸肌的痉挛，无法进行有效的呼吸运动而获取氧气；再比如一氧化碳中毒，一氧化碳和血红蛋白形成碳氧血红蛋白，血红蛋白被竞争性结合，无法再运输氧气。这两种情况，即便环境中仍有氧气，但是机体无法获取氧气而出现窒息。

上述所说的死因，都是窒息，但它们并不属于机械性窒息的范畴。

机械性窒息，是因为机械性外力作用，产生的窒息。

机械性窒息导致的死亡并不是立即发生的。这种机械性外力，必须要保持一段时间才能够导致机体死亡。因此，如果在这段时间之内，机械性外力消失，机体并未死亡，便可以立即复苏或者经过人工呼吸复苏。

人体从被施加机械性外力开始，到机体死亡，是要经过几个阶段的。那么，这段时间究竟有多久呢？

首先，是**窒息前期**。在机械性外力导致呼吸功能障碍后，仍有一段时间，机体内剩余的氧气还可以维持机体的正常生命活动，没有任何症状。比如我们学游泳时的闭气就是在窒息前期的范围内进行的。

如果机体仍然得不到氧气的供给，呼吸加深，呼吸频率加快，吸气动作强于呼气，呈现喘息样呼吸。这段时间叫作**吸气性呼吸困难期**。

紧接着，机体会逐渐出现意识丧失的状况，全身肌肉开始痉挛，这是**呼气性呼吸困难期**。

之后，呼吸中枢深度抑制，呼吸变浅变慢且暂时停止，进入**呼吸暂停期**。

再之后，机体间歇性张口深呼吸，鼻翼扇动，出现潮式呼吸，瞳孔散大，血压下降，肌肉松弛，进入**终末呼吸期**。

最后，人体的呼吸停止，但有微弱心跳，进入**呼吸停滞期**。

整个窒息过程会持续 6～8 分钟。在这个范围内，如果及时解除机械性外力，并进行有效的心肺复苏（CPR），仍有救活的可能。但若窒息 2 分钟以上，而不进行有效的心肺复苏，即便解除机械性外力，依旧会丧失呼吸功能而死亡。

可见，为了恢复患者自主呼吸和自主循环，及时针对窒息而骤停的心脏和呼吸进行心肺复苏，是十分有效的。在这里，老秦也介绍一下心肺复苏的方法，以备不时之需。

确保患者仰卧于平地上或用胸外按压板垫于其肩背下，急救者可采用跪式或踏脚凳等不同体位，将一只手的掌根放在患者胸骨中下 1/3 交界处，将另一只手的掌根置于第一只手上。手指不接触胸壁。

按压时双肘须伸直，垂直向下用力按压，成人按压频率为 100～120 次/分钟，下压深度 5～6 厘米，每次按压之后应让胸廓完全恢复。按压时间与放松时间各占 50% 左右，放松时掌根部不能离开胸壁，以免按压点移位。

对于儿童患者，用单手或双手于乳头连线水平按压胸骨，对于婴儿，用两手指于紧贴乳头连线下放水平按压胸骨。为了尽量减少因通气而中断胸外按压，对于未建立人工气道[①]的成人，2010 年《国际心肺复苏指南》推荐的按压/通气比率为 30∶2。对于婴儿和儿童，双人 CPR 即一人进行心脏按压，一人进行人工呼吸时可采用 15∶2 的比率。如双人或多人施救，应每 2 分钟或

---

① 人工气道：为保障气道通畅而使用的医疗设备。

5个周期CPR（每个周期包括30次按压和2次人工呼吸）更换按压者，并在5秒钟内完成转换，因为研究表明，在按压开始1～2分钟后，操作者按压的质量就开始下降。

如果大家看完说明还是不太懂，也可以去网上找找操作的讲解视频。

说了这么多，大家了解了窒息的一个过程，但是可能对到底何为"机械性外力"仍不太清楚。所谓的机械性外力，就是外界施加的力量。

我们从导致人体呼吸障碍的原因出发，来分析一下机械性外力的主要种类。

首先，**口鼻腔被堵塞**。

口鼻腔是人体呼吸空气的进出口，如果被同时压闭势必导致呼吸障碍。比如凶手用胶带同时缠住被害人的口鼻腔，或者用手、枕头等软物同时堵塞口鼻腔，这样的动作持续一段时间，就可能会造成人体死亡。但是这样的动作势必会导致口鼻腔内部黏膜的损伤，从而为法医提供线索。当然，在这一部分内容中，还包括机械性外力致使周围缺氧。比如强行用塑料袋套头，就会导致周围环境缺氧从而窒息。

其次，**气管被堵塞或压闭**。

口鼻腔和肺脏是由气管相连的，气体也是在这个管道里输送。如果是外界作用力扼压颈部，或者有异物进入气管，都会导致气管通气功能障碍，从而导致机械性窒息。异物堵塞气管，多半都是意外所致。而外界作用力扼压颈部导致机械性窒息，则有很大一部分是命案。比如掐压颈部导致机械性窒息死亡，一定是命案，因为没有人能够掐死自己（进入呼气性呼吸困难期后，意识就不能控制自己掐自己了）。这样的损伤，会在颈部皮肤以及颈部肌肉内形成出血，提示法医发现这种死亡方式。压迫颈部所致的窒息，种类最为繁多。比如刚刚提到的扼死，还有缢死（俗称上吊，用自身重力导致颈部周围绳索压迫颈部）、勒死（外界力量施加于颈部，如绳索压迫颈部）等。

而异物堵塞气管，俗称哽死，也包括液体填满呼吸道导致的窒息（溺死）。这里插一句，针对被异物哽住呼吸道的患者，也有行之有效的抢救方式。学习过急救措施的朋友一定知道"海姆立克急救法"。发现异物哽喉的人，及时运用海姆立克急救法，有极大的可能挽救生命。

在这里，老秦简单说一下海姆立克急救法的步骤。

海姆立克急救法是一项针对被异物哽住呼吸道的患者而实施的急救措施，具体操作方法如下。

对待成人：施救者站在被救者身后，两手臂从被救者的身后绕到身前，伸到剑突下方，也就是肚脐的上方、胸骨的下方。一手握成拳，另一手包住拳头，然后快速有力并且有节奏地向内上方冲击，直至将异物排出。

对待婴儿：先将婴儿面朝下放置在手臂上，手臂贴着前胸，手卡在下颌，另一只手的手掌根在婴儿双侧肩胛中央向下前方推拍。或者将婴儿面朝下放在大腿上，保证臀部高于头部，用同样方法推拍。不行的话，立刻将婴儿翻过来，头冲下脚冲上，面对面放置在大腿上。一手固定在婴儿头颈位置，一手伸出食指中指,快速压迫婴儿胸廓中间位置。

毕竟是文字表述,可能有一些不准确的地方,感兴趣的朋友可以从网络上搜寻海姆立克急救法的教学视频。多掌握一项急救技能,是一件好事。

最后,胸腹部受压导致的窒息。

呼吸不仅仅需要一个联通体内外的管道,更主要的是一种维持呼吸的运动。我们呼吸时,胸腹部保持起伏,这样的胸廓运动,保障了肺脏的扩大、缩小,从而完成呼吸运动。所以如果人体的胸腹部同时受压,呼吸运动不能继续,即便有畅通的呼吸管道,也一样会导致机械性窒息死亡。影视剧里会出现的"活埋",不仅仅是因为口鼻被堵塞,同时也是因为胸腹被压,不能完成呼吸运动。如果胸腹同时被一百多斤的重物压迫,只需10分钟,人体就会死亡。与此类似的一种窒息叫作"体位性窒息",是指人体被机械性外力固定于一个比较特殊的异常体位,时间一长,会导致呼吸肌的麻痹。呼吸肌麻痹,就不再进行呼吸运动,从而导致窒息死亡。

以上就是导致机械性窒息比较常见的种类。

法医是怎么在尸检中看出机械性窒息的

从上面的描述中可见,有些机械性外力会在体表留下损伤,而有的却不会。

那么法医如何判断死者是否死于机械性窒息呢?

judgment是否为机械性窒息,不仅仅要仔细检查尸体的口鼻、颈部、胸腹是否存在损伤,更重要的是根据尸体上的现象,判断死者有没有窒息征象。

窒息征象,就是一般情况下窒息发生后,机体出现的一些征象。以下所列的都是窒息征象,有的窒息死亡的尸体可能全部具备,也有的窒息死亡的尸体选择性具备。因为这也存在个体差异和窒息外力作用时间差异,而窒息过程越长,窒息征象就越明显。

1. 体表征象

很多机械性窒息死亡的尸体,会出现颜面部和甲床紫绀[①]的迹象,这是因为血液中脱氧血红蛋白含量增多。另外,尤其是被掐压颈部导致机械性窒息死亡的尸体,眼睑结膜上会有点状的出血。因为掐压颈部的力度不足以压闭深层的颈动脉,而只压闭了较为浅层的颈静脉,所以动脉还在往颅内供血,而静脉不能回流,这样整个头颅的血液压力就高,容易在结膜这样的位置留下出血点。机械性窒息死亡的尸体尸斑会出现得比较早,而且颜色较深,尸温下降较为缓慢。

2. 内部改变

机械性窒息死亡的尸体,心血暗红呈流动性,不凝固。所以很多法医把心血不凝作为机械性窒息的一个征象。另外,尸体的

---

① 紫绀:是指血液中脱氧血红蛋白含量增多使皮肤和黏膜呈青紫色改变的一种表现。这种改变常发生在皮肤较薄、色素较少和毛细血管较丰富的部位,如唇、指(趾)、甲床等。

组织器官会出现明显的淤血、出血点，肺脏也会出现水肿和气肿，脾脏呈现贫血貌。法医在对尸体进行开颅检验后，取下脑组织，暴露出尸体的颅底，颅底的两侧有个部位叫作"颞骨岩部"，这部位的出血也能提示死者死于机械性窒息。（机械性窒息死亡尸体的窒息征象示意图见文首彩插页）

3. 组织病理学改变

法医在对尸体各器官进行组织病理学检验后，可以通过观察各组织器官在显微镜下的改变，判断死者是否存在机械性窒息的征象。

因为机械性窒息制造的外表损伤虽轻，但是可以直接导致人体的死亡，所以法医在尸检过程中，会对尸体的口鼻部黏膜、颈部、胸部等部位进行重点检验，发现一些细小的损伤，然后结合尸体是否存在机械性窒息的征象，判断死者是否死于机械性窒息。

另外再介绍一种死亡现象，叫作性窒息。

这是指一些人（尤其是男性），捆绑自己，让自己处于一种窒息状态，在这种状态下获取性快感的行为。因为这样的现场，尸体可能会被五花大绑，死因也是颈部被绳索勒吊导致机械性窒息死亡。加之死者衣物一般都很反常，所以会引起死者家属的猜疑，认为这是一起命案现场。

其实这是死者自己操作不当，导致死亡的意外事件现场。这样的死者一般都是性心理异常的患者，但平时可能并不表现出来。性窒息的死者，一般都会在现场放置一些淫秽书刊、录像、照片等，穿着奇装异服，多见的是男性穿着女性的衣物。法医通过对尸体的检验，排除死者有中毒迹象，全身未见抵抗伤和暴力性损伤，加之上述的一些现场反常迹象，结合调查情况，就可以得出性窒息的结论。轰动一时的"重庆红衣男孩"①事件，曾经被网络妖魔化成多个版本，其实事实很简单，就是性窒息死亡的案例。

尸体上的损伤：法医靠它还原凶案

为什么很多人说，法医在命案侦破工作中的地位举足轻重，法医的成败一定程度上决定了侦查破案工作的成败呢？因为法医除了掌握调查、现场勘查的信息，他们还掌握了最重要的尸体信息。

一起命案中，尸体是整个现场的中心，所有的犯罪活动都是围绕尸体进行的。尸体上，也最能反映出犯罪活动的痕迹。除了我们之前介绍的尸体现象，尸体上所展现出的另一个重要信息就是损伤。而法医病理学，从某种程度上说，重点就围绕在研究损伤上。

损伤包括机械性损伤和非机械性损伤。所谓的机械性损伤就是物理因素导致的机体损伤，而非机械损伤可以包括物理或化学

---

① 重庆红衣男孩：男孩被发现时，身穿红色的花裙子，双手、双脚被绳子结结实实地捆着，脚上还吊着一个大秤砣，双手被挂在屋梁上，早已死亡。诡异的现场引发大众猜测，很多人认为这是灵异事件。后经法医证实，这是一起性窒息案件。

因素造成的机体损伤，比如被硫酸灼伤等。因为在法医实践中遇见的损伤，主要还是机械性损伤，所以我在本书中主要是概括性地对机械性损伤进行介绍。

前文有说到，机体若是非自然死亡，主要由以下几种因素导致：机械性损伤、机械性窒息、中毒、潜在性疾病导致的猝死（虽然猝死是疾病导致的自然死亡，但是因为其突发性强，所以我们都要按照非自然死亡事件来处置）。中毒和猝死的尸体可能不会有什么明显的损伤，但是机械性损伤和机械性窒息导致的死亡，一般都会有损伤的存在。

机械性损伤是法医所见尸体中，最为多见的一种死亡成因。也是法医最多用来作为推断作案过程、刻画犯罪分子的依据。机械性损伤是指致伤物作用于机体，引起组织结构破坏和功能障碍。

难以伪装的对冲伤

损伤在人体上的表现形态主要有擦伤、挫伤、创、骨和关节伤、肢体离断以及出血。

这些尸体上的损伤，可能是有运动物体撞击人体所致，也可能是运动的人体撞击固定的物体所致，还可能是运动的人体和运动的物体撞击所致。物体和人的运动和静止状态，法医都可以通过损伤上一些细微的变化进行判断。

比如，一具尸体的后枕部发现有一块皮下出血以及颅骨骨折。

那么，这一处损伤，究竟是运动的物体打击的呢，还是运动

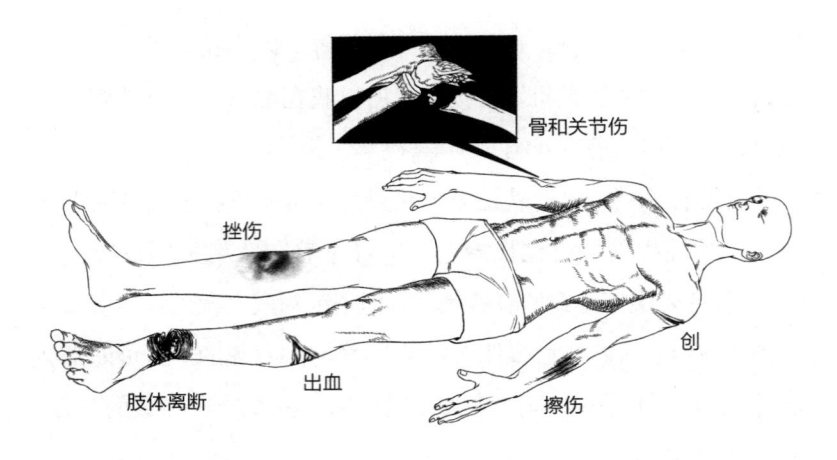

六大损伤形态

的人体撞击地面形成的呢？这决定案件的性质究竟是他杀还是意外摔跌。

法医通过尸体检验，发现死者不仅后枕部脑组织有一处挫伤出血，对侧的额部也发现了脑挫伤和出血。这就是法医常说的"对冲伤"。

对冲伤其实不难理解。在一些高坠、摔跌事件中，死者的头颅一侧着地，和地面形成了碰撞，头皮会有血肿，颅骨可能会出现骨折，颅内会有相应的出血和脑挫伤。同时，在着地侧的对侧脑组织也会发生脑挫伤和出血。

法医学界认为，对冲伤是因为惯性作用形成的，是头颅减速运动（头颅从运动状态突然受力变成静止状态）中形成的特征性损伤。换句话说，如果是运动的头颅枕部碰撞静止的地面，不仅在碰撞处发生了损伤，而且对侧的额部脑组织也和颅骨因为惯性

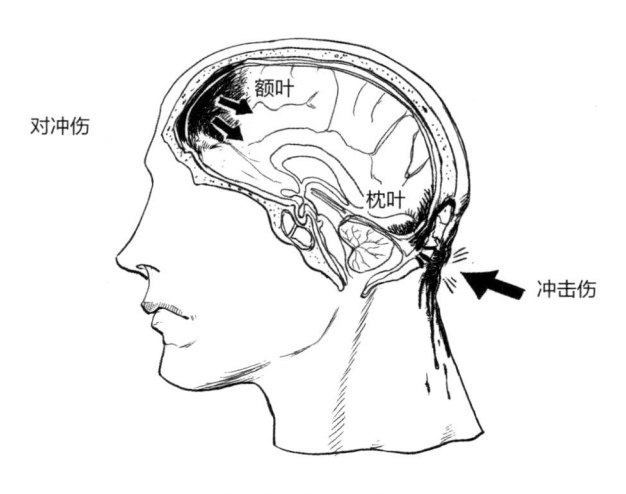

对冲伤 VS 冲击伤

作用碰撞而出血。

有读者会问,一个人枕部和额部的脑组织都有脑挫伤和出血,那么会不会是他的枕部被人打击,额部也被人打击所致呢?

其实这个很好分辨。如果是打击或者碰撞,最先受到损害的是头皮,所以头皮会出现血肿。如果这个人枕部和额部的头皮都有血肿,那么这就不是对冲伤,而是两次加速运动——打击(头颅从静止状态突然受力而加速运动)所致。但是如果只有枕部有头皮血肿,额部仅有颅内出血,却没有头皮的血肿,说明额部的损伤不是打击直接造成的,而是摔跌枕部导致的对冲伤。所以,这是一起摔跌致死的非自然死亡事件,而不是被人突然袭击的他杀案件。由此可见,对冲伤可以帮助法医判断伤者或死者的致伤方式,判断案件性质。

而常见的致伤物导致的机械性损伤,主要种类有**钝器伤**、**锐**

器伤以及**火器伤**①。法医可以根据每一处损伤的具体形态来分辨。

比如尸体头上发现了一处创口，那么这一处创口是被刀砍的呢，还是被砖头打击撕裂的呢？法医会对创口进行仔细的研究，如果创口光滑整齐、创腔内没有错综复杂的软组织纤维，说明这处创口是锐器切开的；反之，如果创口边缘不整齐，创腔内有一些没有断裂的软组织纤维（组织间桥），那么说明这处创口是钝器和骨骼相互挤压，导致软组织撕裂所致。分辨钝器伤、锐器伤还是火器伤，并不是想象中那么简单。有的案件中，还真容易混淆。比如尸体上有一个圆形的小洞，贯穿了手臂。那么这处损伤是枪弹形成的呢，还是诸如铁钎那样的圆形刺器形成的呢？这里面就有很多学问了。

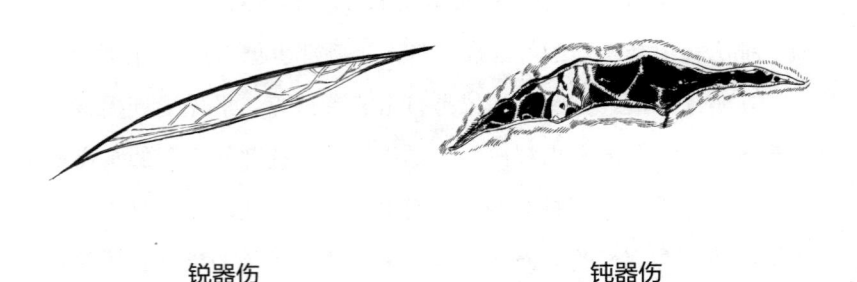

锐器伤　　　　　　　钝器伤

---

① 编者注：火器伤伤口形态较为复杂多样，难以用一张图示意，因此没有示意图。

抵抗伤、约束伤、威逼伤

在一具非自然死亡事件的尸体上，或多或少都会有损伤的存在。有的损伤直接决定了机体的死亡（致命伤），有可能在一些共同犯罪的案件中，让法医可以明确真正的凶手是谁；而有的损伤虽然不造成死亡，却能给法医提供比致命伤更有用的信息。

法医在研究损伤的时候，首要的是研究**哪一处损伤是致命伤**。

一般能够致命的机械性损伤，要么导致颅脑严重损伤，伤及生命中枢而死亡；要么导致重要器官破裂，不能维持生命而死亡；要么导致器官和血管破裂，造成大量失血而死亡。偶尔也会有一些其他因素导致死亡的案例，比如全身多处软组织挫伤，看起来并不能致命，但是这些损伤导致机体出现挤压综合征，最后急性肾衰而死亡[1]。

其次，法医还会研究一些不能致命，但是**对案件分析有重要作用的损伤**。比如我们经常说的"三伤"，就是指三种特殊形态损伤：抵抗伤、约束伤、威逼伤。这些损伤在每具尸体上的表现不同，但是经过分析只要能够确认，就可以对案件有帮助，有时还会是关键性帮助。

抵抗伤，是指凶手在持凶器侵害受害人的时候，受害人下意识地用手抵抗凶器而造成的损伤，是法医最常见的附加伤类型。

---

[1] 挤压综合征致死的死法，可以详见法医秦明科普系列的《逝者之书》第八案《无人知晓的家暴》。

抵抗伤　　　　　　约束伤　　　　　　威逼伤

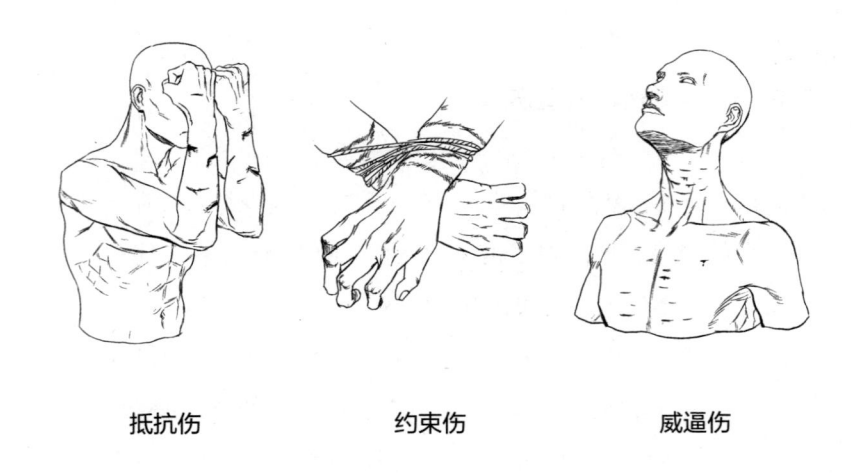

最常见的是受害人双手及双前臂上的钝器打击伤或砍创、刺创。抵抗伤有助于侵害行为发生时，对受害人意识情况进行分析，对受害人和凶手之间的体力悬殊比进行分析等。

约束伤，是指凶手出于某种目的，徒手或用绳索等工具，对受害人的四肢、躯体进行控制和约束，防止受害人逃脱、挣扎或反抗。这类损伤主要表现为受害人的四肢大关节的环形皮下出血或索沟。发现约束伤，有利于对死亡方式进行推断，对现场进行重建，对凶手特征或动机进行刻画等。

威逼伤，是指凶手出于某种目的，用凶器（尤其是锐器）威逼受害人，使其被控制在某处或不敢叫喊，此时，凶器在受害人身体上形成的轻微损伤就是威逼伤。最常见的威逼伤是在尸体颈部发现密集、平行的细微切割伤，或者在身体正面出现密集、平行的小擦伤或小创口。比如下面的案例，被我改编收入《法医秦明：尸语者.下》中，其威逼伤就起到了很关键的作用。

－168

【案例】2010年，安徽省发生了一起骇人听闻的灭门案件，一家五口被残忍地杀死在家中。经过调查，这一家中被杀的男主人有着很复杂的社会关系，可能存在很多仇恨矛盾。经过现场勘查，技术人员在现场发现了三万元现金。所以很多专案组成员排除了抢劫杀人的可能，认为这是一起因仇导致的杀人灭门案件，侦查方向指向那些和男主人曾经有过恩怨情仇的人。但是法医在尸体上发现了一些蹊跷。男主人的身上有很多小片状的擦伤，和致命伤的刺创明显不同。经过分析，法医认为，这是凶手用刀尖反复戳男主人上身而导致的。那么凶手为什么要这样做呢？这就是典型的"威逼伤"。我们知道，因仇杀人，一般都是进门就杀，何必要威逼男主人呢？所以法医认为凶手的这个威逼动作，是要男主人拿钱给他，只是男主人并没有降服，凶手只有杀人后逃窜。侦查方向因为这几处小损伤而发生了巨大转折，侦查员们开始以侵财案件进行调查。案件破获后，果然证实这是一起抢劫杀人案件。

神秘的致伤工具

对致命伤和特征性损伤的研究，主要是对致伤方式和致伤物进行研究。致伤方式，即损伤是怎么作用到人体的。是车辆撞击呢，还是高坠？是别人施加来的呢，还是自己形成的？这些都有关于案件的性质判断。在确定了案件性质后，法医还需要研究凶手是处于什么体位，用什么姿势（甚至哪只手），怎么样作用于人体。这些都是致伤方式的研究。这些研究涉及丰富的理论和实践知识，是现场重建的重要依据。

而对致伤物的推断，则又是一个法医学研究的难题。法医要根据尸体上的损伤形态，倒推形成这样损伤的工具是什么。这项推断难度很大，风险也很大。但是对指导侦查有着重要的意义。比如，一起命案的死者尸体上，出现了一个特征性的损伤，据法医推断，这种损伤应该是狼牙警棍形成的。那么，侦查人员就可以通过寻找狼牙警棍来锁定犯罪嫌疑人。

再比如尸体身上有一处刺创，那么这处损伤是什么物体形成的呢？首先，应该是一个锋利的刺器；其次，要根据创口形态判断刺器是单刃的还是双刃的；再次，要根据刺器刺入人体的深度来判断刺器至少有多长；最后，要根据创口长度来判断刺器的刃至少有多宽。这应该是最简单的致伤物推断的例子了，法医必须在日常工作中，经常总结研究各种工具形成损伤的形态，才能在关键时候发挥作用。比如刑警学院的依伟力老师最喜爱做的事情就是研究工具型损伤形态，有一次他坐火车，看见了铁路维修工人身上带着的钉锤，于是想象了一下这把钉锤形成损伤的形态。没想到在几年后，他出勘了一个命案现场，尸体上的损伤形态和他当年想象出来的损伤形态是一样的，所以他果断判断凶手是一名铁路维修工人。

【案例】在一起斗殴案件中，一名男青年被人刺中心脏而死亡。经过法医检验，死者身中4刀，3刀位于腹部，都不是致命伤，只有1刀位于胸部，是致命伤。抓获的3名犯罪嫌疑人，均否认捅了死者的胸部，案件侦查一时陷入僵局。但是法医对尸体进行检验时，发现死者胸部致命伤的创口边缘有一个小皮瓣，这说明捅死他的这把刀，应该是卷刃了。侦查人员对这一线索如获珍宝，对3名犯罪嫌疑人的刀进行检验后，果然发现犯罪嫌疑人甲的刀子卷刃了，从而锁定了直接导致死者死亡的犯罪嫌疑人。这便是经过我改编后，收入到《法医秦明：尸语者．上》的原型案例。

另外，法医有时还需要研究损伤时间。对损伤时间的主要研究内容是辨别是生前伤还是死后伤。比如在一具尸体上发现大量死后损伤，说明凶手在杀完人后，又对尸体进行了加害动作，而这个动作可能就反映出他的仇恨心理。

对生前伤还是死后伤的判断，法医主要是根据有没有生活反应来进行，比如出血、充血、梗死（组织因缺血而坏死）、吸入（异物）等。法医经常会通过创口有无生活反应判断损伤是生前还是死后形成。比如表皮剥脱，生前伤创面呈红色，损伤周围会有隆起；死后伤则呈黄白色。这需要法医积累经验，大部分时候，肉眼就能分辨。

死亡时间推断：法医学界最大的难题

影视剧中，常常会见到这样的一幕——一名拎着勘查箱、戴着蛤蟆镜的法医英姿飒爽地走到尸体旁边，碰了碰尸体，说："死者在昨天晚上8点半到9点半之间死亡。"这个动作，就是法医对死亡时间的推断工作。

死亡时间的推断，对法医工作有着极其重要的意义。确定死亡时间就可以基本确定作案时间，从而划定侦查方向和范围，甄别犯罪分子，也有利于进行现场重建从而刻画犯罪嫌疑人特征。最重要的，它会是证据链中不可或缺的一部分。

曾经在一起命案中，因为法医准确判断出了死者死亡的大概时间，通过视频监控的这个时间点，很快找到一辆可疑车辆，从而将案件侦破。可见，有的时候死亡时间推断是破案的捷径。

影视剧有时候因为剧情需要，会夸大法医对死亡时间判断的能力。其实死亡时间推断，是法医学界最大的难题。因为不论用什么手段推断死亡时间，都会受到环境和个体差异的影响。这种影响是巨大的，有的甚至可以大到让推断毫无意义。同时，对死亡时间的推断，也受到尸体状态的影响。比如死亡在24小时内的尸体，比死亡48小时的尸体，推断的时间要准确得多。这是因为发现尸体越早，就有越多的早期尸体现象来支持死亡时间的推断，推断依据越多，结果就越准确。窒息死亡的尸体，比失血死亡的尸体，推断的时间要准确。这是因为血液、水分的大量丢失，会加速尸体的冷却时间，也会影响尸斑和尸僵的形成，从而影响死亡时间的推断。

鉴于影响死亡时间推断的多因素性，法医对一具尸体死亡时间的推断，应该综合多种方法进行。从统计学意义上说，多种方法综合得出的平均数值，有更大的概率接近准确值。

那么，对死亡时间的推断，究竟有多少种方法呢？其实法医前辈们已经研究出了很多种死亡时间推断方法，运用于不同环境、不同案情、不同尸体状态的情况下。现在也仍有很多法医同人，在大量积累实践工作经验的基础上，研究新的死亡时间推断的方法。今天，老秦就把一些常用的死亡时间推断方法介绍给大家。

1. 常规综合判断

法医在到达现场后，会对现场进行一个初步的勘查——首先对尸体进行静态勘查，然后对尸体进行动态勘查。

静态勘查，是指法医和其他技术人员进入现场后，不触碰现场的任何东西，而是先观察现场状态、尸体状态以及现场物体的摆放位置和尸体附近的物体状况等，并通过照相、录像的方式，对现场和尸体进行全方位的固定。

动态勘查，就是痕检人员对现场物证进行提取，法医人员初步检验尸斑、尸僵、角膜混浊，甚至超生反应等尸体现象，检验尸体上可能存在的损伤或者其他征象。而对尸体进行常规的检验，其中一个目的就是大概预估一个死亡时间。

在《早期尸体现象：死后24小时的变化过程》一节中，我们已经介绍过很多判断死亡时间的方法，详细叙述了每一种尸体现象大概的时间范围。在这里，我就不再一一详述了。但是大家可以注意到，常规检验中，是不可能估算出精确到小时的死亡时间的，而大多是一个时间范畴。而且即便是推断时间范畴，也必须综合多种尸体现象进行综合判断。比如，法医到达现场后，发现尸体的尸僵不是很坚硬，那么，尸僵到底是正在形成呢？还是已经开始逐渐缓解了？单从尸僵来判断，肯定无法进行。所以法医还会观察尸斑的现象，比如按压尸体的尸斑还能褪色，说明死亡在 12 小时之内，那么尸体的尸僵就不应该是在缓解期，而是正在形成期。这样又可以根据尸僵还没有在大关节形成，判断死亡时间是在 8 小时之内。可以综合判断的指标越多，死亡时间推断的范围越小，就越接近准确的死亡时间。

2. 尸温

我们之前介绍过一种尸体现象叫作尸冷，也说明过，在尸冷发生到法医检测的时间节点的时候，法医检测出来的尸体温度，就叫作尸温。在对尸体的死亡时间掌握了大概的范畴之后，如果死亡在 24 小时之内，那么法医就会对尸温进行检测。因为利用尸温来进行死亡时间推断，是目前最常用的、可以精确到小时的办法。所谓的尸温并不是尸体表面温度，而是尸体内部温度，法医检测尸温通常会检测直肠温度或者肝脏表面温度。

这就解释了一个问题：在香港 TVB 电视剧中，法医到达现场后，会在尸体右上腹插一根针，测量"肝温"；而在老秦的小说里，大家看到的是法医在尸体肛门插入一根温度计，测量的是

"肛温"。很多人问老秦，为何会有"肛温"和"肝温"的方法差异？是打字打错了吗？其实不然，不管测量的是"肛温"还是"肝温"，其实都是在检测尸体的内部温度，方法不同而已。

利用尸温来推算死亡时间，也有很多种计算的方法。法医有的时候会多用几种计算方法，然后计算几种方法得出的结果的平均值。这是因为在统计学意义上，方法越多，就越接近准确值。一般情况下，法医最常用的是刑警学院编著教材的死亡时间推算方法：尸体在死亡后10小时之内，每小时温度下降1摄氏度；死亡10小时以后，每小时下降0.5摄氏度；直到降低到环境温度。利用这个规律，在已知正常人体温和尸体体温的条件下，就可以轻易计算出死亡时间了。但是，尸温下降程度最易受到环境温度的影响，夏天尸温下降得慢，冬天则快。所以公式还考虑到了环境因素，为计算夏天或冬天的尸体的死亡时间加上了一个系数。

提问：现在我们不考虑夏天或冬天的系数，就春秋天的室内环境（大约21℃），假如发现了一具尸体，经过法医检验，尸体温度是25.5℃，而我们默认的存活人体体温是37℃，请问这具尸体是在法医检测尸温之前多少个小时内死亡的呢？

（答案是13个小时，如果你没有算出来，可以关注"法医秦明"微信公众号，发送文字消息"计算"，就可以获取这道题目的计算过程。）

虽然利用尸温来推算死亡时间是最常用的办法，但是在实际工作中，尸温下降受到环境、个体差异、尸体体态、有无覆盖物、室内室外、生前体温等众多因素的影响，所以算出的死亡时间并不是想象中那么准确。而且，在尸体温度已经降低到环境温度以后，这一办法则无法再使用了。这就是尸温推断死亡时间的弊端。

3. 胃肠内容物

正常人都是按时进食的，消化也都会有一定的规律。正常情况下，进食 2 小时左右死亡，食物会有一定程度的消化，并且有食物从胃内向十二指肠推移。进食 4 小时左右死亡，胃内还可以看到食糜。进食 6 小时后死亡，胃内和十二指肠内均系空虚状态。这样，根据调查来的死者末次进餐的时间，就可以大致推算出死者的死亡时间了。

但是，如果胃完全排空了，只知道是末次进餐后 6 小时以上死亡，究竟以上到什么程度呢？如果调查不清楚死者的末次进餐时间，而只能查清楚死者的次末次进餐（末次进餐的上一顿）时间，那又如何推断呢？鉴于这些问题的存在，老秦在师父的带领下，完成了一个课题，就是食物完全进入小肠后，根据食物在小肠内迁移的规律来判断死亡时间。这项课题研究现已完成，实践证明还是非常准确的。因为人的小肠有 5 至 7 米长，能容纳末次进餐和次末次进餐的内容物。所以这一方法，弥补了胃内容物推断死亡时间的不足。

看起来，这是一个天衣无缝的办法。即便是早期尸体现象已经消失，即便已无法用尸温来推算死亡时间，即便是腐败尸体，利用这种办法，都可以推断出死亡时间，而且比尸温更准确。但大家别忘了，这一项推算，必须建立在调查部门查清楚死者的末次或者次末次进餐的具体时间。如果调查有误，死亡时间的推断也就不可能准确了。

4. 昆虫学

在说到晚期尸体现象的时候，老秦说过，在野外的尸体腐败后，会有大量蝇蛆附着，经过研究发现，蝇蛆的生长规律，和死亡时间也有紧密的关联。比如，在炎热的夏天，尸体死亡 1 小时，苍蝇就会在眼、口、鼻、肛门等处产卵；20 小时就可以孵化成蛆；蛆每天会长长 3 毫米，四五天就成熟了，大概长 1.2 厘米；再经过一周左右蛆蛹破壳成蝇。利用这一规律，法医可以判断死者究竟死亡了几天。当然，在尸体旁边寻找蛆蛹的时候，还要注意辨别是第一代苍蝇，或是第二代苍蝇[①]，这也直接影响到死亡时间的推断。

5. 其他方法

除了上述四种办法，法医还可以通过尸体化学变化、组织化学变化、组织变化和酶组织化学变化等办法进行死亡时间推断。但是这几种办法都必须要有专门的仪器和在组织化学领域有丰富经验的专家相协助，而且不具备及时性。所以，很少有人会用到。

另外，也有很多院校、研究所正在研究一些新兴的办法。比如老秦在读双学士学位的时候，就跟随导师做过《利用 DNA 检验技术推断死亡时间》的课题研究。这种办法可以根据 DNA 物质的降解来判断死亡时间。虽然这种办法可以解决碎尸案件中只

[①] 作者注：关于如何分辨第一代苍蝇和第二代苍蝇的问题，由于科学的辨别方法较为复杂，我在这里就不展开了。可以说明的是，有经验的法医可以通过尸体的腐败程度大致推断死者的死亡天数，由此可以看得出尸体上的蛆可能是第一代还是第二代的。

有尸块时死者的死亡时间问题，但是在课题研究过程中，我们发现这种方法不仅对仪器有很高的要求，而且对操作手法、观测手段也有苛刻要求。所以这种办法在现阶段还不能普及。

综上所述，到目前为止，还没有一种可以不受内外因影响、可以精确到小时、可以脱离侦查独立推断死亡时间的推断方法。所以老秦说死亡时间推断是法医界的一个重大难题，一点也不为过。希望将来有更精确的推断方法出现。

老秦的小说和自媒体平台里，也经常会说到死亡时间推断的方法。有很多读者很担心，说如果犯罪分子完全掌握了你们推断死亡时间的办法，从而人为地改变推断指标，怎么办？其实不需要担心。看到这里，大家都应该知道，法医对死亡时间的推断，是多种办法综合进行的，有些办法观测的指标可以人为改变，而有些指标则不可能被改变。犯罪分子如果这样做，只会弄巧成拙，给我们留下更多的线索和证据。另外，死亡时间虽然有着很重要的意义，但是并不是侦查破案所必需的。法医只能在有依据的情况下进行死亡时间推断，如果丧失了条件，则不能乱加推测。

法医病理学还研究什么

1. 个体识别

很多对死者的个体识别工作都是通过法医人类学、法医物证学的理论知识来进行的。但法医病理学有的时候也可以利用尸体的个体特征、瘢痕、体表附着物、文身、体内特异结构等来进行个体识别。

比如一个右位心的患者突然失踪，而在不久后发现一具未知名尸体也是右位心，因为右位心的发病率是万分之二，那么这个死者就很有可能是这个失踪者。这样就可以给侦查部门节约很多确证尸源所需的时间。

2. 伤病关系

在很多案件中，伤病关系也是法医需要研究的一项较为复杂、疑难的问题。比如在一起死亡案件中，死者全身多处骨折，但是多处骨折也不足以立即致死。法医就对死者进行组织病理学检验，发现死者有严重的心脏疾病。那么这起案件中，心脏疾病成为死亡的主要因素，而伤则是诱发心脏疾病急性发作的因素。

对伤病关系的研究，很容易引起事件当事人家属的不满。比如刚刚提到的心脏病案例得出的结论，尤其是在死者具有一些平时发现不了的潜在性疾病的情况下，通常会引发死者家属的强烈不满。所以如何向死者家属解释清楚法医学专业的问题也非常重要。

有读者问，法医怎么从尸体上判断他生前有没有患疾病呢？其实在法医病理学范畴内，还有一个分支科学即法医组织病理学。法医在解剖完尸体时，若怀疑死者有疾病，则会取下死者的一些重要脏器，经过固定、脱水、包埋、切片、染色后，在显微镜下观察组织结构的微观形态，从而对死者有无疾病或潜在性疾病进行诊断。关于法医组织病理学的知识，我会在后文详细介绍。

3. 中毒病理

中毒死亡也是几大类死亡原因的一种，对中毒死者的研究，有专门的法医毒理学，后文也会介绍到。但是法医病理学中也对中毒死亡的尸体病理现象进行了研究，这样的研究可以为毒物化验部门提供毒物检测的大体方向，提高工作效率。

另外，中毒病理也研究了中毒和疾病、中毒和外伤之间的关系，在一些死因比较复杂的案件中，可以用得到。

比如一起曾经轰动一时的案件，上海某大学学生林某从学校实验室中偷出 N- 二甲基亚硝胺试剂，并用该试剂毒杀其同学黄某，在二审的时候，辩护人请来了一名第三方机构的法医作为专家证人。该法医"爆炸性"地指出，黄某可能死于爆发性乙型病毒性肝炎，而投毒的动作只是碰巧。该法医想通过死者曾经患有乙型病毒性肝炎这一既往史作为突破点为犯罪分子脱罪。这就涉及黄某究竟是死于自身疾病还是死于中毒的问题了，这两种截然不同的死因，最后会引发天差地别的判决结果。好在司法部司法鉴定科学研究院的陈忆九老师及时出庭作证，阐述清楚了两者的区别，最终才没有让犯罪分子逃脱法律的制裁。

| 第四章 |

现场勘查学：犯罪现场的分析报告

学完了法医病理学，我们再来聊聊现场勘查学。

大家可能认为现场勘查是一个动词，而我觉得是个名词。这个名词里包罗万象，绝对不单单是警察在现场摸索、寻找那么简单。

现场勘查是围绕现场进行的，从某种程度上说，现场保护、实地勘查和尸体检验都属于现场勘查的范畴。而最有挑战性的工作——现场分析，也是现场勘查中不可分割的一部分。

有的犯罪现场，居然有 14000 米长

犯罪现场是指一切与犯罪有关的场所，而现场勘查就是对犯罪现场进行全面勘验的过程。

犯罪现场可能不是唯一的，可以有多个现场，也可以有不真实的现场。所以，犯罪现场的分类，有很多种方法。

比如，根据现场被破坏的情况，可以分为原始现场、变动现场和伪造现场等。

根据犯罪分子的活动轨迹，可以分为第一现场、第二现场、第三现场、第四现场等。

根据案件的性质，可以分为杀人现场、强奸现场、盗窃现场等。

所以，有些抛尸案件中，发现尸体的地方是抛尸现场，这样的现场只能算是中心现场，而不是第一现场。第一现场，通常也是指杀人的地点。还有一些情况，现场的范围会非常广，或者距离非常长。

举个例子，在"法医秦明"微信公众号里，曾经更新过一个故事，叫作《法医档案：一个长达14000米的凶案现场》，说的就是一个人徒步跋涉去自杀，沿途留下很多自杀未遂的线索和物证。那么，根据这个人的行为轨迹，警方就要在上万米的路线上，依次勘查各个现场。

勘查现场，究竟有什么用

现场勘查是包括法医在内的所有刑事技术人员的主要工作，是侦查破案工作的基础和重点。刑事技术人员的范围很广，包括很多刑事技术警种，比如法医检验、痕迹检验、法医物证检验、理化检验、图像检验、声纹检验、模拟画像、文件检验、电子物证检验和视频侦查，等等。

法医虽然主要和尸体打交道，但是任何一个案件，都离不开现场勘查。尤其是命案，现场的血迹形态、物品痕迹的位置，都能够反映出犯罪分子的作案过程。

上文我把现场勘查说得那么重要，那现场勘查究竟有什么作用呢？警方在对现场进行勘查的时候，其最主要目的，就是在现场找寻一些可以证明犯罪的物体或者检材，这些东西都是可以直接认定犯罪的证据。无论罪犯多么狡猾，有了这些物证，他不仅无处遁形，也无从抵赖。

【案例】在某命案现场，被害人身中十几刀导致失血性休克死亡。法医在勘查现场的时候，发现有几处滴落状血迹和死者并不在同一位置，这些滴落状血迹很有可能是犯罪分子自己受伤后滴下的血迹。经过DNA检验，这些血迹果真不是死者的，那么很有可能就是犯罪分子的。经过侦查人员排查，很快锁定了几名犯罪嫌疑人。DNA检验部门对这几名犯罪嫌疑人进行检验后，确认其中一人王某就是这几滴血迹的主人。侦查人员立即对第二个现场——王某的家里进行了勘查，发现了一件血衣，经过DNA检验，确认衣服上的血迹就是死者的。有了这些证据，王某无从抵赖。在法庭上，检方出示了证据，说明王某在命案现场留下了血迹，死者的血迹又被王某带到了家里，王某正是这起命案的罪魁祸首。

根据上述案例，大家可以看出，现场勘查对一起命案的侦破、起诉和审判有着多么重要的意义。当然，任何孤立的物证，都不能成为直接定罪的依据。要想给罪犯定罪，必须要有完整的证据链，且证据能排除其他人作案的可能。所以，现场勘查工作不能因为有一点点发现就终止，而必须勘查务尽，掌握整个现场能够发现的所有物证和线索。

除了寻找证据，现场勘查工作还可以给侦查提供线索。

【案例】某命案现场,凶手在现场留下了一把菜刀。勘查人员对菜刀进行提取检验后,发现是一把新的菜刀,而且并非常见的品牌。侦查人员拿到这个线索后,立即排查这种菜刀的销售渠道,发现某超市在案发当天就只卖出去一把一模一样的菜刀。警方通过对超市监控录像的查验,确定了买刀人的相貌,从而迅速破案。

现场勘查工作不仅仅可以在现场提取到可以证明犯罪的物证和线索,还能让勘查人员对作案现场进行还原,对现场情况进行分析,这项工作叫作现场重建和现场分析(命案现场重建技术)。这项工作必须在经过现场勘查、尸体检验,并了解相关前期调查情况后进行。如果做得准确无误,就能对案件性质进行判断,提高收集证据的效率,对犯罪分子进行刻画,从而缩小侦查员的侦查范围,可以更加迅速地锁定犯罪嫌疑人。

我举个例子来说明。

一起命案的现场,经过法医的检验,发现凶手在掐死被害人后,在屋里疯狂翻找,拿到财物后,又返回被害人身边,割断了他的脖子,割断脖子的损伤是死后伤。凶手割断被害人脖子后,又拿走了被害人家中的一卷纱布和一盒棉球。

这些现象可以说明三个问题,一是凶手杀人的主要目的是劫财。那么侦查人员就应该调查那些没有正当收入、生活拮据的人。二是凶手割断被害人脖子的行为,是一个多余动作。说明凶手是怕被害人没有死。他为什么怕被害人没死呢?一般是凶手和被害人是熟人,怕被害人被救活后,揭露他的犯罪行为。所以侦查员就应该从被害人身边的熟人排查起。三是凶手拿纱布和棉球的行为，说明他很可能在杀人或割脖子的过程中，自己受了伤。那么法医就会提取现场中一些可疑的血迹，进行 DNA 检验。如果检测出非死者的 DNA，那么这个血很有可能就是凶手的血。侦查部门有了凶手的 DNA，就方便下一步侦查了，当然，这起案件也就铁证如山了！

到达现场后，法医具体怎么做

那么，警察在到达命案现场后，是怎么工作的呢？

1. 现场保护

警察在到达现场后，首先要对现场进行保护，设置警戒范围，即用警戒带把现场和外界隔离开来，禁止无关人等进入破坏现场。我们在涉案影视剧里，会经常看到警戒带的样子。大多数情况下，我国警方使用的警戒带，是蓝白相间的宽布带，上面会印有警察的标志，同时在警戒带外竖立"现场勘查，无关人等不得入内"的告示牌。

根据每一个犯罪现场的情况不同，现场指挥员会用不同的方式设置警戒范围。比如，如果犯罪现场是位于居民楼内的某一户室内，则只需要在该户的大门口拉起警戒带，禁止一切非警方人员进入，并在单元门口拉起警戒带，除居住于该单元的居民外，其他人禁止入内。如果是在野外的犯罪现场，就要以尸体为中心，尽可能大地设置警戒范围。总之，设置警戒范围的原则就是尽最大可能保护现场、尽最大可能扩大警戒范围,尤其是犯罪分子可能途经的路径,同时要尽可能不干扰群众的正常交通和生活。平衡好这两点,就可以明白警戒范围该有多大了。

当然,如果遇见天气不好的室外现场,警察会用搭帐篷之类的办法保护现场痕迹。

勘查人员进入现场后,会第一时间对现场是否有险情(如爆炸、有毒气体、犯罪分子还在现场)进行排查,如果有险情则要先排除险情。一般最先进入现场查看是否存在险情的,是公安机关刑事技术部门里的痕迹检验专业人员,因为他们可以尽可能在不破坏现场痕迹的基础上来进行排查险情的工作。一旦发现现场存在险情,就应请专业排险人员来解除险情。不过,很多情况下,有一些险情是无法被及时发现的。

比如老秦还是实习生的时候,曾经跟随带教老师出勘一起案件现场。当时这个现场已经经过了险情排查,可是排查险情的民警,并没有发现躲在房屋一角洗衣机内的犯罪分子。当老秦的带教老师进入现场进行勘查的时候,发现洗衣机上似乎有一顶假发,于是走过去看,没想到那根本就不是假发,而是躲在波轮洗衣机机筒内的犯罪分子的头发。好在这个手持钢刀的犯罪分子被带教老师一身警服震慑到,高喊"我投降"后扔了刀子,不然在直接面对杀了人的亡命之徒的情况下,我们这些手无寸铁的刑事技术人员实在是毫无还手之力,后果不堪设想。

再比如老秦撰写的守夜者系列小说里的主角之一聂之轩,他就是因为在现场勘查的时候,不幸被无法发现的高压电击伤,而导致一侧手臂和腿被截肢,不得不装上了机械假肢。聂之轩在现实中，也是有原型人物的。大家可以搜索"重庆市公安局陈冰"，来了解我这位师兄的英雄事迹。

不过，现场险情中，最常见的还是易燃易爆的气体、有毒气体和爆炸物了。在法医秦明系列小说中，曾经介绍过很多有险情的现场。老秦印象最深的，就是我在实习的时候，一名带教老师准备下到下水道内进行尸体检验，却在中途因为下水道内的二氧化碳浓度过高而中毒跌落，幸亏被及时救起，否则后果不堪设想。还有一次，是一个爆炸案现场，负责排险的技术人员在现场发现一个纸盒，先入为主地认为纸盒里面是一个用于引爆炸药的电池组，于是将这个"电池组"拎回了专案组会议室，放在墙脚。后来一名经过的老专家觉得不对劲，这才发现纸盒里是装着已经插好了雷管的十二公斤硝铵炸药。现在回想这个事情，我还觉得后怕。

勘查人员脚下的板就是勘查踏板（见下文）

在对现场是否存在险情进行排查完之后,法医会踩着勘查踏板[1]先来到被害人身边,确定被害人是否死亡。

2. 现场勘查

勘查人员准备完毕后,就会逐步进入现场进行勘查。最先进入现场的是痕迹检验专业和照相专业的警察,因为老秦也不精通痕迹检验和照相专业,所以在这里就不展开了,主要说一说法医对现场的勘查。

法医在痕迹检验专业技术人员打开现场通道[2]后进入现场,首先对现场环境进行全面了解,主要对现场的血迹形态进行记录,并且要在脑子里有个大概的记忆。然后,法医会逐渐靠近尸体,对尸体周围进行勘查,发现一些可能和犯罪有关的物体(如菜刀、绳索等),最后再重点观察尸体。这叫作由外周到中心、由静态到动态的顺序。

现场勘查的同时,勘查人员中的照相专业的警察会对现场情况进行拍照和录像,勘查人员中的痕迹检验专业的警察会对现场进行测量,并用文字对现场所有的状况、物体等进行记录,制作现场勘查笔录和现场平面示意图。现场勘查笔录、现场平面示意图结合现场的照片和录像,可以固定现场最原始的状态,以备后期分析和法庭质证。

---

[1] 勘查踏板:一种类似小板凳的东西,人可以踩在上面进入现场,从而不会破坏现场地面的痕迹物证。
[2] 现场通道:即固定地面有价值的痕迹,并用粉笔画好,没用粉笔圈的地面就是法医可以踩踏的地面通道。

3. 尸体检验

对法医职业感兴趣的人，最好奇的应该就是法医的工作之一——尸体检验，也正是这一项工作给法医披上了神秘的面纱。老秦曾经说过，法医既是脑力劳动者，又是体力劳动者。除了现场勘查需要体力支持，尸体检验也是需要体力支持的。因为现在一线工作人少事多的问题，当法医要对一百多斤的尸体进行全面解剖时，我们可能要在解剖台前工作数个小时，尤其是遇见多人死亡的案件，法医更是会严重超负荷运转。

无论现场有多血腥，尸体有多恶臭，手段有多残忍，法医必须克服恐惧、恶心、恻隐的情绪波动，客观公正地进行尸检工作。为了保证尸检工作快速、有效，保证物证收集完善，保证全面发现痕迹物证和现场分析依据，尸检工作必须遵循一定的工作程序来进行。

尸检不仅包括尸体解剖检验，尸表检验和衣着检验也同样重要。只有结合几种检验的发现，才能得到客观公正的结论。法医在到达现场后，在现场就会对尸体的衣着和尸表进行一个简要的检验，这样可以第一时间发现显而易见的物证，也可以在初步检验尸体的时候，对照现场环境，对现场有个整体的印象。这项重要的工作叫作现场尸体检验。法医会对尸体进行静态勘查，仔细观察尸体的一般情况、状态、体位、姿势、衣着和可能的死因，然后检验尸体上的衣着情况、尸体现象等。这叫作由静到动的顺序。这一步骤，可以让法医尽早了解尸体的状况，比如可以证实死亡时间的尸体现象以及主要的损伤所在。同时，可以在尸体的周围发现一些可能和犯罪有关的证据（比如血迹、毛发、呕吐物等)。在现场尸体检验的过程中,法医可以结合现场的具体情况,对照尸体进行相关的分析,从而更好地完成现场的重建。

【案例】现场发现了一具尸体,身首分离。法医在到达现场后,根据尸体的损伤情况,初步判断死者是高坠死亡。那么高坠为何会身首分离呢?法医在检验中,见头颅分离的创口很整齐,而且断口处沾有一些黄色的小纤维。因为是在现场进行尸表检验的,所以法医可以直接观察现场的情况。果然,现场上方有一楼层的窗外有一根很细的黄色麻绳,麻绳上有血迹。死者正是在空中颈部撞击细绳而导致身首分离的,法医找到了死者的死因,也可以让死者家属打消疑虑。

现场尸体检验后,法医会把尸体运往解剖室,对尸体进行全面的检验。虽然现场尸体检验的工作中,已经包括了衣着和尸表检验,但是那都是在现场进行的初步和简要的检验,这两项工作在尸体解剖前,在解剖室里还要重新仔细地再进行一遍。

下面,我们就衣着检验、尸表检验和尸体解剖检验等诸多方面的注意事项介绍一下尸检工作。

(1)衣着检验

在大多数情况下,现场发现的尸体都会穿有衣物。检查衣着服饰应按由静到动、从外向内、自上而下的顺序进行。

首先,**观察死者衣着外观**:是否整齐,纽扣有无缺损,衣物有无反穿、层次错穿等。

【案例】有一起案件，现场发现的女性死者衣着整齐，但是法医在对死者衣着检验的时候，发现死者的内裤穿反了。这是一个平时生活很讲究的女性，为何会反穿内裤？这就引起了法医的注意。破案后，果然证实了法医的推断。凶手在杀害死者后，对死者进行了性侵，并且为尸体重新穿上衣物，掩盖犯罪行为，但是在慌乱中，反穿了死者的内裤。

其次，**检查衣着特征**：注意衣服件数、式样、类型、颜色、质地、品牌等。对死者衣着特征的检验，有很多重要意义。比如尸体已经高度腐败甚至白骨化，无法判断死者的死亡时间，那么根据死者的衣着情况，至少可以判断死者死亡时的季节，从而缩小侦查范围。从死者衣物的品牌、质地，可以判断死者的生活层次，从而在寻找尸源的时候有的放矢。

再次，**检查衣物斑迹**：附着物、呕吐物、血迹、精斑等。衣物上的斑迹，不仅可以给法医找到现场物证的机会，也可以让法医从斑迹流注的方向来判断斑迹在滴落到衣物上的时候，死者处于什么体位，这样对现场重建工作有重要意义。

然后，**检查衣物破损**：对衣服的破损处进行观察，分析推测破损形成的原因和致伤物。尤其是在一些有工具型损伤的尸体上，法医对衣物破损的研究就显得更加重要。因为人的皮肤是有弹性的，有利器刺入后，创口边缘的皮肤会有一定程度的压缩。

如果在行凶过程中,利器在死者体内有转动等因素,就会导致法医无法通过创口形态准确判断致伤物形态。如对单刃、双刃、无刃刺器的推断。而衣服纤维的弹性较皮肤弹性小得多,所以从衣服上的破损口,可以更加准确地判断致伤工具形态。

最后,**检查衣物及其装饰品特点**:一些有特征的衣物以及衣物或尸体上的装饰品,可以用来作为寻找尸源的依据。

【案例】有一具女尸在河边被人发现,法医到达现场的时候,发现尸体已经呈现巨人观状态,不可能根据其面貌、体态来寻找尸源。但是女尸戴着的戒指上有着明确的品牌和编号,所以侦查人员通过这一线索,迅速找到戒指销售商的销售资料,从而锁定了尸源。尸源锁定后,侦查人员很轻松地摸排出与死者有着矛盾关系的犯罪嫌疑人,从而迅速破案。

(2)尸表检验

法医在除去尸体的全部衣物后,会按照一个既定方法对尸体进行全面的尸表检验。尸表检验主要分为以下三个方面。

一般检验。

这是一个概述性的检验,法医主要是通过对尸体的初步印象来确定一般检验可以得出的结论和发现。主要包括死者的一般情况,如性别、种族、身高、发长、发育状况、有无畸形和残缺、有无明显特殊的个人特征(如文身、痣等)、有无明显的病理特征(如疤痕等)。这项工作不仅要看尸体的正面、侧面,还要看尸体的背面。在解剖台上翻动尸体是很需要体力的，这也是我之前说法医也是体力劳动者的原因之一。这项工作可以第一时间发现死者与其他人不同的特征，从而最快锁定尸源。

在观察完一般情况后，还要观察尸体的诸项尸体现象。

损伤检验。

几乎所有的机械性损伤，都是可以在尸表上发现痕迹的。比如按压住死者双手手腕导致的约束性损伤，都会在尸体皮肤上出现淡淡的黑色痕迹，这是皮下出血在皮肤上映现出来的痕迹。但是，损伤究竟有多严重，能不能致死，这是需要解剖检验才能确定的。法医在对尸体的损伤进行检验的时候，要详细记录损伤所在的部位，损伤的特征形态，并且尽可能地推断致伤物形态。如果损伤较多，法医则会沿着从上至下、从中央到四周的顺序，逐个记录损伤。当然，损伤检验的同时，也需要对照死者的衣着进行记录。如果皮肤上的创口和衣服上的创口出现偏差，则要分析原因。

> 【案例】一名男性死者胸口中了一刀导致死亡，但是他所穿着的T恤衫上没有发现对应的创口，法医分析认为死者在中刀的时候，并没有穿上衣。说明凶手在杀人后，还帮尸体穿上了上衣。这可能是凶手的一种羞涩、愧疚或者伪装行为。

体表各部位逐项检验。

法医要遵循一个固定的规律，对尸体各个部位的体表进行尸表检验。这个规律是：头部—颈项部—胸腹部—腰背部—会阴部和肛门—四肢。每一处部位，都有检验的注意事项和重点内容，在实际操作中必须注意。

比如，在检验头部的时候，不仅仅要注意面部及五官有没有损伤，还要注意被头发遮挡的头皮有没有损伤，甚至需要通过触感来初步判断颅骨有没有骨折。此外，还要检验眼睑球结合膜有没有出血点等，虽然眼睑球结合膜出血点不是损伤，但是可以提示死者是否存在窒息征象。

再比如，颈项部的检验在存在窒息征象的尸体检验中，就非常重要。因为扼死是唯一一种自己不能形成的死因，所以在颈项部寻找是否存在掐扼的痕迹，有的时候会成为判断死亡方式的重要依据。

（3）尸体解剖

尸体解剖是法医学尸体检验工作中极为重要的一环。做好尸体解剖工作，对提高法医学鉴定水平、保证检案质量具有非常重要的意义。尸体解剖务求全面、系统，如果只是对某个部位进行局部解剖，势必造成漏检、误诊，从而导致冤假错案。

所以，尸体解剖工作一旦开始，法医就必须对尸体的颅腔、胸腔、腹腔、盆腔和脊髓腔进行全面的解剖。很多读者不理解，一个人一眼看上去就知道是被刀刺中了心脏死亡，为啥还要开颅、开腹呢？说个案例吧。老秦在《法医秦明：尸语者.上》中写过一个叫《大眼男孩》的案子，这个案子也是根据真实案例改编的：一个小男孩被亲生父亲摁在水塘里溺死。那么，是不是法

人体解剖结构示意图

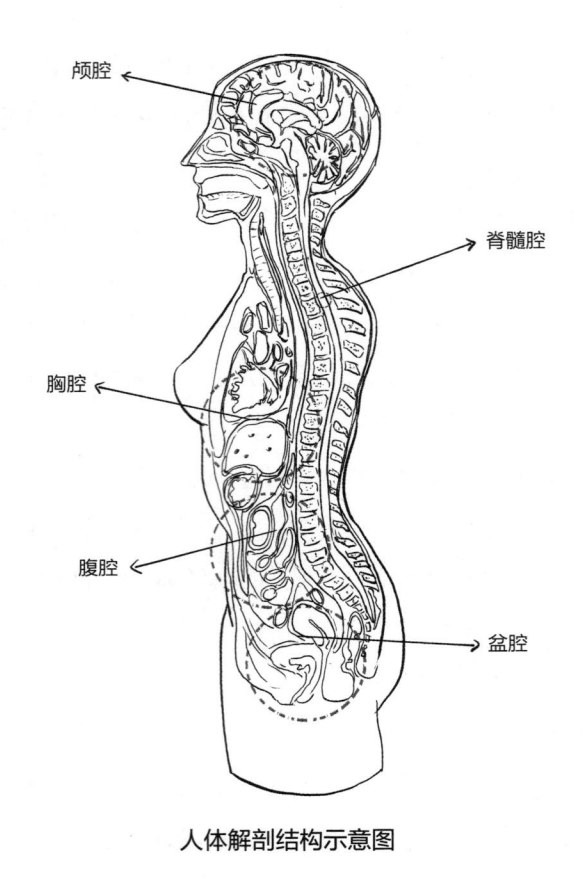

医只需要解剖死者的胸腹腔，确定其有水性肺气肿、胃内有溺液，就可以了呢？其实不然，法医在解剖死者的头部后，发现死者头颅内有巨大的肿瘤。这样的肿瘤可以给患者造成极大的痛苦，这也是一个父亲杀死自己孩子的原因——不愿意看见孩子痛苦地生存下去。而且这个肿瘤不断增大，势必导致患者死亡，以现在的医疗手段，几乎没有办法挽救他的生命。正是法医的这个发现，为这位父亲减轻了罪责。

法医学尸体解剖，有很多术式。

经常看美剧的同学，可能看到法医在尸体的胸腹表面划一个"Y"字形的切口，这种术式叫作"Y"字形切法。而我国的法医通常使用的方法是直线切法（也叫作"一"字形切法），即是从颈部一直划开到耻骨联合，打开胸腹腔。切开皮肤后，法医会逐步分离皮下组织、肌肉以及骨骼，暴露出胸腹腔的器官，从而检验是否存在损伤或者异常。

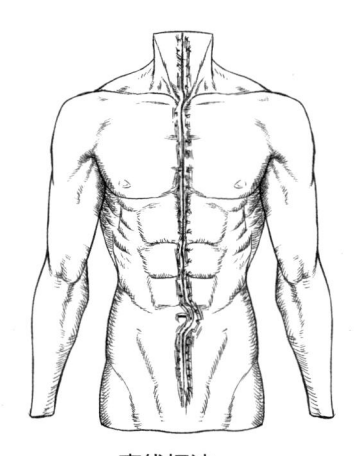

直线切法 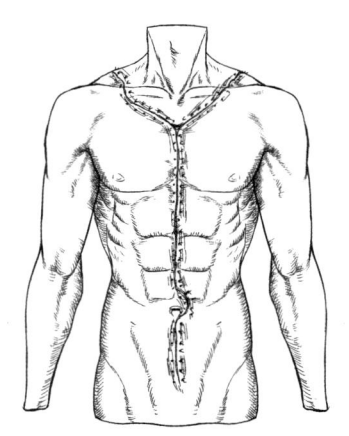　　　　　　　　　"Y"字形切法

不论国内，还是国外，对头部的解剖方法都是一致的。首先以双侧耳后和顶部正中三点连线，切开头皮。然后沿着切口，分别向前、向后剥离头皮。因为头皮下方和颅骨之间有一层"帽状腱膜"，这层腱膜是疏松组织，保持头皮和颅骨的相对活动度。我们按住头皮可以在颅骨上滑动，就是因为头部有这层组织。头皮和颅骨可以轻松分离，也就是利用了这层疏松组织。头皮和颅

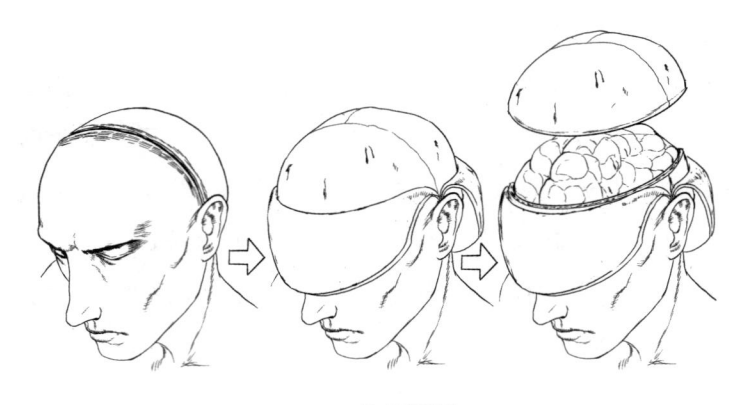

头部解剖

骨分离后，颅骨就暴露了。法医会用开颅锯锯开颅骨，将"天灵盖"取下。这样，就会暴露出大脑外面的一层硬脑膜了，剪开硬脑膜，就可以取下大脑进行检验观察。

一般情况下，法医都会最后检验背部。而在检验颈、胸、腹、颅时，会有一个固定的顺序。最常见的是先检验腹腔、盆腔，再检验颈部，然后是胸腔，最后开颅。当死者疑似颈部受伤导致机械性窒息时，法医会先检验腹腔、盆腔，再检验胸腔和颅腔，这个时候，尸体内的血液几乎已经被放干净了，最后检验颈部的时候，不会因为颈部错综复杂的血管破裂而导致软组织污染，看不清损伤。

除了衣着、尸表和解剖检验，法医有的时候还会选择性地开展法医组织病理学检验。在本书中，老秦会详细地介绍这种手段。

（4）尸检记录

整个尸体检验工作的过程，都会被全程录像，对尸体的重点部位会进行常规流程拍照,对衣着检验、尸表检验、尸体解剖中发现的疑点、问题和发现,也会进行特写拍照。除了录像和拍照,还会有一名法医(或者法医实习生,主要是因为只有学法医的才能懂法医学的专业术语)在全国统一的《法医学尸体检验记录》模板上,记录上述所有尸检的内容。

这个模板不仅包括尸体的一般情况、现场尸体和血迹检验情况、衣着情况、尸表检验情况和尸体解剖情况,还绘制有人体的示意图,可以在示意图上标示出损伤的部位,最后还有在尸体检验过程中提取的所有物证的清单(见小册子《法医学尸体检验记录》)。

在完成尸体检验工作之后,尸体检验人要在《法医学尸体检验记录》第一部分签字,照相人、录像人和记录人要在《法医学尸体检验记录》的最后签字。最后,《法医学尸体检验记录》会作为法医学鉴定的重要依据和证据,附卷保存。

总之,尸体检验对法医来说,是最为重要的一项实操性工作,也是法医参与现场勘查工作中,最为重要的一项工作内容。任何一起非自然死亡事件或者一起命案中,其现场的中心,都是尸体,而接触尸体的唯一警种就是法医,所以法医掌握着比其他警种更多、更重要的尸体信息,而这些信息的来源就是尸体检验工作。

尸体检验工作不仅仅可以发现线索和证据,指导侦查破案、服务侦查破案,更是作为刑事诉讼的一项重要工作,为法庭提供证据、为审判提供依据。尸体检验在任何一起涉及人身死亡的刑事案件或民事案件的侦查、起诉和审判过程中,都是一项不可或缺的重要工作。

4. 现场分析

之前我们已经说过现场分析和现场重建有着很重要的意义,勘查人员对现场勘查完毕后,就会形成一个完整的现场分析报告,向专案组递交。

这份报告中,要根据现场的种种迹象,采用心理分析法、辩证分析法、逻辑推理法等诸多方法,进行有依据的推理,然后得出结论。这份报告中,包括分析罪犯出入口;分析作案人数、时间、地点;分析作案工具、手段;分析作案动机、作案过程;分析犯罪嫌疑人的个人特征和作案条件;分析案件性质;划定侦查范围……

现场分析报告有别于法医出具的《死亡原因鉴定书》等法律文书。《死亡原因鉴定书》是用来呈上法庭,作为证据的。而现场分析报告可以是由法医在专案组口述,也可以用PPT等通俗易懂的方式来宣讲,其主要目的不是给法庭提供证据,而是指导侦查破案。

所以,现场分析报告没有固定的模板格式,根据每一起案件里能发现的信息不同,而进行不同科目的判断;现场分析报告也不是"确定性结论",因为报告里的结论,是根据现场、尸体上发现的线索推理得来,所以不一定准确。对专案侦查员来说,现场分析报告是重要的指明侦查方向、划定侦查范围的依据,但是他们也不会完全按照它的判断来进行破案。

打个比方吧，以《跟着法医去探案》一章里凉亭抢劫杀人案为例，如果我是王小美，我在现场勘查和尸体检验之后，会向专案组给出如下的现场分析报告。

死者名：2号尸体，性别女，身高160cm左右，体重50kg左右。

死亡原因：颈外动脉破裂致急性大失血合并溺死。依据：尸体检验。

死亡时间：4月8日半夜零点左右。依据：尸体现象及胃内容物检验。

作案时间：4月8日半夜零点左右。依据：因为死者颈外动脉破裂，应大量出血，但现场未发现足够量的血迹，故分析死者在颈部受伤后不久便落入湖中。所以其死亡时间和作案时间距离较近。

死者年龄推断：20岁左右。依据：耻骨联合面推断年龄。

出入口：现场为野外现场，有多个可以进入并离开凉亭的途径，故无法推断出入口。

作案人数：现场痕迹凌乱，有搏斗痕迹，但除死者遗留的足迹外，现场只有一种男式运动鞋鞋底花纹的足迹。死者为一名瘦弱女性，且其身上的损伤一种工具可以形成，故分析认为作案人数仅一人。

致伤工具：刃宽3cm、刃长15cm以上的单刃刺器。

作案动机：结合死者随身物品有丢失的情况，加之现场有激烈搏斗，分析认为死者与凶手不相识，激情杀人的可能性大，作案动机符合侵财杀人。

作案过程：受害人和凶手在凉亭附近相遇，凶手欲对受害人进行抢劫，遭到受害人激烈反抗，在搏斗过程中，受害人约束住凶手防止他逃跑，凶手利用牙咬的方式挣脱束缚，并用刀刺伤受害人颈部。受害人颈部受伤后，仍与凶手进行打斗，后因体力不支，跌落池塘而死亡。凶手随即逃离现场。

嫌疑人刻画：与受害人搏斗处于下风，说明体力不足，心理不够自信，符合老年人、未成年人作案的特征。

侦查范围：在现场附近范围内寻找有盗窃、抢劫前科劣迹的老年人和未成年人。

有了如上的现场分析报告，侦查部门是不是就好办多了呢？侦查员们不仅可以根据法医的判断来迅速找到死者的尸源，还可以按照法医划定的范围进行嫌疑人排查，针对重点嫌疑人进行取证，并寻找作案凶器。

上面列举了很多现场分析的内容，但是具体每一项怎么去分析，一来太过复杂，每一起案件的情况都不尽相同，二来老秦也不能过多叙述，暴露我们的技术手段。所以，我就不多说了，如果读者们对刑侦破案有兴趣，很想去了解这些内容的话，可以看看老秦的小说，说不定对大家会有一定的启发。

血迹分析:不同的形态意味着什么

对命案现场勘查来说,血迹分析是最重要的,因为血迹分析是现场重建的基础。血迹可以反映出现场当时的情况,被害人的体位、受伤的姿势、行动的轨迹以及凶手杀人后的行为等。血迹分析也是一门很复杂的学科,在这里,老秦只介绍以下几种主要的血迹形态。

1. 滴落状

这是最为常见的一种血迹形态,是指血从人体上滴落到载体上形成的。这种血迹在静止状态和运动状态下留下的痕迹都不一样,甚至运动速度不同、运动方向不同、滴落高度不同,都会留

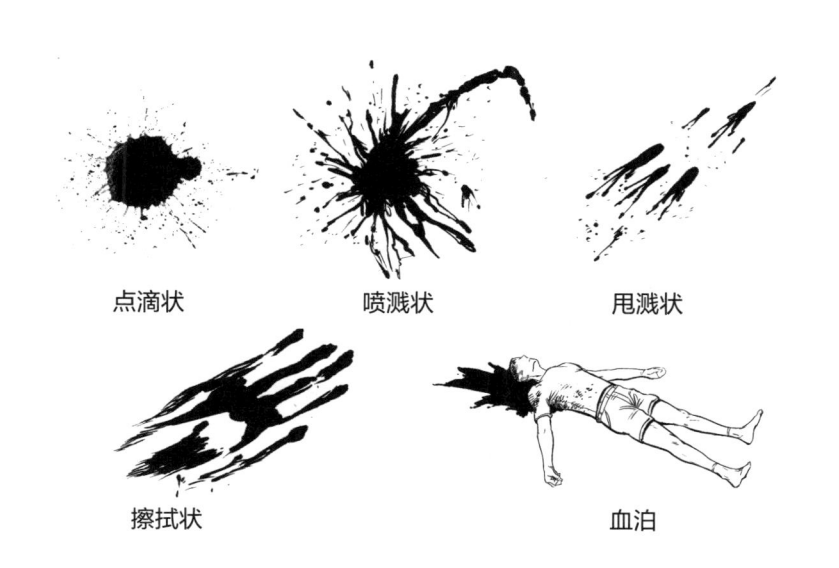

点滴状　　喷溅状　　甩溅状

擦拭状　　血泊

下形态不同的血迹。法医可以根据现场的血迹，判断血迹滴落的高度和运动方向，重建案发当时的情况。

2. 喷溅状

人体的动脉被割破后，血液会出于血压的因素，从体内喷溅出来。这种形态的血迹，可以提示死者受伤初期所在的位置。

3. 甩溅状

凶手在挥动凶器杀人时，凶器上的血迹会随着凶器挥动的动作而被甩到周围的墙壁或物体上。这样的血迹可以提示凶手行凶的位置和形态，有时还可以判断凶手的身高和力量。

4. 擦拭状

如果凶手的双手沾满了鲜血，那么他触碰到物体的时候，就会留下擦拭状的血迹。在擦拭状的血迹中，有时可以发现血指纹。血指纹比汗液指纹更能证明犯罪。

5. 血泊

死者死亡后，血液大量流出，会留下一大摊血迹，我们称之为血泊。血泊可以判断死者受伤后所在的位置，从而判断凶手有没有移尸行为。

现场分析工作中，还有一门新兴的学科，叫作行为心理分析，像《读心神探》的剧情一样，让人觉得十分神秘。老秦也会在后文专门介绍一下这门学科。

现场勘查以及勘查后的分析、重建工作，是法医最有技术含量的工作。如果一个人只会解剖尸体，那么他就只是个解剖工而已，绝对不是法医。法医是要根据自己掌握的所有信息，逐一推理出各种可以帮助破案的线索，凭的不仅仅是扎实的理论，更是丰富的经验。一名优秀的法医，不仅要胆大心细、明察秋毫，更重要的是突出的推理能力。我想，这也是大家喜欢法医的最主要的原因吧。

| 第五章 |

法医人类学：现实中的识骨寻踪

很多读者在看到这个标题以后，心里犯起了嘀咕。什么叫法医人类学？难道法医还研究其他物种吗？

其实法医人类学是指利用人类学的知识解决涉及法律中有关人的问题的科学。人类学是一门科学，起源于希腊语 anthropos（人）和 logs（学科）。法医人类学主要研究的对象是人骨、牙齿、毛发和面貌特征等。

很多读者看过著名的美剧《识骨寻踪》，这部电视剧讲的就是一名法医人类学专家，利用人骨、牙齿和毛发来破案的故事。有些国家，有专门的人来研究法医人类学，介入需要这门科学来破案的案件。而在我们国家，法医人类学作为法医学的一个分支学科，是需要每一名法医掌握的。也就是说，中国的每一名法医，都是法医人类学的专家。

人体死亡后，会有两种转归方式：一是保存型尸体现象，二是毁坏型尸体现象。有关这方面的知识我们在法医病理学的章节里已介绍过。现在要说的是，毁坏型尸体现象的一种就是白骨化。读者们都知道，大部分尸体，经过腐败阶段后，最终会变为一堆白骨。也就是说，法医出勤的现场，不一定是一具尸体，也有可能是一堆白骨。如果对法医人类学一无所知的话，那么在出勤白骨现场的时候，法医就束手无策了。正是因为有法医人类学的存在，即便是发现了一堆白骨，法医依旧可以在骨头上找出线索，最终破案。那么，法医是如何利用法医人类学破案的呢？

种属鉴定：判断是人骨还是动物骨

研究人骨，最初的作用，是研究人骨不同于其他物种骨头的特征形态，也就是我们常说的种属鉴定。在发现骨头后，法医首先会通过一些特征性骨形态，判断这堆骨头是不是人类的。如果确定是人骨，那么这就是一起死亡案件；如果不是，法医就可以收队了。

人体的大部分骨头，都是可以通过肉眼识别，来和动物骨进行区分的。

记得有一次我和一位国内著名的法医人类学专家在一起吃小吃——羊蝎子（羊的脊椎骨）。在吃到一半的时候，专家拿起一块脊椎骨，问我如果在现场发现了这样的一块骨头，怎么能确定这不是人的骨头呢？其实这是一个很简单的问题。人的椎孔大，关节面和关节突因为活动程度小，所以不发达。而羊的脊椎椎孔小，关节面和关节突发达。并且，羊的脊椎骨椎体上有个"抓钩"一样的突起（即钩状骨质结构），这样才方便在四肢行走的时候脊椎不会轻易脱位。

这就是利用骨骼形态来判断是否为人骨的一个小例子。

但是，不是所有的骨头都可以通过肉眼观察确定是否为人类骨骼的。那么，如果在现场只发现了几块骨头，而且这几块骨头都不是特征性的骨头，甚至骨头有所破损，无法观察特征点，怎

钩状骨质结构

人的脊椎骨　　　　　　羊的脊椎骨

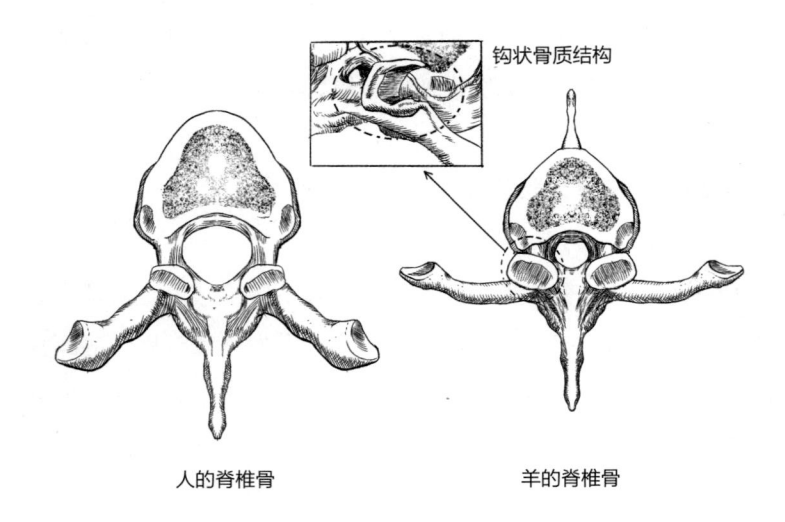

么办呢？

法医依旧有办法来判断。除了可以通过 DNA 检验技术得出的数据来轻松地判断骨头是否为人骨，法医还可以把收集来的骨头磨成薄片，在显微镜下观察。显微镜的视野里看到的骨片，可以发现有很多小管子——哈弗斯管[1]。利用这些哈弗斯管的大小、形态，也很容易判断骨头的种属。

法医确定了现场的骨头是人类的骨头后，则要继续开展检验工作。

---

[1] 哈弗斯管：骨单位为厚壁的圆筒状结构，与骨干的长轴呈平行排列，中央有一条细管称哈弗斯管（haversian canal）。围绕哈弗斯管有 5～20 层骨板呈同心圆排列，宛如层层套入的管鞘。哈弗斯管与其周围的骨板层共同组成骨单位，亦称作哈弗斯系统（haversian system）。

哈弗斯管

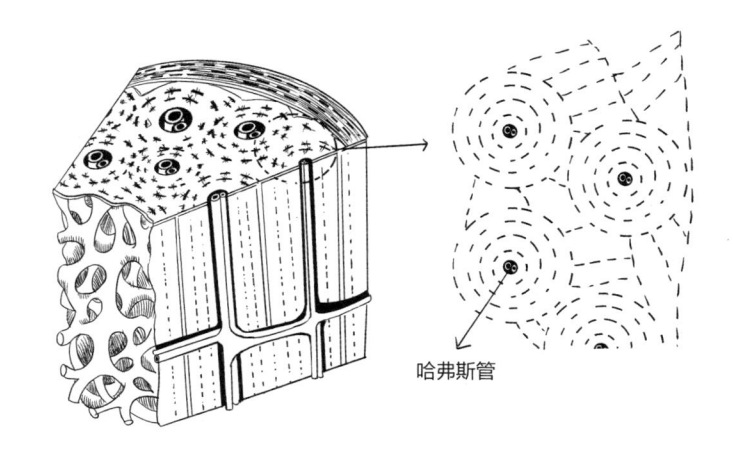

寻找尸源：尸骨会"自报家门"

归根结底，法医研究骨头最重要的任务，就是要判断出死者的一些特征，从而缩小侦查人员的侦查范围，提高寻找尸源的效率。也就是说，法医要帮助侦查人员尽快确认死者究竟是谁。

很多读者会问，为什么不能通过DNA来找尸源呢？

中国人口众多，而DNA库里录入的数据有限，所以即便你掌握了死者的DNA数据，却依旧不能轻松地找到尸源。只有发现了可疑的失踪人，然后通过失踪人亲属的DNA与死者骨骼的DNA进行亲缘关系鉴定，方可确定死者的身份。

如何才能帮助侦查人员尽快地找到尸源呢？

研究法医人类学的前辈们做了很多努力，研究了很多方程式，用于推断死者的性别、年龄、身高。如果可以根据一堆人骨来准确推算出以上人体的三要素，那么侦查人员的排查工作就会轻松不少。比如一个地区失踪人口有500名，法医人类学专家推断出死者的年龄是24～26岁。而这500名失踪人口中仅有10名符合这个年龄段，那么排查和DNA检验的工作量就足足减少了98%。

当然，这些推断的依据都是建立在统计学意义上的，所以都是有"置信区间"的。所谓的置信区间，就是指由样本统计量所构造的总体参数的估计区间。在统计学中，一个概率样本的置信区间是对这个样本的某个总体参数的区间估计。置信区间展现的是这个参数的真实值有一定概率落在测量结果的周围的程度。

但是置信区间也有置信水平的，而这个水平不可能达到100%，因为人体的个体差异非常大，所以也不能做到百分之百推断准确。推断误差较大的情况，在法医学实践中也会经常遇到。

下面我们简单介绍一下法医寻找尸源的四个主要依据。

1. 性别的推断

大部分案件中，只要人体最重要、最大的骨骼存在，性别推断是最简单的一项。

骨盆、颅骨、四肢各骨、肋骨和胸骨都可以进行性别的推断。尤其是骨盆，是最容易推断性别的骨骼。人的骨盆下方由左右两侧耻骨组合而成，因此两侧耻骨下支会形成一个夹角。男性的夹角比较小，通常是75°左右，而女性的夹角比较大，一般有100°左右。这个特征通过肉眼很容易观察出来。

通过颅骨判断性别也很容易，一般男性的前额有坡度，枕后的隆突比较突出；而女性的前额比较陡峭，枕后的隆突不明显。

耻骨联合

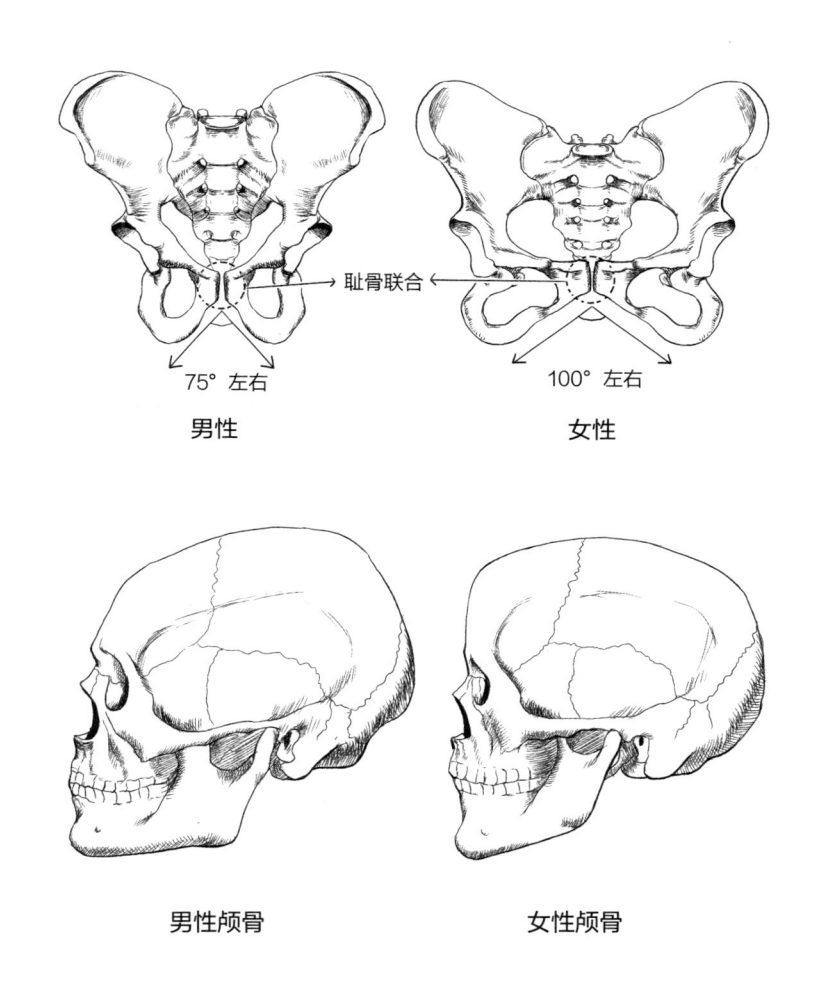

75°左右　　　　　　　　100°左右

男性　　　　　　　　　　女性

男性颅骨　　　　　　　　女性颅骨

2. 身高的推断

　　决定人体身高的因素，主要是长骨的长度。而且大部分人的身材都是比较匀称的，个子高的人胳膊长、手大，个子矮的则相反。根据这些特点，长骨、躯干骨，甚至手骨都可以用来推断身高，但这是建立在统计学意义上的推断。我们的前辈们通过研究成千上万具骨骼，制作了一系列方程式，把每根骨头的长度和人的身高联系起来，然后算出一个平均系数。法医在实战中，可以用测量到的骨骼长度，代入方程式，计算出死者的身高。但是也不能排除有一些身材奇怪、骨骼奇异的人体存在，所以这项推断不能做到百分之百正确。

3. 年龄的推断

古代人喜欢用观察牲口牙齿磨损度的办法，来判断牲口的年龄。人也和动物一样，都要吃饭，活得越久，牙齿的磨耗就会越大。所以法医也会利用牙齿的磨耗程度来判断人体的年龄。但是这种办法受到很多因素的影响。比如各地区饮食习惯的差异，有些地区的人没事喜欢嚼槟榔，那么可能20岁的人就有了30岁的人的牙齿磨耗度。再比如有些人缺失了一颗下磨牙，那么对应的上磨牙因为没有牙齿对合，就不会有磨耗。

既然不能简单通过牙齿来判断年龄，还有其他什么办法吗？

因为年龄推断意义重大，可以直接缩小侦查范围，所以法医人类学前辈们做了许许多多关于年龄的研究，到现在，法医已经可以通过人体的许多骨骼进行年龄推断。颅骨、骨盆、胸骨、肋骨、锁骨、髌骨甚至椎骨和甲状软骨都可以进行年龄推断。其中，被法医用到最多的是骨盆的一部分——耻骨。

左右两侧耻骨在骨盆下方联合在一起，联合的面被法医称作耻骨联合面。这个面，会随着人体年龄的增长呈现出一种高度规律性的改变。法医前辈研究了数千副耻骨联合，得出了一个回归方程。我们法医可以根据耻骨联合面的数个特征点，换算成数值，代入方程式，最后计算出死者的年龄。这个年龄的误差可以小到 ±2 岁。

4. 骨、牙特征的发现

在收集到一副人体骨骼后，法医最乐意发现的，就是这堆骨骼里有一些特征性的东西。比如死者有一颗假牙，侦查人员则可以根据假牙的出处来寻找死者的身份。同样，骨骼有的时候也可以发挥这样的作用。

在这里，我讲一个故事给大家听。

2010 年夏天，我接到一个报警，一名女子在自家的水塘里清理淤泥的时候，发现了一堆人体骨骼。

我们到达现场，把池塘的水全部抽干，然后跳入池塘，在池塘底的淤泥里整整搜寻了一下午，才基本把尸体的骨骼找全。根据骨盆和颅骨，可以轻松判断，这是一具女性尸体。观察尸体的耻骨联合面，可以判断这名女死者死亡的时候只有 19 岁左右。我的同事在一旁测量了死者四肢长骨的长度，代入方程式，计算出了死者身高的平均值，大约 160 厘米。有了这三要素，排查范围确实小了不少。但是法医从骨骼的破损情况来看，这堆骨头沉在这个池塘里至少有 5 年了。

时间这么久了，侦查人员从何查起呢？

细心的法医在侦查人员一筹莫展的时候，发现了一个线索。这副骨骼的肋骨中，有 5 根肋骨中央有骨痂。骨痂是在骨折后自我愈合而形成的东西，看见了骨痂，说明死者在生前曾经有过骨折治愈的过程。而且，5 根肋骨骨折是必须去医院住院治疗的。

侦查人员在周边的医院里进行了调查，寻找 5 年前曾经因 5 根肋骨骨折住院治疗，后又失踪的女孩，失踪的时候 19 岁。

很快，警察就在一家医院的病案档案室里发现了符合条件的病案，并根据病案上记录的地址找到了女孩的家人。再根据女孩失踪前的一些联系人情况，把这一起案件给破了。

原来女孩在 7 年前出了车祸，断了 5 根肋骨。在住院期间，当时只有 17 岁的她结识了一名同院病号，并发生了恋情。恋爱 2 年后，两人感情破裂。因为感情纠纷，这个凶手杀死了当时仅 19 岁的女孩，并将女孩的尸体沉到了这个池塘，直到 5 年后尸体被发现。凶手做梦也想不到，事隔几年，警察还是把手铐戴在了他的手上。等待他的是法律的严惩。

当然，法医人类学肯定不只有以上的作用。围绕着尽快找到尸源这一目标，法医前辈们还充分利用专业知识，积极探索，研究了很多更高端的法医人类学技术。

比如，现场发现了一堆骨骼，经过法医的推断，知道了死者的年龄、身高、性别，可是这些条件还是不能帮助侦查人员找到尸源，那么法医还有什么其他的办法吗？有！法医用人类最有特征性的骨骼——颅骨，还能做一些工作。

颅骨面貌复原技术：让计算机来捏脸

我们知道，人与人交往，对彼此留下的最基本感官印象就是面貌。但如果死者变成了一堆白骨，他的面貌自然也就随着软组织腐败殆尽而消失了。如何利用颅骨来恢复死者生前的面貌，成为一些法医人类学家研究的方向。

研究发现，人类的相貌和其颅骨的外形有着直接的关系，而且人与人之间面部软组织厚度也有相对稳定的规律。利用这种关系和厚度，法医人类学家开展了一些实验。

最初，颅骨面貌复原技术是采取最原始的办法——用软橡胶泥，按人面部软组织厚度和面部解剖特点，在颅骨的石膏模型上进行塑像。很多朋友问了，面部软组织厚度是可以塑像，但是人的五官的形状、方向又如何确定呢？其实人的五官的形状、方向和颅骨上的一些特征点也有着密切的关联。法医利用这些特征点，模拟出人的五官，就可以成功恢复出死者生前的面貌了。

在这种方法的基础之上，法医研究出了一套计算机三维模拟系统，把人的颅骨的特征点、软组织厚度、五官生长规律等化解为数值，作为后台数据。用计算机三维扫描技术把颅骨模型输入计算机，计算机便可以根据颅骨特征点自动恢复出人的三维立体头像。有了头像，侦查人员就可以发布协查通告，大家也就可以通过通告上的模拟人像，发现可疑失踪人口了。再经过 DNA 比对，便可确定尸源了。

这种方法不仅运用在侦查破案上，有时也运用于考古学中。比如老秦的老师——中国刑事警察学院法医学系赵成文教授[1]，

---

[1] 赵成文：中国刑事警察学院教授，著名刑事相貌专家、痕迹考古学家，被誉为"中国刑事相貌学的奠基人"。赵成文能对千年古人进行复原，关键是靠一个叫"警星 CCK-3 型人像模拟系统"的帮助。20 世纪 70 年代出土、曾震惊世界的湿尸——长沙马王堆汉墓主人、长沙国丞相利苍夫人辛追的容貌就是通过他的研究得到重现。

就曾经用颅骨面貌复原技术还原了2000多年前的马王堆女尸的面貌。

颅相重合技术：比对亡者的照片

不是所有的案件在排查尸源上都会遇到困难。有些案件查找尸源的工作很顺利，但出于种种原因，无法对骨骼的DNA进行比对鉴定，那么就不能确定骨骼是不是警察找到的可疑失踪人员。

为了解决这个问题，法医又发明了另一种法医人类学技术——颅相重合。

和颅骨面貌复原技术不同的是，法医要用已知的颅骨，和已知的人物头像照片进行比对，确定两者是否为同一人。如果说颅骨面貌复原技术是一种"推测"的话，颅相重合技术就是一种"鉴定"。

某年夏天，一个男人到派出所自首，称自己在几年前杀害了妻子，并将尸体掩埋在一座山上。警察立即出动，到男子所述的山上进行了大范围挖掘，并成功找到了一具女性尸骨。经过年龄和身高的推断，都很符合此人妻子的特征。可惜，这名女性所有的家庭成员都已经不在了，她也没有留下子嗣。虽然可以做出骨骼的DNA图谱，但是因为没有亲属的比对，所以不能确定骨骼就是投案者妻子的骨骼。

如果不能确定骨骼的身份，即使是男子已经自首，警方也会因为证据不足而不能顺利起诉审判，案件一时陷入了困境。这个时候，法医想到了颅相重合技术。

法医把获取的颅骨用计算机三维扫描技术输入了电脑，再把这名男子妻子的身份证照片也输入电脑。在同等大小、同等角度的情况下，进行了重合。重合后，计算机显示所有的特征点均符合。于是法医就下发鉴定，确定这具骨骼就是投案者妻子的骨骼。案件也因此顺利地侦办下去了。

上述的两种技术都是比较高端的技术，需要有强大的系统软件予以支持。下面，老秦还要再介绍一种基层法医经常使用的法医人类学技术——骨龄鉴定。

骨龄鉴定：X 光片可以读出你的年龄

我国的刑法，对刑事责任年龄有如下分法：（1）不满 12 周岁的未成年人，不负刑事责任。（2）已满 12 周岁不满 14 周岁的未成年人，犯故意杀人、故意伤害罪，致人死亡或者以特别残忍手段致人重伤造成严重残疾，情节恶劣，经最高人民检察院核准追诉的，应当负刑事责任。但是，应当从轻或减轻处罚。（3）已满 14 周岁不满 16 周岁的未成年人，犯故意杀人、故意伤害致人重伤或者死亡、强奸、抢劫、贩卖毒品、放火、爆炸、投毒罪的，应当负刑事责任。但是，应当从轻或减轻处罚。除上述严重犯罪外，不予刑事处罚。（4）已满 16 周岁的，犯任何罪，都负刑事责任。但犯罪时未满 18 周岁，不适用死刑。

另外，强奸罪中有述，与不满 14 周岁的女性发生性关系，无论是否自愿，均按强奸罪论处。

既然有了这些法律规定，就涉及一个"法律年龄"的问题。

随着户籍制度管理的严格化，我们的身份证上的年龄都和生理年龄是吻合的。但是在一些偏远地区或是出于一些特殊缘故，还是有很多人的生理年龄和户籍年龄不符，也有一些没有经过户籍登记的人口。如果这些人犯罪或者被强奸，他们的年龄该如何判断呢？法医因为此需要，而发明了骨龄鉴定这项技术。

这项技术主要是根据人体骨骼发育中骨骺[①]愈合的程度来进行骨骼生理年龄的判断。骨骺愈合时间自13岁开始至25岁完成，法医通过观察各个年龄阶段人的四肢骨骺愈合程度，得出一个统计学上的多元回归方程。在遇到需要鉴定的案例时，通过被鉴定人骨骺愈合程度特征，代入方程，即可计算出被鉴定人的生理年龄了。经过实践验证，被鉴定人22岁以下的情况，鉴定出的生理年龄和其真实年龄只有±1岁的误差哦。

可是，如何观察被鉴定人的骨骺愈合程度呢？

因为观测点主要是四肢长骨的两端，所以法医的办法是带被鉴定人去拍摄全身六大关节的X光片（关节就是长骨一端对接的地方）。如果按照人体双臂自然下垂站立的姿态来讲，所谓的六大关节就是肩关节（观察肱骨上端和肩胛骨）、肘关节（观察肱骨下端以及尺骨、桡骨上端）、腕关节（观察尺骨、桡骨下端以及诸手骨、掌骨和指骨）、髋关节（观察骨盆以及股骨上端）、膝关节（观察股骨下端和胫骨、腓骨上端）和踝关节（观察胫骨、腓骨下端以及诸足部骨骼）。

[①] 骨骺：长骨两端膨大的部分称为骨骺。长骨有一体和两端，体叫骨干，两端叫骨骺，骨骺上由关节面和邻近的骨构成关节。

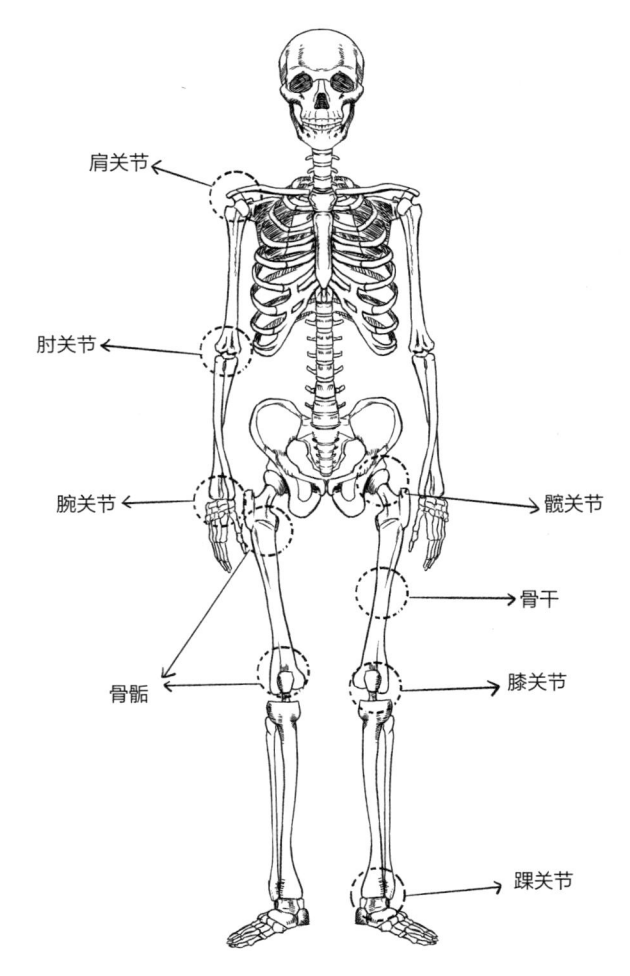

人体六大关节、骨骺、骨干位置示意图

　　有一次,老秦接到一个案例。一个小偷偷遍了整个小区,终于被警察抓了个正着。可是在审讯这个小偷的时候,小偷说自己只有 13 岁,对姓名、来历一律不予交代。警察也没有办法,因为犯罪嫌疑人咬定自己不够刑事处罚年龄,也不能贸然起诉。这时候，老秦所在的法医部门就发挥了作用。经过鉴定，这名小偷的生理年龄已经有 20 岁了。有了这份骨龄鉴定书，即便小偷不交代自己的姓名，也依然被绳之以法了。

咬痕鉴定：牙齿模型也能破案

除了老秦介绍的这些技术外，法医人类学还包括了很多其他的技术。

比如咬痕鉴定。不要小看这项技术，有的时候也是可以发挥大作用的。曾经老秦办过一个案件，一名女性被人用刀杀害了。可能是因为很多不凑巧因素的集合，在现场和尸体上并没有发现能够确定犯罪分子的证据。唯独在尸体上发现了一处咬痕。法医对这处咬痕进行了拍照固定，并且根据咬痕的特征制作了一个石膏牙齿模型。在侦查人员抓获了一个嫌疑人之后，法医也同样制作了嫌疑人的牙齿模型。经过比对，两者认定同一。仅仅是一处小咬痕，不仅让侦查人员锁定了犯罪分子，也为法庭提供了有力的证据。

总而言之，法医人类学是应用人体解剖学和体质人类学的理论和方法，研究人的活体、尸体、骨骼在时间和空间上的变化和发展，解决法律上所涉及的有关问题的一门新兴的边缘学科。利用这一门科学，法医真的破获了很多案件呢！

作为一门新兴边缘科学，法医人类学仍然有好多内容没有被发现。我们期待未来的法医人类学家们发现、研究出更多、更有用的技术方法。

| 第六章 |

法医物证学：让凶手落网的利器

法医物证学，顾名思义，就是以法医物证为研究对象，以提供科学证据为目的，研究应用生命科学技术解决案件中与人体有关的生物检材鉴定的一门学科。

物证检验技术是法医学中发展最快的一门技术，从20世纪80年代~90年代的ABO血型测定、精液唾液分泌型和非分泌型的测定，到21世纪开始DNA技术的迅猛发展，法医物证学成为最能够帮助侦查部门排查犯罪嫌疑人和最能够为法庭提供科学证据的一门科学。

那么，什么是所谓的"与人体有关的生物检材"呢？

血液、唾液、精液、皮屑、组织、牙齿、头发等，这些来自人体，具有人体组织细胞的体液、组织，都是法医可以利用的生物检材。因为这些生物检材来自人体，所以被归为法医大类。

而一些不属于人体的检材和物证，则由公安部门的痕迹检验部门来发现、提取和检验。比如指纹，指纹是手指纹线黏附了汗液粘在载体上，则不属于生物检材类，而属于痕迹检材类。

既然检材指的是在现场、尸体上提取到的，可能和案件有关的东西，那么，一旦它们具备鉴定价值，且通过现场勘查判断和案件有直接关系，就会变为物证。所以检材不一定能成为物证，但物证肯定是检材经过检验后得出的证据。

随着法制的进步，案件的侦破、起诉、审判都离不开物证。而生物检材作为识别度很高、成为物证的可能性高的检材，更被公安部门高度重视。

法医物证学有多重要

在很多侦探小说和电视剧中，一旦有案件发生，警察很快就会到达现场，在现场周围拉上警戒带，这个动作就是为了保护现场，防止现场的物证被无关人等破坏，防止一些和案件无关的人的生物检材误留在现场而给案件侦破带来麻烦。

一些警察会戴着口罩、头套和手套，穿着鞋套进入现场，拿着各种各样的仪器在现场里找来找去。这些就是痕迹检验部门的痕检人员和法医部门的法医，他们进入现场就是为了搜寻可能和案件有关的痕迹检材和生物检材。而穿这么多防护装备，便是为了防止将自己的生物检材不小心留在现场。

那么，这些繁重、复杂、仔细的工作，有多重要呢？

首先，法医物证可以作为侦查部门**寻找尸源**的重要依据。

并不是所有案发现场里的尸体都是身份明确的。相反，有很大一部分的尸体被发现的时候，人们并不知道那是谁。因此，发现尸体后，确认死者的身份，就是警方的一项十分重要的工作了。在没有DNA的年代，这项工作很难进行，尤其是遇到高度腐败，甚至白骨化的尸体，几乎就无法进行。然而有了DNA检验技术，这项工作就方便多了。警方只需要根据法医框定的尸体特征范围，发布寻尸启事，然后通过其生前物品上的 DNA 检验，或者通过其亲人的 DNA 比对，确认尸源。这种确认的准确度非常高，保障了案件下一步办理不会走弯路。

比如，《法医秦明：遗忘者》里有一个故事《不存在的客人》，就是警方发现了一个宾馆的卫生间里有大量的血和清扫的痕迹，却并没有找到尸体。但因为有了 DNA，警方很快就锁定了血的主人的身份，从而破获了一起杀人抛尸案件。

其次，法医物证可以作为侦查人员**排查犯罪嫌疑人**的依据。

有一些案件，因为死者的社会矛盾关系不明显，所以侦查人员一时找不到犯罪嫌疑人。虽然有的时候法医可以通过现场勘查和尸体检验认定是熟人作案，但每个人都会有很多很多熟人，侦查人员从何查起呢？这时候，遗留在现场的法医物证就成了有力的排查依据，侦查人员可以通过 DNA 比对作为摸排①的手段，很快找到真正的凶手。

比如，《法医秦明：第十一根手指》里讲述了这么一个故事：一个物业公司的浴室内，两名妙龄女郎均赤身裸体地死了。可以进入公司的人员有限，真正的凶手就在其中。可是，究竟杀人的凶手是哪一个呢？好在法医在现场发现了关键的生物检材，经过 DNA 检验，就很容易从有限的人员中，排查出犯罪嫌疑人了。

再次，法医物证可以作为**甄别犯罪分子**的重要依据。

---

① 摸排：为侦破案件对一定范围内的人进行逐个摸底调查。

比如之前发生的一起命案,法医通过尸体上的损伤,判断出犯罪分子可能在行凶的时候自己受了伤,而且法医还在现场找到了一处疑似犯罪分子留下的血迹。通过 DNA 检验,检出了一个和死者不符的 DNA 图谱,那么,这一处血迹,应该是犯罪分子留在现场的。

死者生前曾经和两个人有仇,这两个人都有作案动机和作案时间。那么,到底是谁杀了死者呢?因为凶手有 DNA 遗留在现场,这一难以判断的难题迎刃而解。只需对两人的血样进行检验,再和现场的血迹 DNA 进行比对,很容易就甄别出谁才是真正的凶手。

最后,也是最重要的,法医物证可以作为**呈堂证供**。

现代刑法原则之一有"疑罪从无",也就是说,整个破案的过程,如果有不能解释的疑点,即便警察明知小 A 是凶手,法官也不会认定小 A 有罪。这对警察提取物证就有了非常严格的要求。警察不仅要善于在现场发现物证,而且要在发现、提取、保存、送检等众多环节中,程序合法。在法庭审判的关键时刻,法医物证就像是一把利刃,让狡猾的犯罪分子无处遁形。

几年前,某县小 B 把自己的女朋友杀死后逃逸。通过法医和侦查人员的侦破,很快发现了小 B 有重大作案嫌疑。小 B 被抓获归案后,很快交代了自己的罪行。但是在法庭审理本案的时候,小 B 突然翻供,说自己之前的供述都是警察刑讯逼供得来的,其实他不是杀人凶手。在这个关键时刻,法医拿出了一个关键的法医物证。这是一件在小 B 家里搜查出来的小 B 曾经穿的衣服,这件衣服虽然经过了洗涤，但是法医仍在衣服上找到了几处可疑斑迹。这些斑迹经过检验，确证为血迹，而且是小 B 女朋友的血迹。有了这一个有力的证据，小 B 无法抵赖自己的罪行，只有乖乖服法了。

法医常规物证检验：传统时代的检验手段

法医物证学在很早就已经开展了，但是在 20 世纪 90 年代之前，因为科学技术发展所限，法医物证学仅限于常规物证的手段。而且，那个时候的法医物证作用不大，很多时候只能作为排除犯罪嫌疑人的依据，却不能作为认定凶手的利剑。这是为什么呢？

我们要先了解什么是常规物证。常规物证研究的对象主要是体液，比如血液、唾液、精液等。研究的内容主要有以下几个方面。

1. 预试验

法医在现场靠肉眼，或借助一些特殊的光源发现了一些可疑的斑迹。

这些斑迹是液体落在现场载体上，才遗留下的斑迹，在法医进入现场勘查之前就存在了，那么这些斑迹是否和凶案有关，就需要法医进行验证。比如我们在影视剧上看到法医拿着一个类似于手电筒的仪器在现场到处照射，脸上还戴着一副蓝色的眼镜。其实这就是利用多波段光源来寻找生物检材。有些波段的光源，可以让生物检材发出特有的蓝色光芒，从而被法医发现。

法医在发现这些斑迹后，首先要做的事情，就是确定这些斑迹是什么。这就叫作预试验。预试验有血迹预试验、精斑预试验等。

比如血迹预试验，之前法医用一种叫作联苯胺的试剂来进行。因为联苯胺是强致癌物质，所以现在用四甲基联苯胺来代替。法医把可疑斑迹的一小部分用滤纸擦拭后，把四甲基联苯胺滴落在滤纸上。如果依旧无色，则不是血迹，如果呈现出蓝绿色，则可以判断这可疑斑迹就是血迹。

再比如精斑预试验。精斑里含有一种特殊的物质，叫作酸性磷酸酶。酸性磷酸酶可分解磷酸苯二钠，产生萘酚，后者经铁氰化钾作用与氨基安替比林结合，产生红色醌类化合物。所以法医就用这个原理研制出一种试纸条，可以很轻松地判断可疑斑迹是不是精斑。

有的时候，预试验可以直接对案件侦破工作发挥出重要作用。

【案例】一个女子在自己家中被杀死，她的大门钥匙掉落在大门口，而她在自己的卧室中死亡。一般人看过现场后，都会认为这是一起尾随被害人到家门口，在被害人掏钥匙开门的时候，突然袭击被害人，把被害人推进卧室里杀死的案件。而法医没有轻易随大流，他们发现整齐地放在大门口的一双男式拖鞋上有可疑斑迹，经过血液预试验，断定这是血迹。既然被害人在卧室里被杀流血，门口的拖鞋怎么会沾得到血迹呢？说明这双拖鞋在被害人流血死亡后到过卧室，很可能是凶手穿着拖鞋进入卧室杀人，又出来把鞋子放在了门口。那么，一个尾随而来突然袭击的凶手会换拖鞋进去杀人吗？肯定不可能。说明这是熟人作案后，伪装成尾随杀人的现场。案件破获后，凶手果真就是死者的奸夫，他杀人后伪装了一个尾随杀人的现场。

2. 种属试验（确证试验）

在断定现场遗留的可疑斑迹是血迹、唾液斑或精斑后，下一步就要进行种属试验，其目的是确定这些斑迹是不是人留下的。

如果现场发现的血迹是鸡血，法医还把它当成宝贝一样，岂不是贻笑大方？

种属试验也有很多种办法，比如血迹的种属试验就有沉淀反应、琼脂扩散试验、对流电泳试验、抗人球蛋白消耗试验、纤维蛋白板试验等众多方法。

3. 血型检验

在 20 世纪 90 年代之前，法医没有太多的法医物证学检验手段，唯有一些医学所用的办法，比如血型检验。

血型是以血液抗原形式表现出来的一种遗传性状，分为 ABO 三种，也有特殊的。大家都知道，我们的血型主要分为 A 型、B 型、O 型和 AB 型。法医用医生们化验血型的办法确定现场的生物检材是哪种血型的，可以用于排除犯罪嫌疑人。

比如在小 C 被杀的案件现场，提取到了一处可疑的血迹。小 C 是 A 型血，而这一处血迹是 O 型血，说明这一处血迹不是小 C

的，很有可能是凶手留下的。而小 C 生前有好几个仇人，都有可能杀了小 C。经过检验，这些仇人除了小 D，其他人的血型都不是 O 型的，那么其他人都可以排除作案嫌疑。可是世界上有很多很多 O 型血的人，所以在现场发现了 O 型血迹，也不能判断小 D 就是作案凶手，只是不能排除他的作案嫌疑罢了。

除了 ABO 血型，还有很多种血型系统。比如 Rh 系统、MN 系统、HLA 系统等。再拿上面的案例举例。如果小 D 所有的血型系统都和现场遗留的血迹一致，那么他的嫌疑就会上升，但依然不能认定，只能作为法庭上的一个参考证据。

4. 分泌型与非分泌型

有些人的汗液、唾液等体液中会分泌出血型物质，这样法医也可以用上述的办法来进行血型检测，这种人是分泌型体质。但也有些人是非分泌型体质，非分泌型体质的人大约占 20%。非分泌型体质的人意味着其唾液、汗液、精液等各种分泌液体中不分泌血液型物质，换句话说，我们无法从他的唾液、汗液、精液样本中判断其血型。不过非分泌型本身就是一个特征，可以作为排除嫌疑人的依据。

综合上述，我们可以看到，在 21 世纪之前，DNA 技术还没有普及的情况下，法医仅仅靠常规物证检验是很难达到"准确锁定犯罪嫌疑人""同一认定"的效果的。法医可以通过一些体液来做出其主人的血型，但不能确保一定可以做出来；法医即便是做出了血型，在发现犯罪嫌疑人后，也只能排除，而不能认定，不能作为甄别犯罪的利器。

法医 DNA 检验：新时代的"检验之王"

随着 DNA 检验技术的发展，法医物证学从 20 世纪 90 年代引入中国以来，得到了飞速发展。现在，DNA 检验已经成为警察破案过程中最为锋利的一种武器。

大家都知道全世界很难找到两个指纹一样的人。同样，全世界也很难找得到两个 DNA 一样的人，除了同卵双生的双胞胎[①]。当然，即便出现了同卵双生的双胞胎都有作案嫌疑的问题，这也难不倒警方。因为物证不仅仅有法医物证，还有其他的物证，比如指纹证据、视频证据、调查证据，等等。即便是同卵双生的双胞胎，他们的指纹也是不同的。只要在现场发现了指纹，一样可以轻易地把犯罪分子揪出来。

所以，法医在现场提取到任何生物检材，都可以进行 DNA 检验，确定这些生物检材是属于谁的，从而快速破案。DNA 检验已经突破了原来只能检验体液等生物检材的瓶颈。体液、组织、器官、带有毛囊的毛发、骨骼甚至牙齿都可以检验出 DNA 基因型。

因为 DNA 检验检出面广，极微量都可以检出，而且具有极

---

① 同卵双生的双胞胎：即同卵双胞胎，也称作单卵双胞胎，因为是由一个受精卵分裂为相同的两部分，共用一个胎盘，所以他们的遗传性状甚至发育和生长都相同。而异卵双胞胎则是由不同的受精卵发育而来，卵子和精子都不同，所以 DNA 也就不同了。

强的认定能力,所以它成了法医物证最主要的内容,也给公安部门打击犯罪提供了一种特别有力的技术手段。除了在现场仍需要对可疑血迹进行预试验和种属试验、在解剖的时候需要对死者阴道擦拭物进行精斑预试验,其余在实验室内进行的常规物证工作,几乎都被 DNA 检验技术所取代。

DNA 检验手段的主要步骤是这样的:提取到现场检材后,法医会对检材进行一个处理,把含有人体 DNA 的微量检材浸泡在液体里。然后,经过 PCR 扩增技术把微量的检材片段放大。

大家都知道,DNA 是一个双螺旋结构。PCR 的原理是用多种酶作用于双链 DNA,把它变性解旋成单链,然后在 DNA 聚合酶的参与下,根据碱基互补配对原则复制成同样的两分子拷贝。也就是说,一个双链的 DNA 被拆成两个单链,然后在一些试剂的帮助下,两条单链分子拷贝后变成两条双链。这样,一条 DNA 就变成了两条。以此类推,DNA 呈几何数字增长。DNA 就顺利被扩增了。

扩增后,经过一系列的检验手段,可以得出一个 DNA 图谱,这个图谱具有极高的特异性,可以作为认定犯罪分子的重要物证。

几乎每个人的 DNA 都不一样,同样,人和动物的 DNA 也不一样。那么,从前的那些作用没有 DNA 大的种属试验、血型试验等,都被 DNA 检验所取代。现在几乎没有法医会再去做上述试验了。

但是预试验被保留了下来。因为除了前文所述,预试验有时候可以直接对案件侦破发挥作用,还有一些 DNA 检验所不能代替的作用。比如,现场有很多酱油色的斑迹,这些斑迹有的是滴落的酱油留下的，有的是可乐留下的，也可能有血迹掺杂其中。如果把那么多斑迹一一带回去进行DNA检验，就会贻误战机。有了方便快捷的预试验，法医就可以迅速在这些斑迹中找到血迹，再送去进行DNA检验，这样就能大大提高工作效率。而且，在很多现场中，一些潜血痕迹是无法用肉眼观察到的。法医用预试验来找到这些潜血的存在，提取进行DNA检验，大大提高现场发现物证的概率。

有很多读者关心DNA检验到底需要多长时间才能得出结果，其实这个时间是不确定的。因为DNA检验之前，有一个检材处理的环节，不同的检材，这个环节的用时是不一样的。比如血迹的前期处理过程就很短，而骨骼要进行DNA检验，则需要敲碎、打磨、浸泡等很多工序，所需的时间也就长了很多。如果是血液等容易处理的检材，法医最快可以在3~5个小时得出DNA检验结果哦。

还有一些看似生物学得很好的读者提问，大家都知道DNA存在于细胞核中，可是血红细胞是没有细胞核的，那么为什么血液反而是容易检验的DNA检材呢？不应该是血液无法检出DNA吗？老秦要说了，这位读者！你是听谁说血液里只有血红细胞的？其实血红细胞只是血液里主要的细胞成分，和血红细胞是好邻居的白细胞会表示不服的："你当我不存在吗？我有细胞核的好不好！"

还有些读者问，你们知道骨头做DNA比较难，为啥还要提取骨头，而不提取血液呢？老秦一脸黑线。这位读者朋友！难道你不知道尸体腐败到最后只会剩下一堆白骨吗？

法医物证学能解决所有问题吗

很多读者问了,既然法医物证学如此犀利,你们法医干吗还要研究其他的法医类学科?学好法医物证学不就 OK 了吗?

其实不是这样。命案现场是具有复杂性的,法医物证学不可能解决所有问题。

其一,法医物证学只是一门检验类科学,可以把到手的检材变成有力的物证。但是这些到手的检材可不是那么容易得来的。

有一个案例是这样的,凶手杀死 6 人后逃亡,现场到处都是血,怎么找到凶手的血呢?法医在对现场进行勘查后发现了一处特征性血迹。这处血迹是一个血手套印,也就是凶手戴着手套黏附了死者的血后留下的。这一处血手套印的指端有一个喷溅状的血迹。这里有喷溅状的血迹只有一种可能解释,就是手套受压后,血迹从手套内沿着手套存在的破口喷溅出来。既然是手套内的血,那么肯定是犯罪分子的血。经过提取,果真和其他死者的 DNA 不符,是犯罪分子的 DNA。

所以,法医物证学发挥作用的基础,是法医现场勘查学充分发挥作用。

其二,法医物证不能划定侦查范围。

虽然法医提取到了凶手的 DNA,但是全世界有几十亿人,谁才是凶手?总不能把几十亿人的血都提取过来比对吧?想要迅速找到侦查范围,法医物证学就不能发挥作用了。这个只有法医通过尸体检验、现场勘查，结合侦查人员的调查结果综合判断。判断的内容主要围绕案件性质和犯罪分子可能具备的条件，推理出案件性质和犯罪分子的特征了，再进行侦查范围的划定。

比如法医和侦查人员推理出犯罪分子是死者的熟人，且是未成年人。那么只需要调查死者的那些未成年熟人就可以了。这样就把几十亿人的范围一下缩小到几十个人，大大提高了破案效率。

其三，法医物证学只是单独的物证。我们知道，要认定一个人有罪，必须要有一个完整的证据链支持。仅仅依靠法医物证学是不可能完成整个证据链的。从凶手为何作案开始，到凶手如何作案，作了什么案，引发了什么后果，作案后他又做了什么。这一切，警察都必须调查清楚，综合侦查人员、痕迹检验人员、法医和其他警种的工作，才可以形成一个完整的证据链，这样才可以在法庭上让凶手无法狡辩。

比如老秦曾经办过一起案件，一个凶手在潜入受害人家里后，企图对受害人实施强奸。他遭遇受害人激烈反抗后，随手拿起一个花瓶将受害人打击致死，最后强奸未遂而逃离现场。警方在对现场勘查的时候，确定死者的损伤是现场的花瓶所致，对花瓶进行了 DNA 检验后，发现了嫌疑人的 DNA 基因型。在嫌疑人到案后，对自己的犯罪行为供认不讳，警方认为自己证据确凿了。未承想，在律师阅卷、会见嫌疑人之后，嫌疑人突然改口翻供，称自己只是到过受害人的家里，摸了摸她家的花瓶罢了，并没有杀人，之前的招供是警方刑讯逼供的。如果不进行接下来的侦查工作，不完善证据链，法庭肯定会判这名嫌疑人"疑罪从无",这个案子就会变成悬案。好在警方并没有完全指望DNA这一项证据,而是完善了嫌疑人进出现场附近的监控视频、在现场找到了嫌疑人的血足迹、调查到了嫌疑人曾调戏死者且案发当天有作案时间等诸多证据。在一整套完整证据链之下,嫌疑人最终还是低下了他罪恶的头颅。

所以,法医物证学确实很重要,但绝对不是警察唯一的办案方法,我们还有很多的办法去侦破命案。为了真相,每个警种都在发挥着作用,都在精密配合,让犯罪分子无处遁形。

| 第七章 |

行为心理分析学：犯罪分子的画像

行为心理分析学这个领域，我国起步得比较晚。在美国，有个机构叫作 BAU（Behavioural Analysis Unit），为 FBI 行为分析部，过去叫 BSU 行为科学部。

行为分析部的任务，是针对案情复杂或犯罪嫌疑人心理较为敏感的案件，根据对犯罪嫌疑人行为的调查，基于对案件的经验、研究来对破案提供行为分析和犯罪分子的刻画。行为分析部分析的对象，通常涉及暴力行为和暴力威胁，包含了危害儿童犯罪，危害成人犯罪，以及威胁、腐败、爆炸和纵火等类型的案件。

在我国，我们认为行为心理分析是一项基于经验才可以从容使用的技能，只可意会而不可言传。所以在命案侦破过程中，勘查人员会时不时地进行运用。比如对犯罪分子的刻画分析，里面就有一些内容是通过行为心理分析来得出的。但是，一直都没有人对这门学科进行理论性总结，各地勘查人员对行为心理的分析，多是经师父点拨、自己总结，才会在案件侦查中发挥作用。

近年来，公安机关法医的学术带头人、公安部刑侦专家闵建雄老师开始总结行为心理分析的相关经验，并且试着理论化，编撰了一本名为《命案现场行为分析概论》的书籍。有了这本书，全国公安机关法医在这一领域将会有突破性进展。

闵老师认为，法医作为参与现场勘查、尸体检验的警种，掌握了命案现场中最多的信息量。尤其是因为法医对尸体情况有最全面的了解，所以法医最应该在行为心理分析领域有所建树。于是，老秦也把这一全新领域的内容介绍给大家。

犯罪过程中，有很多种行为，不同的行为反映出凶手不同的心理特征，而这些心理特征，也给侦查人员提供了侦查方向。林林总总的犯罪行为，若是想完全概括出来，确实不易；而要通过现场情况、尸体损伤来识别凶手的行为究竟属于哪一种行为，更是难上加难。尤其是有一些行为，造成的损伤很相近，这就需要法医明察秋毫了。

究竟如何来判断犯罪行为，老秦也还在学习当中，在自认为学成之前，老秦没法给大家系统解说。这篇的主要内容，老秦会用一些小案例来阐述几种常见的犯罪行为以及行为分析给整案侦破带来的重要作用。各种行为的名称，均来源于闵建雄老师的总结。

1. 约束行为

在很多案例中，都会有这种行为的出现。有的是凶手按压被害人四肢，也有的是用绳索进行捆绑。

一个老人晚上在家门口的板车上边睡觉边看守粮食，被人杀死。经过法医检验，发现死者是被人用锤子打击头顶部导致颅脑损伤而死亡；同时，法医发现死者的双肘部都有皮下出血，后背有挤压形成的肌肉内出血。这说明凶手同时按压住死者双手，并且压在死者的身上对死者进行约束，同时用锤子打击死者头部。那么这个动作是不能一个人完成的，说明作案人数至少有两个人。

2. 威逼行为

一名男子在家中被人捅刺 20 多刀而死亡。法医对现场进行勘查的时候，发现死者家里非常整洁，并没有被翻动的痕迹，一开始整个专案组都认为死者是被人寻仇刺死，调查的目标主要集中在那些和死者有仇的人。但是法医在进行尸表检验的时候，发现死者的颈部有几条平行的浅表划痕，法医认为这是凶手用刀抵住死者颈部，对其威逼时候留下的损伤，所以凶手存在威逼行为。

如果是寻仇，没必要实施威逼行为，所以法医认为这是一起侵财案件，凶手威逼死者的目的就是让其说出藏匿钱财的位置。案件性质更改为侵财杀人后，专案组及时调整侦查方向，于是很快破了案。

3. 发泄行为和欲望行为

很多残忍的命案现场，都可以发现发泄行为和欲望行为，这些行为可以直接提示凶手的心理状态。

一个美丽的女人被人杀死，没有遭受性侵，主要的损伤都集中在面部。凶手的反复砍击，导致死者的容貌完全损毁。这种发泄行为，提示了凶手是对死者的面容产生了仇恨，所以才会反复砍击她的面部。经过对具备这种心理特征人的调查，最终发现凶手是死者的闺密，因为闺密的男友总是会夸赞死者，所以闺密因妒成恨，于是杀人、毁容。

4. 加固行为

在有的命案现场中，凶手为了确定死者一定会死亡，会有一些加固的行为。比如在勒死的死者脖子上多系一条绳索然后将死者吊起来，或者在已经死亡的尸体上多扎两刀。

一个公司老板被人杀死在公司里，法医在对尸体进行检验的时候，确定死者是被钝器打击头部，颅脑损伤导致死亡。在死者的额头部位，法医还发现了两处和其他不同的挫裂创。这两处挫裂创颜色发黄，周围没有充血肿胀的迹象，说明这两处损伤没有生活反应，是死后损伤。凶手为什么要在死者已经死亡后，又打击了死者两下呢？

法医认为这是一个加固行为，凶手害怕死者还没有死，一定要确定其死亡。这一行为说明死者应该认识凶手。根据这一推断，侦查员在死者的社交圈中进行了排查，迅速锁定了公司秘书就是这起命案的凶手。

5. 伪装行为

有的凶手在杀死人后，为了转移警方视线，会对现场进行伪装。

前面讲过一个熟人作案后，伪装成尾随杀人的案子：一个女子在家中的卧室里被人杀死，而她的钥匙却掉落在大门口。同时，家中所有家具里的物件都被翻乱。专案组一开始认为这是一起侵财案件，但是法医在对现场进行勘查后，发现死者家门口的一双男式拖鞋上有几滴喷溅状血迹。这说明凶手在行凶的时候，这双拖鞋就在卧室的尸体旁边。那么，哪个劫匪会在抢劫的时候换拖鞋呢？法医判断这是一起存在伪装行为的案件。凶手穿着拖鞋和死者一起进入了卧室，并且在卧室杀了人。杀完人后，凶手故意把现场翻乱，并且把死者的钥匙扔在了大门口，伪装成一个尾随抢劫杀人的现场。破案后，凶手果真是死者的姘夫。

6. 愧疚行为

并不是所有的杀人犯都是穷凶极恶的，有些凶犯在杀人后，会感觉愧疚，并且做出一系列行为，我们称之为愧疚行为。

在一个老太太被杀害的案件现场，法医通过现场勘查后发现，老太太凌乱的衣着被人整理过，而且凶手还用一块手帕盖住了老太太的脸部，老太太尸体的旁边还有一个摔碎的碗（当地的风俗：人死后，要摔一个碗表示对死者的慰藉）。法医认为，这是一个存在愧疚行为的现场，凶手在杀完人后，有明显的愧疚行为。并且以此推断，凶手应该是死者的亲人。破案后证实，杀死老太太的就是她的亲孙子。因为老太太溺爱亲孙子，有求必应，这一次她的孙子因为要钱未果，一怒之下杀死了她。

7. 无意义行为

还有一些现场，会发现凶手有一些无意义的动作。

在一起两人被杀案的现场，法医发现女性死者在死亡后，她的后背部，被人用刀划了数十道浅表的划痕。这一行为是毫无意义的，既不是泄愤也不是加固。法医通过这一行为，认为凶手是一个心智不全的人。破案后证实，凶手果真是死者隔壁邻居家的一个弱智青年。

以上列举的就是法医经常会发现的几种特殊行为，这些行为根据案情的不同，也会推断出不同的结论。当然，这种推断有的时候也会犯错，所以法医必须要找到充分的依据才能展开推理，防止给侦查部门造成误导。

但是不管是什么结论，这种行为心理的分析，是帮助侦查部门破案的一柄利器。相信随着科学的发展和实战经验的累积，法医会更加灵活、准确地运用这门学科，为提高破案率、打击犯罪、保护人民、维护社会稳定做出更大更有效的贡献。

| 第八章 |

法医毒理学：研究人体中毒机理和表现

法医在实际工作中，最常遇见的就是服毒自杀的非自然死亡事件，也经常遇见投毒杀人的案例。另外，在一些意外、灾害事故中，或者在非法行医、环境污染的个案中，也会遇到中毒的事件。而主要研究自杀、他杀为目的和意外、灾害事故引起中毒的一门学科就叫作法医毒理学。

法医毒理学研究的内容，是常见毒物的性状、中毒原因、中毒途径、毒理作用、中毒症状、中毒量和致死量，以及中毒所致的组织病理学变化等。每一种毒物，上述方面的问题不尽相同。

世间有千万种毒物，都会致死吗

之前老秦说过，中毒是常见的死因之一，此外，某些毒物导致的中毒也可以提示案件性质。比如一个死者死于缢死，尸体全身并没有发现约束伤和抵抗伤，那么他是自己上吊导致死亡，还是别人强行将其挂在绳索上缢死的呢？这就需要法医进行一个常规的毒物排除，防止凶手给死者下了安眠药，待其昏睡之际，将其吊死。

可见，排除死者是否中毒的情况的鉴定，在一起案件的侦查以及案件的定性中，尤为重要。

毒物种类繁多，但目前还没有一个完善的分类方法。法医在实战中，常常遇见的毒物主要有：腐蚀性毒物、金属毒物、脑脊髓功能障碍性毒物、呼吸功能障碍性毒物、农药、杀鼠剂、有毒动植物和细菌、真菌性毒素。

毒物可以通过多种途径进入人体，比如经消化道吸收、经呼吸道吸收、经皮肤黏膜吸收或经注射入血液吸收。每种毒物是如何被机体吸收的，要根据具体的现场和尸检情况来判断，有的时候也需要根据具体毒物的性质来决定。比如蛇毒，如果人体的消化道内没有溃疡或破损，那么即便是喝入人体，也不会被吸收。**也许我们会联想到电视剧里，有人会用嘴去把蛇毒给吸出来却不会中毒，但这样做有一定的风险，请大家千万别学，因为一旦救人者口腔和消化道有破溃，那他也会中毒。**

毒物进入人体之后，根据其性质不同，对人体造成的损害也不同。最常见的损害是细胞损伤。毒物可以作用于全身各种器官和组织，导致细胞代谢的异常或停止，最终细胞坏死，直接导致组织器官功能丧失，从而使机体死亡。其次，还有炎症反应、血液循环障碍因素等。最后，特别值得注意的是一些慢性毒药，可以导致癌症及细胞突变和畸形。

那么，究竟有多少毒物才能致人死亡呢？这就涉及中毒量和致死量的问题了。

凡能使机体发生中毒症状的最小剂量叫作中毒量；凡能导致机体死亡的最小剂量叫作致死量。每种毒物的致死量是不同的，因为个体差异的存在，所以致死量的毒物也并不一定能导致机体死亡。比如某种毒物的致死量是 1 克，那么并不是说明所有的人服用了 1 克该毒物都会死亡。

但是法医检验尸体时，如果可以排除损伤、窒息和疾病，体内毒物已经达到了该毒物的致死量，法医就可以下达死者死于该种毒物中毒的结论。

中毒后会出现哪些尸体现象

每一类毒物导致人体死亡，都会出现不尽相同的尸体现象。法医在利用尸体现象初步判断中毒的案件中，首先需要侦查员对死者的死亡过程进行全面的调查，再结合尸检情况，为毒物化验人员指明化验方向。

比如，法医在尸体检验中，发现尸体的瞳孔缩小成针尖状，肺脏有明显水肿，胃内容物可以嗅见农药味。现场勘查时，发现死者身边有呕吐物。同时，侦查部门调查得知，死者在喝了一瓶不明液体后，立即出现了抽搐、昏迷的症状，并且迅速死亡。根据这些，法医应该考虑死者死于有机磷类农药中毒。

再比如，法医在对尸体进行检验时，发现死者指甲青紫，仿佛有窒息征象，血液呈暗褐色流动性，多器官血管扩张，有点状出血。结合调查，死者死亡前，有面部潮红、烦躁不安、头痛、出汗等症状，法医则会分析认为死者系呼吸功能障碍性毒物——亚硝酸盐导致的中毒。

当然，法医不能仅靠尸体现象来判断，法医组织病理学也可以帮助法医明确死者内脏器官的损害状况，从而判断死者可能死于何种毒物中毒。

所以,在疑似中毒案件的办理中,要求法医不仅仅要对每一种毒物的特殊病理现象了如指掌,还必须要全面掌握死者死亡前状态的调查情况以及死者死亡过程的调查情况。另外,法医对该类案件的现场勘查工作也必须认真细致,比如下面这个案例。

> 【案例】某女子和丈夫吵架后,在娘家服农药自杀。死者家属对死因不服,认为是其丈夫将其杀死。法医在现场勘查的时候,发现死者身边有一个农药瓶,从该农药瓶上只提取到了她自己的指纹。另外,在现场发现了一个存放农药的柜子,而这瓶农药就是从柜子里取出来的。据调查,死者丈夫并不知道存放农药的柜子所在,加之农药瓶上只有死者的痕迹物证,说明这是一起自杀案件。

说到这里,就有读者要问:法医如何确认死者是自己服农药自杀的,还是被别人灌服的呢?

其实这个问题很简单。如果要让一个清醒的人喝下毒药,那么必须要对其进行约束,防止其抵抗,这样就会在尸体上留下抵抗伤和约束伤。如果强行把毒药灌进死者的嘴里,死者的口腔黏膜势必会因为反抗而出现损伤。药物进入口腔后,不会顺畅地进入消化道,而会有部分灌入呼吸道,这样就会引起死者的剧烈呛咳,而在气管、口鼻腔里形成大量泡沫。如果是让一个昏迷的人喝下毒药就更难了,失去了意识的人,很难有吞咽动作,同样也会引起剧烈的呛咳。而且，让一个人昏迷，必须要用到另一种致昏迷的毒药（也可以检验出来），或者打击其头部（可以发现损伤）。

但如果骗服无色无味的毒药杀人的话，法医则不能在尸体检验方面予以区分了，必须结合现场勘查以及对死者生前状况的调查来进行判断。

法医是怎么出勘中毒案件现场的

说到法医工作环境的艰苦时，曾经有一个例子：无论现场多血腥或者尸体有多臭，法医都不能戴口罩来遮挡异味，因为法医要从尸体散发出的气味中，分辨死者是否死于中毒。

随着科技的发展，公安机关已经掌握了很多种毒物化验的方法，也拥有很多可以检出毒物的先进仪器。所以现在的法医，已经告别了"狗鼻子"的时代，不用再去靠嗅觉判断死者是否死于中毒了。

化验部门虽能检出毒物，但必须要有个检测方向。世间有千万种毒物，死者究竟死于哪一种，要检测出来没那么简单。为了给化验部门提供检测方向，法医必须能够通过尸检来初步判断死者是否死于中毒，以及可能是属于哪种毒物中毒。

在法医到达现场后，首先要确认死者是否已经死亡，如果没有死亡，必须采取相应的急救措施。如果死者已经死亡，首先应该对尸体的位置、姿态以及衣着进行全面检验。其次，对尸体周围可能存在的药瓶、药水、药粉、呕吐物或排泄物要做到第一时间收集。因为这些物件上可能保存有对案件侦破有关键作用的痕迹物证。再次，如果是现场封闭，疑似自杀的案件，要注意在现场收集遗书、信件、日记等物件，并且要对周围可能存在的毒物来源进行查找。

法医在常规尸检的过程中，都会常规采取尸体的心血、胃内容和部分肝脏，为的就是对死者有无中毒进行常规排查，所以法医毒理学所涉及的内容是法医学分析的一个必须考虑的内容，十分重要。

| 第九章 |

法医临床学：检验活人的工作

公安法医除了承担命案现场勘查和尸体检验任务，还有很多其他的工作任务。比如，我现在要说的法医临床学。

法医临床学就是法医研究伤害案件的法医学分支，顾名思义，这门科学就是法医解决一些纠纷、伤害案件中伤者的损伤程度的问题。法官们也可以依据法医鉴定的伤情定罪量刑。

因此，法医临床学也决定了法医不仅要和尸体打交道，也会检验伤者。

重伤、轻伤和轻微伤

我国对伤害案件中伤者的伤害程度有"重伤、轻伤、轻微伤"之分，不同的伤害程度结果，决定了这起伤害案件是刑事案件还是治安案件，这些结果分类也决定了法庭的量刑；在一些交通事故等民事案件中，伤者的残疾程度也有"Ⅰ"至"Ⅹ"级之分，这决定了肇事方的赔偿金额。

法医会依据国家颁布的标准，对伤者的损伤程度和伤残程度进行评定，评定的结果是法庭审案的决定性依据。随着司法鉴定的改革进程加快，涉及民事纠纷的"伤残鉴定"已经不再由公安机关法医受理了，所以，公安法医目前涉足法医临床学，主要是进行"伤情鉴定"。

伤情鉴定决定了案件性质：

伤者鉴定为重伤的，立为刑事案件，需要追究行为人刑事责任；

伤者鉴定为轻伤的，可立为刑事案件，追究行为人刑事责任，也可通过调解而化解矛盾；

伤者鉴定为轻微伤的，为治安案件，需对行为人进行治安处罚。

但伤情鉴定是法医工作中最没有技术含量的一项工作。在2014年1月1日以前，我国实施的伤情鉴定标准是《人体轻微伤的鉴定》《人体轻伤鉴定标准（试行）》（以下简称轻标）和《人体重伤鉴定标准》；而在2014年1月1日以后，最高人民法院、最高人民检察院、公安部、司法部、安全部联合发布公告，废止了实施二十多年的伤情鉴定标准，而采用新颁布的《人体损伤程度鉴定标准》来作为伤情鉴定的评定依据。新标准则将人体损伤程度分为重伤一级、重伤二级、轻伤一级、轻伤二级和轻微伤五个档次。很多案件只需要简单参照标准规定就可以进行鉴定了。

【案例】王某和李某是居住在一栋楼里的邻居，因为楼上的王某丢弃了一根烟头到楼下李某院中，他俩发生了口角，继而发生厮打。李某拿起家中的烟灰缸一下砸到了王某的脸上，王某顿时鼻子鲜血直流，鼻部肿胀。110民警到达现场后，将王某送往医院就诊，医院诊断的报告是：鼻骨粉碎性骨折。王某在医院就诊结束后，到公安机关法医门诊进行鉴定。

如果此事发生在2014年1月1日之前，则法医依据轻标第十条（一）款："鼻骨粉碎性骨折，或者鼻骨线形骨折伴有明显移位的"鉴定王某的损伤程度构成轻伤。如果此事发生在2014年1月1日之后，则法医依据《人体损伤程度鉴定标准》第5.2.4条第o）款："鼻骨粉碎性骨折"鉴定王某的损伤程度构成轻伤二级。

这个案件看起来非常简单，法医只需要简单阅片就可以准确判断出伤者的伤情，并出具《法医学人体损伤程度鉴定书》。这种鉴定书和法医同样经常出具的《法医学尸体检验鉴定书》很类似，在《如何书写法医报告》一章中可以看到。

其实法医临床学远不止这么简单，不然鉴定工作只要是个能看得懂病历的人就可以进行了。法医也需要在伤情检验中，充分掌握病历材料和伤者伤情，防止少数案件当事人用一些非法的手段，骗取到轻伤或重伤的鉴定意见；或者是因为法医的疏忽，让鉴定结论无形中超出了实际伤情。

伤情鉴定里的"陷阱"

为了保证人体损伤程度鉴定的客观和公正，法医通常要严格按照以下工作流程来进行鉴定。

1. 法医在接到伤情鉴定后的第一件事情，就是要查清楚目前伤者的损伤和纠纷外伤的因果关系。

先看一个案例。赵某和肖某因为一次交通险情，互相指责是对方的责任，因此在交通警察到达之前发生了厮打。当交通警察到达现场的时候，发现赵某瘫倒在地上，右腿畸形了。

这起伤情鉴定送到法医门诊的时候，法医通过阅片发现，赵某的股骨（大腿的骨头）发生了骨折，并且有明显移位和成角畸形。按照《人体损伤程度鉴定标准》，长骨骨折构成轻伤二级，如果愈后效果不好，影响腿部功能，还有可能构成重伤。

但是，法医发现赵某的下肢关节处有一个巨大的骨肉瘤，而正是因为这个肿瘤，赵某的骨骼变得比正常人要脆得多，这种骨折应该是一种"病理性骨折"。

结合调查，肖某并没有对赵某的腿部进行殴打，所以赵某的腿部骨折和纠纷并没有直接的因果关系，而是和疾病有直接的因果关系，这样的伤情就不能鉴定了。

再看另一个例子。

周某在晚上吃大排档的时候，被邻桌的小混混打伤，到医院诊断为腰椎压缩性骨折。周某上网查阅伤情鉴定标准后发现腰椎骨折可以构成轻伤，遂提出伤情鉴定申请。法医在审阅周某的CT片后，认定周某的腰椎骨折是陈旧性骨折，骨折愈合历史应该有5年以上了。本案的损伤和纠纷也就没有了直接的因果关系，这样的伤情同样不能进行鉴定。

2. 法医在认定某一种伤情的鉴定结论之前，必须要**确证伤者存在病理基础**。

方某在一次群殴中，被人用砍刀砍伤了背部，当时就立马送往医院救治。医院的病历记载其血压很低,达到了失血性休克的诊断标准,但是医生在清创缝合记录里,明确写到失血300毫升,清创过程中未发现大血管破裂征象。

失血性休克可以鉴定为轻伤,严重者可以鉴定为重伤。但是失血性休克必须有大血管破裂、大量失血这个病理基础,通俗地说就是没有损失足够多的血液,人体是不会休克的。

方某没有伤到大血管,只流失了300毫升血液,肯定是不会休克的,因为我们知道,很多人无偿献血400毫升都没有异常反应。所以这个案子因为没有病理基础,而不能用失血性休克进行鉴定,只能用其身体上的创口长度比照相应标准进行鉴定。经查,方某和出诊医生是朋友,医生为了写重方某的伤情,而在病历里故意写低方某的血压,下达了失血性休克的诊断。

3. 法医必须独具慧眼,**识破诈伤和造作伤**。

因为轻伤可以调解,所以一份法医学伤情鉴定书可能就决定了当事人是否可以获得大额赔偿。很多不法分子就会因为这一点,诈伤或者制造造作伤来骗取伤情鉴定结论。

诈伤和造作伤的定义不同,我们来分别讲述。

丁某在被他人殴打了头面部以后,到法医门诊称自己的视力严重下降。视力或听力下降到一定程度可以构成轻伤,下降严重可以构成重伤。但是视力和听力只有当事人自己才知道,若他自己说看不见,怎么辨别他说的是真话还是假话呢?如果他说的是假话,那这种情况就被称为诈伤。

为了解决这些当事人可以主观控制结果的伤情鉴定问题,法医也有很多办法。法医对丁某进行了"伪盲试验"[1]，确定了丁某视力正常，从而对其"伤情"不予认定。法医可以通过一些人工的试验法（比如伪盲试验）和一些先进仪器的检测（VEP、ABR）发现伤者是否存在诈伤的情况，从而保证法医学伤情鉴定的客观公正。

造作伤就是指伤者在纠纷后，自己制作假伤，从而嫁祸给对方当事人的手段。这种手段很恶劣，一旦被公安机关掌握证据，就会追究其造伪证的刑事责任。但是在大额赔偿款的诱惑下，造作伤也屡见不鲜。

律师曹某和别人因为欠账还钱的问题发生了纠纷，被对方用扳手砸伤了头，当时鲜血直流。110出警后，让曹某先去医院救治，然后再到派出所接受询问。曹某独自前往医院后，于当天下午来到派出所，接受询问并提出伤情鉴定申请。

法医在检验曹某头部伤情的时候，发现他的头部有一处3厘米长的钝器创口，这一处创口的尾部延伸有一条8厘米长的锐器创口。依据《人体损伤程度鉴定标准》，头部创口或者瘢痕长度累计8.0厘米以上构成轻伤二级。但本案中，一把扳手可以形成一个钝、锐参半的创口吗？一把扳手能在头上打出一条11厘米长的创口吗？显然不行。

所以这一起案件，应该是一起造作伤。

---

[1] 伪盲试验：鉴别某人是否真盲的检查方法有很多种，比如指眼试验。在受检者不注意时，突然用手指指向盲眼，如真盲则无反应，伪装盲者会有瞬目动作的反应。

经查，作为律师的曹某，因熟知伤情鉴定标准，所以他在去医院后，花钱贿赂了医生，让医生用手术刀把他头部原来存在的创口延伸了 8 厘米，达到了轻伤标准。未承想，他的这个小伎俩被法医轻易识破。曹某虽然被人打了，但是他做假伤的行为也触犯了法律，他和接受贿赂的医生都受到了应有的刑事处罚。

总之，法医临床学相比于法医学其他分支，要简单许多，却要承担更大的责任。

伤情鉴定直接关系到纠纷双方当事人的直接利益，很多人由于对法医学知识的不了解或者其他因素，而对法医存有很多误解。如上文所述的周某，5 年前他一次偶然摔跤时导致腰椎骨折，因为没有及时就医就没有发现，所以当法医判定他的腰椎骨折是陈旧性骨折时，他一定会认为法医在包庇。所以，法医也会因此而背负骂名。

看完本节，读者应该更加了解法医临床学的知识了，也会了解一些纠纷当事人猜疑、误解法医的原因。对于网络盛传的谣言，大家以后应该保持头脑清醒，不传谣、不信谣。相信我们的社会，正义总是主流。

| 第十章 |

法医组织病理学：解决死因不明的案件

在前文中，我们说过，法医病理学还有一门分支，叫法医组织病理学。

那么，相对于我们花了大篇幅介绍的法医病理学，什么才是法医组织病理学呢？法医组织病理学是运用临床病理学的技术方法，对死者的组织器官进行镜下检验。

法医组织病理学主要运用于死因不明、伤病关系分析的案件中，有的时候也会在对一些尸体现象、生前死后伤的诊断中发挥作用。

肉眼看不到的疾病，有可能才是真正死因

我们在介绍死因的时候，说过什么是直接死因，什么是间接死因，什么是联合死因，什么是诱因。其实这些概念的意思，就是要研究伤与伤、病与病或者伤与病，究竟哪一个才是导致死亡的最主要的因素。

在很多案件中，死者并没有机械性窒息的征象，也没有致命性的机械性损伤，那么这种死亡，通常是内因（疾病）引起的。但是死者的家属可不这样认为，一般猝死的人，所患的疾病都是潜在性的。也就是说，在死者生前，并不一定表现出来，体检也

可能检不出来，其家属也并不一定知道他患有这种潜在性疾病。那么，法医要证明死者是内在潜在性疾病导致死亡，就一定要拿出证据。这些疾病，通常是不能被肉眼所发现的，那么怎么获取这样的证据呢？法医组织病理学帮助法医解决了这个问题。

比如，一起案件中，双方当事人在简单肢体接触后，有一方突然倒地死亡。显然外伤不足以致死，那么就要通过法医组织病理学对死者的内脏器官进行检验，确定死者的猝死缘于何种疾病，从而界定行为人应负的责任。如果死者是患有潜在性的心脏疾病，那么说明行为人和死者发生纠纷这一行为，诱发了死者潜在的心脏病突然发作，导致死亡。行为人的行为只是死亡的诱因，一般不能按照故意伤害致死定罪，那么根据具体案情的不同，按照过失致人死亡定罪，或者只负民事赔偿责任。

从器官到切片：组织病理学的检验流程

那么，法医组织病理学是怎么开展的呢？显然用法医现场勘查箱里的那点儿玩意，是不可能解决这一高科技问题的。

之前，我们介绍过尸检的程序。如果法医在尸体检验的时候，发现外界因素并不能导致死者死亡，并且通过毒物化验，确定死者并不是死于中毒，那么法医就要决定对尸体进行组织病理学检验。

首先，法医会通过尸检工作，逐个或者整套**取下尸体的内脏器官**，比如：心、肝、脑、肺、肾、脾、胰腺、甲状腺、肾上腺，等等。当然，取下的脏器，如果不妥善处理，不仅会腐败，而且会组织自溶①。所以，法医会立即将取下的内脏放置在一个桶里，桶里装着准备好的福尔马林溶液，这样的工序，会把**组织固定**，防止组织的腐败和自溶。

固定后的组织，会变成灰褐色，质硬。总之，和学校生物实验室里瓶瓶罐罐里泡着的差不多。固定完成后，法医会对器官进行观察，然后在一些常规的部位或者怀疑有问题的部位进行取材。

取材，就是把那些部位切成小块状或者小条状的工序，也是比较辛苦的工作之一。因为组织器官经过福尔马林的浸泡，充满了刺眼冲鼻的味道，而在这种工作环境里，法医还需要仔细认真地发现、辨别可能有异常的组织部位并进行取材。但取材毕竟只取一小部分，所以如果取不到异常部位，那么所有的后续工作都是白费，最后观察检测也不可能发现异常。

取材后，为了防止组织器官细胞死亡后引发的水肿而影响镜下的观察，法医要对取下的检材进行**脱水**。这道工序是把组织器官里的水分都去掉，用的仪器设备是脱水机。

脱水完毕后，法医要进行**包埋**的工序。包埋的工具类似于大家冰箱里用于制作冰块的格子盒，法医将这些格子盒里装满加温融化的石蜡，然后将脱水后的检材放进去，等蜡凝固，检材就被石蜡包埋在里面，就像琥珀一样。做好的蜡块就是一个一个小立方体，人体组织就在立方体的中间。这道工序，是为了方便下一

---

① 组织自溶：指的是人死后体内各脏器由于自身酶的作用，逐渐软化和液化的现象。

步切片。

切片使用的仪器是切片机。切片机对法医很重要，别看它只是个小小的机器，它能把蜡块中的组织切成很薄很薄的片。这些薄片薄到只有一层细胞，为了不让镜下出现多层细胞重叠、有碍观察的情况，必须要达到一定的标准。切下来的薄片，放在**摊片**机里，薄片就会因为水的张力作用而张开，周边的石蜡融化，只剩下一层薄薄的组织。

切片和摊片是技术含量最高的两步工序，如果法医的技术好，则可以一次成功，如果技术不好，则要反复切、摊。当然，取下来的检材有限，也由不得法医不停地去切，所以技术好可以节省检材，以备今后复核检验。

法医这时候会拿着一张载玻片放进摊片机里，小心翼翼地把组织薄片放置在载玻片上，这一步要求组织薄片不能打皱或者重叠。把组织薄片成功地放置在载玻片上以后，法医就要进行最后一步工序——**染色**。

因为未经染色的细胞没法在显微镜下进行观察，所以只有用一些特定的染色方法（常用的方法是 HE 染色），把细胞质和细胞核分别染色了，才能更清楚地观察细胞形态、分辨细胞种类，以及判断细胞是否正常。染色干燥后，在载玻片的中央组织片处，覆盖上一层盖玻片，就可以在显微镜下进行观察了。

之前所有的工序，都是定式，只要学习操练过都可以进行。最难的一步，就是最后的**阅片**。必须具有大量组织病理学知识的法医，才能准确、客观地通过阅片而诊断出死者组织器官的异常情况，从而明确死因。就像是病人之前的挂号、分科、引导工作，都很简单，而最后的诊断则必须要由经验丰富的医生来进行。

有的时候，真相就在这一张张切片中，慢慢呈现。

尸体手上的黑点，差点造成了冤案

当然，法医组织病理学检验的意义，远远不只分辨伤病关系这么简单。我前面也说了，有的时候，法医对损伤的判断，甚至对生前伤、死后伤的分辨也要依靠法医组织病理学来进行。

【案例】某人在接受警方询问的时候，趁警察不注意，突然从窗户一跃而出，高坠死亡。但因为是在警务工作中突然死亡的案例，所以检察院介入了调查。经过检察院法医检验，认为死者确实符合高坠死亡的特征。家属为了索取赔偿，对这一结论并不满意，所以通过私人关系找到了某知名法医。

令人意想不到的是，这名法医仅仅通过尸体照片，就判断死者手上的两个黑点是电流斑，从而妄言死者在生前遭受过警方电棍的电击。这一事件曾经在网络上引起轩然大波，两名民警也冤屈入狱。

为了查清真相，相关部门组织法医专家，对死者手上的黑点进行了法医组织病理学检验。通过检验，确定这两处黑点只是生理特征，并没有电流通过的组织病理学特征，从而用确凿的证据证明了死者生前并没有遭受过刑讯逼供。

这个故事告诉我们,法医组织病理学在很多时候会发挥重要作用。同时,这个故事也教育我们,凡事要以科学说话,要以证据说话,信口雌黄只会被别人用证据来猛扇耳光。

| 第十一章 |

其他有趣的法医学学科

法医学还包含了很多其他的内容，比如法医毒物分析、法医精神病学、法医昆虫学、法医齿科学、法医植物学，等等。

　　研究这些学科的人士，并不是传统意义上跑现场的法医，但是这些学科均属于"大法医"的范畴。

　　如果说跑现场的法医必须是学法医学或者学临床医学专业的话，那么，这些专业学科的研究人员，通常不是学医的人士，而是有着各种不同的专业技能。

　　比如前面介绍过的法医物证学，研究人员以学生物学、遗传学为主，而法医毒物分析则是学化学的居多，法医精神病学则是学精神医学的居多。

　　下面，我们就简单介绍一下其他几门有趣的法医学分支学科。

法医毒物分析：实验室里的法医

　　法医毒物分析和法医毒理学都是研究毒物和毒品的，却有着本质的区别。

　　法医毒理学是由跑现场的法医掌握的，之前我们说过，研究这门学科主要是了解毒物进入人体后会产生的作用，以及在尸体现象上的表现如何，从而给化验人员提供毒物化验的方向。这里的化验人员，就是指法医毒物分析的人员，他们的职责是利用实验室仪器，针对法医从尸体上取回的血液、脏器组织、胃内容物以及从现场上取回的呕吐物、可疑食物等进行实验室检验。最终做出确证性的结论：被检验的检材里是否有毒物？是何种毒物？毒物量有多少？

法医毒物分析专业，则不仅仅服务于刑事案件的办理。

最常见的，是交警在查酒驾的时候，如果有人吹气试验提示是酒驾的话，交警都会带当事人进行抽血检验。其实这也是法医毒物分析的一项工作。被检验人血液中是否有酒精？酒精含量是每百毫升多少毫克？我们知道，如果血液酒精含量大于等于20mg/100ml，就属于饮酒驾驶了；如果大于80mg/100ml，就属于醉酒驾驶，要承担刑事责任。喝酒不开车，开车不喝酒，大家一定要牢记哦。

法医精神病学：影响凶手量刑的学科

很多朋友以为我们耳熟能详的法医精神病鉴定，是由传统意义上跑现场的法医来进行的，其实不然。前面说了，跑现场的法医的工作内容有几项，涉及了几个学科，但是并不包括法医精神病学的鉴定。因为跑现场的法医并不掌握精神病鉴定的技术和方法，也不熟悉精神医学。

目前的情况是，精神病鉴定通常由办案单位委托当地的"精神病鉴定委员会"来进行，这个机构一般都会设置在当地的精神病医院里，医院里有受过专业训练并获得鉴定人资格的医师来兼职进行此类鉴定。也有一些有资质的第三方鉴定机构专门从事精神病鉴定。

精神病鉴定的结果，一般有三种呈现类型：完全刑事责任能力、限制刑事责任能力和无刑事责任能力。鉴定主要是评判犯罪嫌疑人的精神状态如何，在作案的时候，是否存在刑事责任能力。

三种结果会导致法庭量刑的结果完全不同：完全刑事责任能力的人，是需要承担刑事处罚的主体；限制刑事责任能力的人，是从轻或减轻处罚的主体；无刑事责任能力的人，则不追究其刑事责任。假如一个人犯故意杀人罪，如果是完全刑事责任能力，则判处死刑；但如果是限制刑事责任能力的话，可能判的就是无期徒刑；如果是无刑事责任能力，则不需要承担刑事责任。可见一个精神病鉴定结果有多重要。

在很多影视作品中，一些犯罪嫌疑人最终就是依靠精神病鉴定来为自己脱罪的。但我们国家，这个鉴定有严谨的鉴定程序、完善的监督体系和有力的复核程序，所以精神病鉴定并不容易被一些人利用。

法医精神病学和法医精神病鉴定，都有着完善的理论体系和鉴定技术方法，老秦是个外行，就不多说了。不过，老秦在大学的时候学习法医精神病学的时候，我的老师提出了一个观点，虽然不一定是学界公认的观点，但老秦本人是非常赞成的，这里也介绍出来，供大家讨论。

我的老师说过，所有的精神病鉴定，应该有一个前提，就是不存在"社会功利性"。如果存在"社会功利性"的话，办案单位就应该直接否决嫌疑人或律师提出的精神病鉴定申请。

道理很简单：既然嫌疑人作案存在某种目的性，而精神病人作案是不应该存在目的性的，所以从基础上就不符合精神病人的特征，就不应该进行精神病鉴定。

所谓的"社会功利性"就是满足嫌疑人的某种欲望或目的的作案，比如强奸、盗窃、抢劫、寻仇，等等。如果嫌疑人作案是为了达到这些目的，那又凭什么说他没有正常思考的能力呢？

法医齿科学：不起眼的咬痕

据我所知，我国并没有专门研究这个学科的专业人士。只有对此感兴趣的实战法医，或是在高校和研究机构的法医，曾将法医学各分支学科中涉及齿科的理论和技术进行汇总。

其实法医齿科学是从西方流传而来的。最初，在没有DNA检验的年代，法医齿科学经常会发挥出巨大的作用。

很早之前，西方社会对牙齿的保健就十分重视了，而且大多数齿科诊所都有着完善的档案记载，所以一旦发现了身份不明的尸体，从尸体上牙齿的保健情况和既往病史，有时就可以寻找到尸源。比如发现一具尸体镶嵌了一颗义齿（假牙），从义齿的编号，就找到了更换义齿的诊所，并从诊所得到了死者的确切身份。因此，法医齿科学曾经是一门非常重要的法医学分支。

当然，法医齿科学包含的范围很广，即便是寻找尸源、同一认定的作用被DNA检验技术取代后，法医齿科学依旧是法医不可或缺的一门科学。只是在我国，法医齿科学的理论和技术被分解了,然后被归类于法医病理学、法医人类学和法医临床学中。

比如法医齿科学中的"咬痕鉴定",就被归类于法医病理学或法医人类学中。前文故事中,王小美在2号尸体上发现了咬痕,并且分析如果不是隔着衣服咬的,而是在皮肤上留下完整、清晰的齿痕的话,就可以制作牙模,再利用牙模和嫌疑人的牙模进行比对,甚至可以作为定案的证据。这里说的牙模就和口腔诊所里制作的牙模是一种东西,只是口腔诊所的牙模是为了治病,而法医制作的牙模是为了破案。

比如法医齿科学中的"牙齿年龄鉴定",就被归类于法医人类学中。前文也说了,法医可以利用死者的牙齿来进行死者的年龄推断。

比如法医齿科学中的"牙齿的损伤鉴定",就被归类于法医临床学中。通过对伤者牙齿的疾病和外伤情况进行分析,分析其伤病关系,并做出合理的人体损伤程度鉴定。

法医昆虫学:与尸体为伍的它们

法医昆虫学和法医齿科学类似,这两门科学在我国其实也没有专门的研究机构。但是对昆虫和植物的研究,一直贯穿于法医工作之中,只是被分解在我们上述的法医学分支学科之中而已。

如果说记载法医昆虫学最早的巨著,那就是我国的《洗冤集录》了。《洗冤集录》里记载了一个故事:一个人被镰刀杀死,检官用了一个巧计,就是让所有人在自家镰刀上写上自己的名字,然后都上缴到县衙。检官算好了,凶手一定不敢不上缴镰刀,因为那样就不打自招了,所以凶手一定会把镰刀清洗后上缴。虽然镰刀被清洗后,肉眼看不出血迹了,但是苍蝇可以闻得到血腥味。检官把所有的镰刀收缴后,放在广场上,不一会儿,其中一把镰刀上就附着了很多苍蝇。这一把镰刀,就是杀人凶器,而它的主人就是凶手了。

这就是我国古人的智慧,也是全世界最早对法医昆虫学的记载。时至今日,法医依旧会利用昆虫来破案,最为常见的,就是利用蛆虫的长度来推断死者的死亡时间。这在前文死亡时间推断的内容中,已经做过介绍,这里就不再展开了。

法医植物学:植物也能做 DNA

法医植物学是研究与法律相关的植物证据问题的一门交叉学科,其研究主要涉及犯罪现场相关植物的分布、毒品原植物的鉴定以及植物的生长发育和变化规律等。

在 DNA 检验技术发展迅猛的今天,很多农业大学开展了植物 DNA 检验的研究。和人的 DNA 检验鉴定一样,植物 DNA 检验同样可以对植物进行同一认定。

《法医秦明:偷窥者》中的故事《幽灵鬼船》,就是老秦根据一个真实案例改编的,这里面破案的关键,就是法医发现了一片附着在尸体上的树叶,通过对树叶的 DNA 检验,找到了树叶所属树木的位置,并且顺利破案。

如果大家对法医植物学感兴趣的话,老秦给大家推荐一本科普书，是英国法医植物学家帕特里夏·威尔特希尔撰写的《花粉知道谁是凶手》。通过对这本书的阅读，你可以对法医植物学有更深刻的了解。

| 第十二章 |

如何撰写法医报告

读完了前面的章节，相信你已经对法医的知识体系有了一个整体的了解。

办案过程中，法医把所有的检验和分析结果都写进了法医报告里，这些报告到底长什么样子呢？

这一章我简单向大家介绍一下。

法医报告是个模糊的概念，其实它包含了两种鉴定文书：一种是鉴定书，另一种是检验报告。

鉴定书，就是鉴定人利用检验发现的线索和依据，结合自己的专业判断，从而得出的鉴定意见。而检验报告，通常是经过仪器的检测，客观地得出一个确定性的结论。当然，鉴定书绝大多数也都是确定性的结论，但是有主观的成分在内。

而那些不能基本确定的结论，比如死亡时间推断、死者年龄推断、侦查范围划定、犯罪分子刻画等，都不会被法医写入鉴定书，而只是作为现场分析报告（前文所述）在专案会上提出。

法医包含了很多学科，而这些学科都有各自的鉴定书或检验报告。比如跑现场的法医，经过尸体检验后，会出具《法医学尸体检验鉴定书》，这类鉴定书不仅会鉴定死者的死因，有的时候还会鉴定致伤工具和致伤方式；做人体损伤程度鉴定的法医，则会出具《法医学人体损伤程度鉴定书》，结论主要是分析死者的损伤是否为本次外伤形成，构成什么级别；而法医物证专业的法医，就会出具《DNA检验报告》；法医毒物化验的法医，就会出具《法医毒化检验报告》。

检验报告都是仪器检测后得出的客观结论，在这里就不做展开了，这里只和大家简单介绍一下《法医学尸体检验鉴定书》的书写格式。

鉴定书一般是由几个部分组成的，分别是：文头和标题、绪论、检验、论证、鉴定意见和落款。

文头和标题是说明鉴定的机构是哪一所，鉴定书的种类是哪一种，还有就是关键的文号，用以区别每一份鉴定书，易于查找，也符合证据的唯一性要求。文号上，还要加盖鉴定机构的公章。

绪论是要详细说清楚这份鉴定的来龙去脉，被鉴定人的详细状况和案件的基本情况等，分为八个子内容。

检验则是客观阐述法医进行衣着检验、尸表检验、尸体解剖检验及其他辅助检验的结果。

论证则是根据检验的结果，以及结合现场状况等，综合分析死者的死亡原因、致伤工具和致伤方式。

鉴定意见是概括论证部分，得出的最后结论。

落款由鉴定人、授权签字人的职称、签名和鉴定单位公章组成。

说了这么多，你们可能还是对《法医学尸体检验鉴定书》的格式很陌生吧？现在我以凉亭抢劫杀人案为例，书写一份《法医学尸体检验鉴定书》，给大家一个更加直观的印象。

嘉丰市公安局刑事科学技术研究所
Institute of Forensic Science of Jiafeng Public Security Department

法医学尸体检验鉴定书

（嘉）公（法）鉴（尸）字[2014] 112 号

一、绪论

1. 委托单位：嘉丰市公安局海成分局。

2. 送检人：王鹏、张西林。

3. 受理日期：2014 年 4 月 8 日。

4. 案情摘要：据委托单位介绍，2014 年 4 月 8 日 15 时许，在城西凉亭公园附近的池塘内，特警支队蛙人打捞上来一具尸体，后经 DNA 检验，确定死者为石倩倩。

5. 检验对象：石倩倩（编号为 37858566987），女，20 岁，住址：嘉丰市海成区海大路 77 号嘉丰艺术学院音乐系。

6. 鉴定要求：确定死者石倩倩的死亡原因、损伤方式、致伤工具推断。

7. 检验日期：2014 年 4 月 8 日。

8. 检验地点：嘉丰市公安局法医学尸体解剖室。

二、检验

该项检验依据《法医学尸体解剖》（GA/T147-1996）、《法医学尸表检验》（GA/T149-1996）、《机械性窒息尸体检验》（GA/T150-1996）、《机械性损伤尸体检验》（GA/T168-1997）、《中毒尸体检验规范》(GA/T167-1997)。

1. 衣着检验：

尸体上身着白色外套、黑色毛线连衣裙，下身着肉色丝袜，内着红色文胸和内裤。右足着白色高跟鞋，左足赤足。

2. 尸体检验：

（1）尸表检验：

女性尸体，尸身长162厘米，长发，色泽黑。发育正常，体态中等，尸斑浅淡，显于尸体全身各部分，指压褪色，尸僵已形成且强硬。

头面部：双眼角膜混浊，瞳孔等大等圆，直径均为0.5厘米，双眼睑结膜可见多处散在分布出血点。口唇部青紫，唇黏膜未见损伤，舌尖位置正常。口腔可见蕈状泡沫，鼻腔及双侧外耳道未见异常。

颈项部：左侧颈部见一3.5cm×1.0cm刺创，创缘整齐，创壁光滑，创角一钝一锐。余颈、项部皮肤未见明显损伤。

胸腹部：左侧肩部可见一3.5cm×1.0cm刺创，创缘整齐，创壁光滑，创角一钝一锐。右侧肩部可见3.0cm×1.0cm、3.7cm×1.0cm砍创，创缘整齐，深及肌肉。左侧肩部可见一直径约5cm的中空环形、椭圆形皮下出血，出血宽度约0.3cm。

背臀部：背部正中可见2.9cm×1.0cm砍创，创缘整齐，深及肌肉。

四肢部：双手十指指甲甲床呈青紫色，左侧前臂可见5.0cm×1.0cm、3.0cm×1.0cm切割创，创缘整齐，深及皮下；右侧上臂可见一直径约为5cm中空环形、椭圆形皮下出血，出血宽度约 0.3cm。余肢体未见明显损伤。

外生殖器及肛门：未见异常。

（2）解剖检验：

头部：冠状切开头皮，头皮下未见出血，颅骨未见骨折，硬脑膜完整，硬脑膜外、下及蛛网膜下腔未见出血，大脑表面血管正常，脑组织淤血水肿，脑组织未见损伤及出血。颞骨岩部出血。

颈项部：切开颈前皮肤，逐层分离颈部各肌层，颈、项部皮下及浅深肌群除刺创创口附近软组织外，未见出血，舌骨、甲状软骨未见骨折，喉头部、会厌部见少量泥沙和水草，打开气管、食管，均可见泥沙和水草。颈部创口深达深层肌肉，创道长约10cm，可见左侧颈外动脉破裂。

胸腹部：至耻骨联合上作"一"字形切口打开胸腹腔，各脏器位置正常，未见出血。胸骨、肋骨未见骨折。双侧肺脏淤血且膨隆，肺脏表面见肋骨压痕，肺叶间可见溺死斑，双侧胸腔未见异常积液。心包完整，心脏位置大小正常，心尖处可见出血点；腹腔未见异常积液。胃内容量约200毫升，溺液，含有泥沙和水草；胸、腹腔各实质脏器均呈淤血貌。

背部：可见背阔肌片状出血。

脊髓腔：未见异常。

（3）提取检材及处理：

尸体检验中提取死者脑组织、心脏、肺脏、肝脏、肾脏、肾上腺、胰腺、甲状腺、脾、大肠、小肠、阑尾等进行组织病理学检验。

提取死者肺脏、肝脏和肾脏进行硅藻检验；提取死者心血、胃及其内容物、部分肝脏进行常规毒物分析。

提取死者心血、口腔拭子、颈部拭子、双侧乳房拭子、阴道拭子、肛周拭子、双大腿内侧拭子、双手十指指甲进行DNA检验。

提取死者耻骨联合进行年龄推断。

3. 相关检验结果：

（1）组织病理学检验：

肺：淤血水肿。部分肺泡腔内可见异物。

心：淤血。外膜小灶性红细胞聚集。肌层及内膜未见异常。冠状动脉未见异常。传导系统未见异常。

脑、肝、肾、甲状腺、胰腺、肾上腺等组织器官淤血改变。

（2）理化检验结果：

毒化检验未检出乙醇、安眠药、鼠药、有机磷农药等常规毒物成分。

（3）硅藻检验结果：

死者肺脏、肝脏、肾脏内，均检出硅藻，与现场水样内检出的硅藻形态一致。

三、论证

1. 死亡原因：

根据理化检验结果，可排除死者系乙醇、安眠药、鼠药、有机磷农药等常规毒物中毒死亡。

根据组织病理学检验结果，未发现死者有可致命性疾病，故可排除死者系自身疾病而导致死亡。

根据尸体检验所见，死者头部及颅内未见损伤，故可排除死者系机械性损伤致颅脑损伤而死亡。

根据尸体检验所见,死者颈部一处刺创导致颈外动脉破裂,尸斑浅淡,证明死者出现急性大失血的征象。机械性损伤致颈外动脉破裂可以导致死者死亡。

根据尸体检验所见,死者眼睑球结合膜出血点、口唇指甲青紫、心血不凝、颞骨岩部出血、心尖出血点、内脏淤血,以上均为窒息征象。但死者唇黏膜未见损伤,颈、项部皮下及浅深肌群未见出血,舌尖位置正常,舌骨、甲状软骨未见骨折,故可排除捂压口鼻、掐压或勒缢颈部致机械性窒息死亡的可能。

结合死者口鼻腔内可见蕈状泡沫,双肺膨隆,有肋骨压痕,肺叶间可见溺死斑,气管、食管内可见泥沙、水草,胃内有多量溺液及泥沙水草,以及硅藻检验,综合分析判断死者系溺死。

综上所述,死者石倩倩系急性大失血合并溺死。

2. 致伤工具和损伤方式分析:

(1)死者全身7处创口,除5处为砍创和切割创外,其余两处刺创,长度为3.5cm,深度约10cm,创缘整齐,创壁光滑,创角一钝一锐。故分析致伤工具为刃宽3.5cm左右,刃长10cm以上的单刃刺器。砍创和切割创由此工具亦可形成。

(2)死者右上臂和左肩部椭圆形中空皮下出血,符合咬痕形态。

(3)死者全身创口和咬痕分散凌乱、无规则,符合在搏斗过程中,体位不断变化,被人咬伤,并用单刃刺器砍、切、划、刺形成。

四、鉴定意见

死者石倩倩系急性大失血合并溺死。

附件：尸体检验照片 27 张（此处略）

鉴 定 人：主检法医师　王小美

　　　　　主检法医师　廉　峰

授权签字人：副主任法医师　秦日月

二〇一四年四月十八日

| 第十三章 |

如何成为一名法医

说到这里，老秦就已经把法医学的基本结构和大致内容介绍给大家了。

看下来，内容是十分复杂的吧？

确实，法医学博大精深，只是说明一下大致的结构和内容，我就用了这么多篇幅，更不用说完整的理论和实践操作了。这么多内容，需要数年的理论学习和数年的实践操作才能慢慢消化和掌握。

当然，看完以上的内容，对法医学爱好者来说，就已经算是对法医有个直观的了解了。可是，想要成为一名法医则需要更久的学习和实践。那么，如果你想成为一名真正的法医，又该怎么做呢？

学习法医学专业的人多吗

在老秦刚刚选择学习法医学专业的时候，系主任告诉我们，法医学是一个非常冷门的专业。在20世纪90年代，我们全国开设法医学专业并招生的，只有中国医科大学、上海医科大学、同济医科大学、华西医科大学、山西医科大学、中山医科大学、皖南医学院、昆明医学院、洛阳医学专科学校等几所医科大学。上述的几所大学,现在有不少已经和其他大学合并,我这里沿用的是他们当年的名称。因为这几所大学每年招收的学生也就数十名,有些大学的法医学系还是隔年招生,所以在当时,全国每年的法医学专业毕业生只有两三百人。可见,这个专业是有够冷门的了吧?

当时还没有社会司法鉴定机构,基本都是公安、检察和法院系统招收法医,但这个毕业生量也远远无法满足社会的需求。所以,很多单位招收法医的时候,只能在公务员报考条件上放宽,只要学临床医学或相关专业的毕业生都可以报考,招收进来后,再送到有法医学专业的医学院校进行几个月的培训,然后上岗。

随着时代的发展,我国法制不断完善,对公安机关侦查破案和检察机关起诉工作的要求越来越高,对证据意识的要求也越来越高,法医部门作为法庭科学的重要组成结构,重要性也在逐年升高,各个政法部门对法医这个不可或缺的法庭科学工种的需求量也越来越大。加之社会司法鉴定机构如雨后春笋般出现,同样也需要大量的法医学专业毕业生。各个医学院校开始创立、建设法医学专业。

据不完全统计,现在国内已经有三十多所医学院校开设了法医学系、法医学院,每年招收的学生也越来越多,硕士点、博士点也在逐年增多。

有更多的高校开始培养法医学专业学生,有更多的研究人员投身于法医学理论研究。这个本身就源于我国的传统法庭科学,在结合了现代医学后,再次在我国蓬勃发展起来。更多的人在法医学领域开展新的技术研究,更多的人参与到法医学专业的推动和发展过程中,更多的案件侦破、诉讼活动依赖于法医学,更多的人了解和理解法医学理论基础。

法医学的发展确实越来越好了。

在这里要打个岔,曾经我在微博上说法医学源于我国,有很多网友来质疑。这里不妨和大家再展开解释一下。

世界上现存的首部系统的法医学专著《洗冤集录》是我国宋代的宋慈撰写的,比国外最早的由意大利人撰写的法医学著作要早 350 多年。宋慈也被公认为"法医学之父"。

更何况,宋慈也并不是我国法医学的开创者,而只是记录者。在 1975 年,我国湖北省出土了"睡虎地秦墓竹简",其中的《封诊式》就记载了当时的尸检技术,反映出了早在 2000 多年前的先秦时期,我国就有了较高的法医学检验水平。

虽然古时候的法医学技术和现在结合了现代医学的法医学技术不能同日而语,但是作为拥有最早法医学专著的中国,我们这代法医人一定也会努力投入自己的事业,用自己微弱的光和热,为我国法医学的发展添砖加瓦。

法医学专业都有哪些课程

现代法医学是建立在现代医学之上的,所以想要成为一名传统意义上的法医,是要先经过临床医学学习的。之前我们说过,如果想要成为法医物证学的 DNA 检验师,可以学习生物学、遗传学等专业;想要成为法医毒物分析的理化检验师,可以学习化学等专业。在这里,我着重介绍成为一名传统意义上跑现场的法医,需要学习的学科。

一般法医学专业的学生在大学前三年，都是和临床医学专业的学生一起上课的，所学的课程和临床医学学生所学的内容基本相同。先要学习组织胚胎学、生物化学、生理学、病理学、病理生理学等医学基础课程，再要学习系统解剖学、局部解剖学等解剖学基础课程，还要学习内科学、外科学、妇产科学、儿科学等临床专业课程和其他一些诸如眼科学、耳鼻咽喉科学等临床分科专业课程。

和临床医学学生一样，在这个阶段，法医学生要学习五十余门课程。

在此基础之上，法医学专业的学生还要学习如法医学概论、法医病理学、法医物证学、法医临床学、法医人类学、刑事技术等十余门法医学专业课程。这些在前文中，都有所介绍。

有些医学院校，还会为法医学系的学生开设法律基础课程。中国刑事警察学院也有法医学系，但招生模式是招收临床医学毕业的学生，通过两年的专业课学习，获取第二学士学位；或者通过三年的专业课学习，获取硕士学位。在刑警学院，有充足的专业课学习的时间，所以在学习法医学的专业课程之外，还有大量的法律课程和其他刑事技术的课程。

有人开玩笑说：劝人学法，千刀万剐，劝人学医，天打雷劈。就是因为学医的和学法的学生，大学课程多、考试严格，学业负担会比其他专业学生要重得多。

如果按照这个理论，去刑警学院学法医学，那可真是翻过刀山火海的人啊。

法医学生实习时做什么

医学是一门重视实践的科学,所以所有的医学院校对学生的实习期都非常重视。法医学也同样如此。

各个医学院校的法医学专业关于实习的规则不尽相同,但是大多数会采取临床医学和法医学实践都要进行的模式。简单来说,就是不同于临床医学生在医院各个科室轮转一年,法医学生会用半年至八个月的时间在医院的各个和法医学有关的科室(如神经外科、普外科、骨科、妇产科等)轮转实习,剩余的四个月至半年的时间,在公安部门的法医室实习。

实习期对法医学生来说,是非常宝贵的。在这个阶段,大家会把自己所学的理论和实践相结合;在这个阶段,一切也都是那么新鲜。

老秦觉得,尽可能多地实践,对今后的工作是非常有益的,所以大多数法医实习生,会选择规模较大、人口较多、发案率较高的城市进行实习。看过法医秦明系列小说的朋友都知道,老秦从大一开始,寒暑假就在公安机关实习了,而这些实习经历,也为我之后的职业道路起到了很大的作用。

法医学生毕业后怎么就业

法医实习完毕后,就面临着毕业择业。

前文中说过,有很多单位都有法医岗位,针对不同的法医岗位，其就业途径也是不同的。

如果你选择留在高校，继续进行法医学的理论研究的话，就要通过高校的招聘考试。如果你选择去社会司法鉴定机构当一名法医的话，就要通过各社会司法鉴定机构的招聘考试。如果你选择来公安机关或检察机关成为一名传统意义上跑现场的法医的话，就要通过各省的省考，即各省的招录公务员考试。

大家最关注的，一定是省考。其实省考每年在各个省都会进行，只是不一定每年都会有法医职位而已。大家关注各个省的省考简章，就能了解到各个省招录法医的资格要求了，因为这个要求在各个省都不太一样。

最为常见的报考资格要求是：大学本科应届或历届毕业生，年龄30岁以下，法医学或相关医学专业，达到人民警察录用的条件，等等。人民警察录用的条件比较苛刻，也有很多内容，大家比较关注的是身高和视力的要求。

人民警察录用，是要求身高170cm（男生）、160cm（女生）以上，裸眼视力1.0以上。但对于法医这个特殊岗位，是有适当放宽条件的，所以有一些省份是会将条件放宽到身高168cm（男生）、158cm（女生）以上，矫正视力1.0以上。具体的条件要求要参照各地的公务员考试简章。

写给未来的法医的话

当你饱学医学、法学和法医学的理论知识，顺利经历实习期、通过公务员考试，成为一名公安机关的法医之后，你的成长之路才刚刚开始。你是一名有志成为优秀法医的人,但想成为一名合格的法医,还有很长的一段路要走。

通过法医秦明系列小说和一些影视剧,大家可以知道,法医这份职业,其艰苦程度,可能超乎你的想象。所谓的胆大心细可能只是个入门的要求,而吃苦耐劳、坚定理想才是最重要的。

最关键的,从事一个随时面对死亡的职业,你必须要有一个强大的心理承受能力。而我国,目前尚未为法医配备必要的心理疏导服务部门,艰难的心理建设工作,只有靠法医自己来完成。

在法医的心理建设方面,老秦没有做过系统的调查和研究,在这里,就以我自己从事法医工作的心路历程来说一说,看能不能让有志成为法医的孩子们获得一些帮助和启示吧。

没有什么天生干法医的料,无论什么人从事了法医工作,都要经历一些心理上的挑战。当然,如果你认为自己怕血、怕尸体,或者无法忍受恶劣的工作环境的话,那你可能连入门都会很难,还是敬而远之为好。

即便你不怕这些,也很能吃苦,你也同样要承受各种心理压力。

第一关就是**震撼**。

虽然有些朋友经历过亲人、朋友去世,也见过尸体,但是解剖尸体,一定会对你的心理造成巨大的影响,那种感觉,可能用"震撼"来形容是最贴切的。这种感受会超越你的胆怯,也会淹没你的好奇。很多法医学生在第一次解剖结束后,都会觉得脑子里空空的,不容易集中注意力,其实这并不是惊吓过度,而是被解剖工作震撼到了吧。

接下来，你可能就需要克服一些对血腥现场和恶臭尸体的心理障碍。

要说法医"胃口深""重口味"，那可都不是与生俱来的，而是经过千百次磨炼后的自然反应。法医学生第一次进出血腥的现场、第一次接触高度腐败的尸体，是不可能毫无感受的，也不可能真的不恶心。只是大家都努力克服着**恶心**的感觉，毕竟在现场吐了出来，会显得很不专业。

要说害怕，法医也是会有的。毕竟刑事案件现场什么情况都有可能发生，经常出勘命案现场的人，不可能一辈子不遇见一次"意外"，再胆大的人，也总有心理脆弱的时候。《法医秦明：尸语者》中，我就记录了自己作为实习法医而经历的两次"惊魂"时刻。一次是"诈尸"，另一次是尸库里的"灵异事件"，感兴趣的朋友可以去小说里了解。当然，我们是坚定的唯物主义者，这些不科学的迷信，咱们是不会相信的，只是在事件发生的时候，根本就由不得你那么理智，所以不害怕也是不可能的。

经历完了这些，你可能会出现一阵子的**迷茫**。

毕竟是成天和死亡打交道的职业，你会看见各种各样的意外、各种各样的死亡，以至你会身不由己地思考生命的意义何在。既然明天和意外不知道谁先来，既然生命如此脆弱，那么我们活着，又是为了什么呢？老秦在实习的时候，遇见过一起特大交通事故，十几个 20 岁左右的花季女孩殒命。当时，我看着在法医中心排列着一地的尸体，那种恻隐、悲伤、共情的感受是不言而喻的。后来，我的带教老师让我负责接待死者的家属，可能也是对我的一种锻炼吧。看着那一位位来认尸的死者父母，看着他们或是撕心裂肺,或是泣不成声,或是悲痛欲绝,我那段时间说不清楚是迷茫还是惆怅,天天都在思考着人生。

等你的意志逐渐坚定,不再迷茫了,你发誓要做一名"为生者权、为逝者言"的法医的时候,你会进入一种"**嫉恶如仇**"的状态。十几年前,当老秦成为一名主检法医师后,主办了一起命案。一个特别优秀的女孩,家境贫寒,靠着助学贷款完成了学业,利用假期打工赚来的钱,还清了贷款。眼看着还有两天,她就能拿到大学毕业证书,就可以去工作单位上班,开启全新的人生道路的时候,她的生命戛然而止。她在下班后,被一名凶犯尾随。凶犯将她拖进了小树林施暴后残忍杀害。看着这名漂亮又优秀的女孩就这样离开了人世,我当时是恨得牙都痒痒,甚至把QQ签名都改成了"此案不破,如鱼刺卡喉,惶惶不可终日"。可是,仅仅是"嫉恶如仇"有用吗?冷静的师父在现场的一个取证动作,就提取到了关键物证,从而破案。而我在现场的时候,被仇恨蒙住了眼睛,差一点就忘记了这个关键程序。

所以,你成为一名合格的法医的标志,就是"**淡然**"。

所谓的淡然,并不是冷漠、冷淡,并不是不再关注人性,而是全身心投入到工作中去,不因为自己的情绪而影响工作,不因为工作中的所见所闻而影响心情。**不先入为主、不以己度人、不偏听偏信**。因为只有全身心投入工作的法医,才能真正地为逝者洗冤!

我想,如果你未来真的加入了法医队伍,从事了法医工作,那么你也一定会经历这样的心路历程。

有很多同行,怀着满腔的热血加入法医队伍,最终却因为无法承受这种巨大的心理压力而离开了这个行业。我不得不说一句：法医很艰苦，入行需谨慎。

法医工作要求的学历较高，要求掌握大量的专业知识，从事着中国人几千年都忌讳的工作，承受着他人歧视、嫌弃的目光，进出于血腥残忍、蝇蛆满地的现场，接触恶臭难忍的尸体，承受着巨大的心理压力，却拿着普通公务员的薪资。

如果没有心中的热爱，是无法在这个艰苦的岗位上坚持下去的。

但是，假如你怀揣梦想，愿意为了心中的荣誉感和成就感而奋斗，愿意在"为生者权、为逝者言"的事业上奉献自己的青春和热血，那么，欢迎你加入法医队伍！

| 第十四章 |

法医的未来

十年、二十年、五十年后……

法医的职业又会变成什么样呢?

法医会被淘汰吗

近年来,信息化发展迅猛,不断有新的刑侦技术问世,有了越来越多的破案新技术。有了这些捷径,刑事案件的侦破越来越快,甚至很多时候法医还在解剖尸体,案件就已经侦破了。

新兴技术的出现,让很多法医工作者存在一些心理落差,甚至有人会认为作为传统技术的法医学正在被新兴技术挤向边缘,成为了边缘化的职业,可以发挥的作用越来越小。

其实不然,法医学渗透了社会的各个角落,一旦和人身伤亡有关的案事件涉及了法律问题,都需要法医学来解决。而且法医学作为法庭科学的重要组成部分,利用它获取的重要证据也是法庭不可或缺的。

法医学无论在什么年代,都是不可或缺的。

首先,是近二十年迅速发展的法医物证学,大家都知道,现在 DNA 技术是破案的撒手锏之一,它不仅能断定受害者的身份,还能锁定凶手,成为破案的关键和重要证据。

其次,除了法医物证学,法医的其他分支学科也一样不可或缺。

我举个可能不恰当、但是很浅显易懂的例子:甲和乙发生了纠纷,甲用重物击打了乙的头部,导致乙当场死亡,这个过程被旁边的监控全程拍摄了下来。这个案子很好破,只需要根据监控上的影像,直接抓获甲就可以了。但是,这个案子没有法医同样不行。如果不进行尸体解剖,确定乙的真实死因,那么法庭又是如何知道乙是死于重度颅脑损伤呢,还是在打击前就因为情绪激动而诱发了原有的心脏病猝死?在这个案件中,法医病理学获取的证据,就是定案的关键证据。

再次,虽然现在有各种新兴的刑侦技术,很多过去需要法医来推理、分析的内容都被新兴技术走捷径办完了。比如一个杀人现场有监控,那么法医的现场重建、犯罪分子刻画工作就不需要了。但是涉及死亡方式判断、尸源寻找等诸多工作,一旦新兴技术无法运用,则依旧离不开法医。比如发现一具尸体,只要这个位置没有监控,还得以法医为主,来判断死者究竟是自杀、意外还是他杀。比如一具尸骨无法明确尸源,还得依靠法医来划定死者的特征范围,还需要法医物证学来进行 DNA 检验。

最后,作为获取尸体证据的唯一专业,法医工作是不可能被任何一个专业所取代的。随着现代医学的飞速发展,法医学也正在蓬勃发展,不断有法医学新兴技术涌现出来,在不同的案事件中,发挥出新的作用。

新的法医学理论、技术和方法,涵盖了法医学各个分支学科，老秦就不一一展开了，大家感兴趣的话，可以在网络上找《法医学杂志》《中国法医学杂志》，从里面的论文里，可以了解一些新的法医学技术方法。

虚拟解剖：数字时代的法医"屠龙术"

在这里，老秦给大家介绍一下，最近全国各地都在火热开展相关研究的新兴法医学技术——虚拟解剖。

近年来，医学影像学发展迅速，大家熟知的CT（计算机断层扫描）和MRI（磁共振成像）等技术都在飞快发展。而虚拟解剖技术就是采用数字成像技术，包括刚才说的CT、MRI以及其他医学影像学技术，获取尸体体表及体内器官、组织详细的二维图像数据，再通过计算机技术重建出完整的人体或器官解剖学的三维立体图像，利用虚拟现实技术在计算机中建立一个虚拟环境，法医借助虚拟环境中的人体组织、器官信息进行分析、研判，或为实际解剖进行解剖前指导、计划的一项新技术。

简单说，就是给尸体做个CT，在计算机里重建出尸体内部是啥样，在实际解剖前让法医对需要解决的问题，心里提前有个数。

当然，虚拟解剖技术不仅仅是提前让法医心里有数，有些时候，虚拟解剖中获得的信息是实际解剖中不能发现的。

我举几个亲自参与的虚拟解剖的案例，让大家对这项新技术有一个更加直观的印象。

老秦第一次知道虚拟解剖这项新技术，是在位于上海市的司法部司法鉴定科学研究院里。那时候，我们省好多地方连个解剖室还没有，他们就已经在研究院里建设了CT室，并购置了CT机。

在司法鉴定科学研究院内，我看到了这么一个案例：一起交通事故，导致当事人死亡，但是事发现场并没有监控。通过对死者进行CT扫描后，对全身骨折进行三维重建，我们可以清晰地看见骨折线的延续状态以及碎骨片的崩裂方向，由此，也可以根据最原始的骨折形态，分析车辆撞击点和作用力方向，从而对事故的发生过程进行重建。要知道，如果不先进行虚拟解剖，而是直接开展实际解剖的话，随着软组织被剥离，碎骨片就会发生移位，骨折线方向也有可能发生变化，重建事故过程就没那么容易了。不过，重建事故不仅仅靠法医一个警种，即便出现疑难的案件，还有很多其他警种可以和法医一起重建现场。

再比如，一个老人在家中死亡，虽然口腔有流血，但是从表面上看，家属认为老人是疾病死亡。即便法医在老人口周发现类似火药颗粒的痕迹，家属依旧坚决不同意尸检。法医想了个办法，就是对尸体进行CT扫描。这一扫描，居然发现老人的颅内有大量的铁质弹丸，从而明确这是一起自制霰弹枪枪击致死的案例。

根据《中华人民共和国刑事诉讼法》的规定，既然发现了这个问题，确定这是一起刑事案件，不管家属同意不同意，公安机关都有权对尸体进行进一步解剖。在这一起案件中，虚拟解剖技术不仅明确了案件的性质，甚至还有一个不可取代的作用，就是法医从CT片上，发现了弹丸的分布规律，从而推导出凶手持枪射击所处的位置。如果只是进行实际解剖，虽能发现弹丸，但是也无法直观地发现弹丸的分布规律。

最后一个案例，在一起非自然死亡事件中，法医发现死者的胳膊上有针眼，虽然家属解释死者在生前曾经去医院就诊，可能有输液，但法医还是觉得有些可疑。经过虚拟解剖后，发现死者的心腔之内有大量的空气成分，死者很有可能是空气栓塞致死的。

看过我的另一本科普书《逝者之书》的朋友都知道，对于空气栓塞死亡的尸体，有特殊的尸体检验方法。这一起案例中，因为有了预先的虚拟解剖，就对下一步实际解剖工作提供了计划和方法，法医会针对这一具尸体，开展特殊的空气栓塞的检验，从而明确证据。

除了常规的CT、MRI等医学影像学技术被运用于法医虚拟解剖工作中，还有一些法医正在研究着将DSA（数字减影血管造影）等更加先进和实用的医学影像学技术运用于法医虚拟解剖，未来可期。

随着现代医学的迅猛发展，除了虚拟解剖，法医还会探索出更多的技术方法，这都需要大量的有志青年，加入法医队伍，利用自己的智慧和力量，共同推进法医学的发展。

不忘初心，砥砺前行

写到这里，全书的正文部分也就快完结了。相信大家通过对本书的阅读，对法医这个职业有了更加全方位的了解了吧。

2022年，也是法医秦明系列小说面世的10周年。10年里，老秦作为一个再普通不过的法医工作者，收到了太多的鼓励和掌声，也正是我的读者们的鼓励、鞭策和赞许，激发了我无穷的力量，在小说撰写和科普之路上越走越好。

在这里，由衷地对大家说一句：感谢！感动！感恩！

在本书的序言里，我曾经叙述了大家为什么要了解法医这一份职业，这也是我撰写本书的初衷吧。

我希望，所有人都能全方位地了解法医这份职业，因为只有了解，才有可能理解，只有理解，才有可能鼓励和支持。在这一条艰苦卓绝的战线上奋战的法医工作者们，不求回报，只期待你们的目光和掌声。

我希望，所有人都能具备法医学基础理论，对于网络上的那些无稽之谈，具备谣言免疫力，自觉抵制谣言，做到不信谣、不传谣。在自己、亲戚或朋友遇到和法医学有关的案事件的时候，可以知礼、明理。社会多一分宽容，就会多一分安定。

我希望，所有人都能认识到生命的可贵，尊重自己的生命，尊重别人的生命。生命权是人权中最为重要的一项权利，只有懂得爱惜生命的人，才能对社会做出贡献。

我希望，这本书能根据时代的发展不断修订，不断再版，成为法医职业科普的入门必读。

我希望，所有想要在影视、文学作品中呈现法医职业的制作人，都可以静下心来了解一下这个职业，真正为这些追求真相的幕后工作者们发声。

我希望……

在这本书的最后，再一次致敬法医先辈。

是你们的奉献和探索，才给我们提供了砥砺前行的基础和力量。你们给我们留下的知识理论和技术方法,是我们这代法医人最宝贵的财富,也是这本书得以出版的基础。

感谢你们!

| 附录 |

部分国家或地区脑死亡判断标准

因为国情不同,科学研究的发展成果也在不断进步,所以各个国家在各个时期都有着各自的脑死亡鉴定标准。世界上许多国家多是采用"哈佛标准"或与其相近的标准,我们可以大致地了解一下其中一些标准。

美国哈佛大学标准(1968年)

1. 感受性和反应性丧失:对外界刺激和内在需要完全无知觉和反应,甚至最强烈的疼痛刺激也不能引起发音、呻吟、肢体退缩或呼吸加快等;

2. 自发性肌肉运动和自主呼吸消失:经医生观察至少1小时,关闭呼吸机3分钟,仍无自主呼吸;

3. 反射消失:包括瞳孔对光反应消失,头—眼反射及眼前庭反射消失,瞬目运动、吞咽、哈欠、发音、角膜反射和咽反射消失,各种深浅反射消失;

4. 脑电图示脑电波变平或等电位脑电图;

5. 所有上述表现持续24小时无变化;

6. 排除低温(体温低于32.2摄氏度)和中枢神经系抑制药

物（如巴比妥类药）的影响后才能确立。

英国皇家学会标准（1976年）

1. 必要条件

（1）深度昏迷，应排除抑制性药物、原发性低温、代谢和内分泌紊乱引起的昏迷；

（2）因自动呼吸不足或停止而需用呼吸机维持（排除松弛剂或其他药物所致的呼吸衰竭）者；

（3）确诊为不可逆的脑部器质性损害。

2. 确证试验

所有脑干反射均消失。

（1）瞳孔固定，对光反应消失；

（2）角膜反射消失；

（3）眼前庭反射消失；

（4）颅神经支配区无运动反应可以引出；

（5）咽反射消失或用吸引管刺激气管无咳嗽反射；

（6）停用机械呼吸机，经相当长时间，足以使 PaCO2（动脉血二氧化碳分压）升高，超过呼吸兴奋阈，仍无自主呼吸者。

3. 其他

（1）重复检查，以减少错误；

（2）脊髓反射可能存在；

（3）确认检查，如脑电图、脑血管造影或脑血流测定（但并非必要条件）。

日本大阪大学标准（1985年）

1. 前提条件

需排除低温、低血压。

2. 标准

（1）自主呼吸停止；

（2）瞳孔扩大固定；

（3）脑干反射消失；对光、角膜、眼—脑、眼前庭反射或咳嗽反射均消失；

（4）血压急剧下降；

（5）脑干听觉诱发电位消失；

（6）脑电图平坦；

（7）脑血管造影示颅内血管不充盈。

法国Mollaret（莫拉雷特，医学专家）等的标准（1979年）

1. 昏迷，全无反应；

2. 自主呼吸停止，肌张力消失（弛缓性瘫痪）；

3. 所有反射均消失；

4. 除非用人工方法，否则不能较长地维持循环；

5. 脑电图示脑电波呈直线，对任何刺激均无反应。

瑞典标准（1972年）

1. 无反应性昏迷；

2. 自主呼吸停止；

3. 脑干反射消失；

4．脑电图平坦；

5．脑血管造影两次（间隔 25 分钟），均不能显示颅内血管。

中国南京标准（1986 年）（草案）

1．深度昏迷，对任何刺激无反应；

2．自主呼吸停止；

3．脑干反射全部或大部消失；

4．阿托品试验阴性；

5．脑电图呈等电位；

6．其他，如颈动、静脉氧分压差消失或明显减小；脑血管造影示颅内无血流或造影剂停滞在颅底；头颅超声波中线搏动消失；头颅 CT 检查脑底部大血管不显影等；

7．说明：

（1）上述标准中 1～3 项为脑死亡诊断的必要条件，4～5 项作为辅助诊断，第 6 项仅供参考；

（2）上述各项标准在严密观察和反复监测下判定（暂定至少持续 24 小时），并必须排除中枢抑制药、肌肉松弛药、毒物和低温等的影响；

（3）自主呼吸停止指需要手法或机械维持呼吸；停止手法或机械呼吸后，低流量供氧 3～5 分钟或应用常规诱发自主呼吸的方法，自主呼吸仍不能出现；

（4）脑干反射包括：瞳孔对光反射、角膜反射、咳嗽反射、吞咽反射、睫—脊反射（脊髓反射除外）；

（5）阿托品试验阴性，指静脉注射阿托品 2～5mg 后 5～15

分钟内心率不增快,但阿托品试验阳性者,不能排除无脑死亡;

(6)脑死亡的诊断至少需要两位医师分别检查并签名后方可成立。

中国武汉诊断标准(中华医学会,1999年)(草案)

1. 自主呼吸停止

需行人工呼吸,此为临床判定脑死亡的首要指标,也是最重要的一点,只要有一次微弱的自主呼吸就不能诊断脑死亡,临床上可采用窒息试验判定。

2. 不可逆性深昏迷

无自主肌肉活动,对外界刺激无反应,但脊髓反射可以存在。

3. 脑干反射消失

(1)瞳孔固定,对光反射消失;

(2)角膜瞬目反射消失;

(3)无垂直性眼球运动;

(4)冷热反应消失;

(5)眼心反射消失;

(6)阿托品试验阴性。

4. 脑电图呈直线

12小时内两次观察结果是平直线可考虑脑死亡,动态观察(EEG Holter)持续平直线6小时可以诊断脑死亡。

5. 脑死亡的临床特征需被持续观察12小时以上

以上诊断标准适用于成人。5岁以下的儿童由于对损伤有较强的耐受性,诊断脑死亡时要慎重。小于1岁的儿童脑死亡诊断需要更长的观察时间，一般而言，出生 2 个月至 1 年的儿童需观察 24 小时，而出生 7 天到 2 月的儿童则需观察 48 小时，7 天以内的婴儿因无确切统计数据而无一致意见。

小儿脑死亡的标准

由于 5 岁以下儿童脑的可塑性大，脑的发育尚未成熟，对脑损伤的耐力较成人为大，故上述成人的脑死亡标准并不完全适宜于儿童。因此美国儿童脑死亡判断特别工作组拟定了一些标准（1987 年）。

1. 临床标准

（1）昏迷和呼吸停止，完全失去知觉，不能发音，无意识活动；

（2）脑干功能丧失；

①瞳孔扩大、固定，对光反应消失；

②自发眼活动消失，眼—头和眼前庭反射消失；

③延髓肌肉系统的运动消失，包括面部及口咽肌肉；角膜、咽、咳嗽、吸吮等反射均消失；

④脱离呼吸机则病儿无自主呼吸运动；可采用标准方法进行呼吸暂停试验，但需有其他标准存在时才做。

（3）无低温和低血压；

（4）肌张力弛缓，自发活动或诱发活动消失，但需排除脊髓反射如缩回反射或脊髓肌阵挛反射的存在；

（5）在观察期中应反复检查。

2. 观察期（按照年龄大小而定）

（1）7 天~2 个月

两次检查间隔至少 48 小时（包括脑电图）。

（2）2 个月～1 岁

两次检查间隔至少 24 小时。若脑血管造影证实颅内无血管显影，就不必再继续检查。

（3）1 岁以上儿童

凡已肯定为不可逆的病情时，可不必再进行实验室检查，观察期至少 12 小时。若为缺氧—缺血性脑病，很难确定脑损害的可逆性及其范围，可将观察期延至 24 小时。当脑电图平坦或脑血管造影无颅内血管显影时，观察期可以缩短。

| 索引 |

*说明：下列左边词语为《法医之书》中的专业名词，右边为该名词作详解时所在的页码，名词按照拼音顺序排列。

B

白骨化　142

保存型尸体现象　144

濒死期　123

病理性死亡（疾病死）　118

C

擦拭状　204

超生反应　124

猝死　119

D

滴落状　203

抵抗伤　167

动态勘查　173

对冲伤　163

钝器伤　165

F

发泄行为　242

法医学　序1

犯罪现场　182

非分泌型　231

非正常死亡（非自然死亡）　119

肺性死亡　121

分泌型　231

腐败气泡及腐败静脉网　140

G

干尸　146

肝温　174

肛温　175

个体识别　178

骨龄鉴定　219

硅藻检验　034

H

海姆立克急救法　158

毁坏型尸体现象　138

火器伤　166

J

肌肉松弛　125

机械性损伤　162

机械性外力　157

机械性窒息　154

加固行为　242

假死　130

检材　224

检验报告　280

鉴定书　280

间接死因　152

角膜混浊　135

解剖术式　197

浸软　147

精斑预试验　229

静态勘查　173

巨人观　141

K

勘查踏板　189

愧疚行为　244

L

联合死因　152

临床死亡期　123

颅骨面貌复原技术　216

颅相重合技术　218

M

霉尸　143

命案现场重建技术　185

N

脑死亡　121

内部改变　160

泥炭鞣尸　147

P

喷溅状　204

皮革样化　134

皮下出血　133

Q

确证试验　230

R

人体三要素推断　211

锐器伤　166

S

伤病关系　179

伤情鉴定　257

社会功利性　275

生活反应　125

生理性死亡（衰老死）　118

生物检材　059

生物学死亡期　123

尸斑　131

尸表检验　193

尸臭 139

尸检记录 198

尸僵 127

尸蜡 145

尸冷 137

尸绿 140

尸体检验 190

尸体解剖 195

尸体痉挛 127

尸体现象（死后变化） 124

尸温 174

甩溅状 204

死后分娩 141

死亡方式 149

死亡时间推断 172

死因 150

损伤检验 194

T

体表各部位逐项检验 194

体表征象 160

体位性窒息 159

W

晚期尸体现象 138

威逼伤 168

威逼行为 242

伪盲试验 261

伪装行为 243

胃肠内容物 176

无意义行为 244

X

现场保护 186

现场分析 200

现场勘查 189

现场通道 189

心性死亡 121

性窒息 161

虚拟解剖 304

血迹分析 203

血迹预试验 229

血泊 204

血型检验 230

Y

"Y"字形切法 197

牙齿的损伤鉴定 276

牙齿年龄鉴定 276

咬痕鉴定 222

一般检验 193

衣着检验 191

诱因 152

预试验 228

欲望行为 242

约束伤 168

约束行为 241

Z

早期尸体现象 124

造作伤 261

诈伤 260

直接死因 151

直线切法 197

致死量 249

窒息征象 160

种属鉴定 209

种属试验 230

中毒病理 180

中毒量 249

转归 124

紫绀 160

自家消化 136

自然死亡 118

组织病理学改变 161

组织病理学检验 265

组织自溶 266

图书在版编目（CIP）数据

法医之书/法医秦明著. — 广州：广东旅游出版社，2023.11（2025.3 重印）
ISBN 978-7-5570-3124-4

Ⅰ.①法… Ⅱ.①法… Ⅲ.①长篇小说—中国—当代 Ⅳ.① I247.5

中国国家版本馆 CIP 数据核字 (2023) 第 164905 号

法医之书
FAYI ZHI SHU

出　版　人：刘志松
责任编辑：陈　吉
责任技编：冼志良
责任校对：李瑞苑

广东旅游出版社出版发行
地址：广州市荔湾区沙面北街 71 号首、二层
邮编：510130
电话：020-87347732（总编室） 020-87348887（销售热线）
投稿邮箱：2026542779@qq.com
印刷：三河市中晟雅豪印务有限公司
（地址：河北省三河市泃阳镇错桥村）
开本：880 毫米 ×1230 毫米　1/32
字数：232 千
印张：10.75
版次：2023 年 11 月第 1 版
印次：2025 年 3 月第 8 次印刷
定价：64.00 元

【版权所有 侵权必究】

如发现图书质量问题，可联系调换。质量投诉电话：010-82069336